中公文庫

源氏供養（下）

新版

橋本　治

中央公論新社

目次

その二十三　11
63 自立する女と、国を作ってしまった女　64 逃れ去る女達
65 浮舟の拒絶
その二十四　33
66「理想」の中に眠るもの　67 明石の一族の物語
68 凍える冬の住吉大社で――
その二十五　57
69 つれない父――光源氏と少年夕霧　70 女にして可愛がってみたい――
光源氏と青年夕霧　71 ただ一人許してしまった相手
その二十六　77
72 不思議な養父と玉鬘　73 華麗なる女遍歴の「実情」
74 妖しい父親
その二十七　99
75 異母弟・螢兵部卿の宮と光源氏　76 恋という〝手続き〟

77　三角関係の謎
その二十八　121
78　孤独な男の孤独　79　それは孤独から始まった
80　フェミニストでなければよかった……
その二十九　141
81　朝顔の姫君のこと　82　もしも、源氏物語を男が書いたのだとしたら……
83　社会に逢いたい！
その三十　167
84　「何もすることがない」という、欲望の喪失　85　藤壺の女御（中宮）とは何か？　86　誰が彼を愛しうるか？
その三十一　189
87　オイディプス神話の伝えるもの　88　「父」というもの
89　桐壺帝という父
その三十二　213
90　光源氏が愛した人、そして、愛するということ　91　「父の妻」か、「帝の妃」か　92　冷泉帝と光源氏

その三十三
93　「至高のもの」と「人間」と　235
94　壮麗なる六条の院の主
95　「関係」の錯綜　96　腹違いの姉と弟――柏木と玉鬘

その三十四　271
97　存在しえない近親相姦――玉鬘と夕霧と　98　「親しさ」というもの
99　女の安心

その三十五　297
100　男と女の「なんでもない関係」　101　玉鬘の物語
103　一千年という時間　102　若紫の物語

附記　351
1　源氏物語を創る　2　「歌物語」ということ　3　神をも恐れないこと――
4　北山の僧都は、なぜ「いやなやつ」なのか?

座談会
物語の論理・〈性〉の論理（後篇）

三田村雅子　河添房江　松井健児　橋本治

上巻目次

その一
1　現代の源氏物語　2　空洞としての光源氏　3　女性の書く男
その二
4　恋の残酷　5　女房の文学と『ぽんち』　6　源氏物語の構成　7　男性的と女性的
その三
8　対句という修辞法　9　イメージとしての名前　10　夕顔と朝顔
その四
11　六条の御息所と「前の春宮」の謎
12　『若紫』の不思議　13　三つの始まりとその特徴
その五
14　紫式部の視点　15　紫式部の好み
16　紫式部の敵討ち　17　夕顔と末摘花
その六
18　近衛の中将という位置　19　二人の不遇な中将――夕顔の父と明石の入道
20　二人の按察使大納言
その七
21　源氏遊び　22　「情景」は王朝美学の人間心理　23　源氏物語をフランス映画で　24　主語のない物語
その八
25　眠れる紫式部　26　半睡半醒の筆
その九
27　桐壺帝のこと　28　小学校六年生の「夫」達
その十
29　狂気の帝がいた　30　〝自分〟が叫んでいる　31　暴発する光源氏
その十一
32　「亡き母」と藤壺の女御　33　不思議な三角関係　34　朱雀院の不思議
その十二
35　同性愛の存在しない時代　36　自分のない男達　37　「ない」という不思議
その十三
38　トップレスが公然とあった時代
39　まだ道徳が及ばない時代　40　頭の中

将のこと
その十四
41 たとえば、常陸の宮家の姫君のこと
42 うるはしき姫君の日常　43 信仰の対象としての女性
その十五
44 聖なるもの　45 親王と諸王と大王と直人
その十六
46 唯幻論の時代　47 意味という即物性
その十七
48 果してそれは「タブー」だったのか？
49 「物笑いの種」というタブー
その十八
50 三角関係の定理　51 夕顔の系譜
52 放浪する女
その十九
53 姉妹というモチーフ　54 父という男のエゴイズム
その二十
55 「弘徽殿の女御」の意味　56 美しい男と美しくない男
その二十一
57 横川の僧都の変心　58 愛とは無縁の権力者　59 紅梅の大納言の悲しみ
その二十二
60 一千年前のキャリア・ウーマン達
61 紫式部と清少納言　62 弘徽殿の大后の見識

座談会
物語の論理・〈性〉の論理（前篇）
三田村雅子　河添房江　松井健児　橋本治

源氏供養

下巻

その二十三

63　自立する女と、国を作ってしまった女

弘徽殿の大后が「敵役」であるのは、勿論、紫式部が、権力をかさに着た女が好きじゃないからでしょう。紫式部のみならず、これは一般的にイエスでしょう。しかしだからと言って、弘徽殿の大后が「いやな女」かどうかは分かりません。

彼女が「権力者の娘」であったとしても、彼女は至って「正直な人」で、「高い教養と明晰な頭脳を持った優れた人」です。

浮気な夫の仕打ちに耐えて、軟弱な息子の後ろ盾になって、立派に国政の最高責任者としての役割を勤めている。ある意味で彼女は、パッシブな女であれば「悲劇」にしてしまう限界状況を、進んで乗り越えて、アクティブに自分自身の人生を切り開いて行った人なんですけれども、しかし、普通は誰もそんな風には思わないでしょうね。

別に彼女は、夫である桐壺帝をいじめて、「帝の母后」という権力の座を確保したわけでもない。

若い女（藤壺）に夢中になってしまった夫によって、皇后という正式の妻の座を奪われてしまったけれども、別に文句は言わなかった。言いはしただろうけれども、結局は「仕方のないこと」として、その処置を受け入れてしまった。

彼女が、「息子の朱雀帝に対しての敵役」であるというのなら十分に納得のいくことではあるんですが、別に彼女が「光源氏の敵役」であらねばならない理由はない。

母に自由を奪われた朱雀帝が、力もあり自由もある光源氏を慕うのは当然だけれども、しかし光源氏は、別に朱雀帝を好いているわけでもない。

最大の犠牲者は、夫婦の不仲に巻き込まれ、愛を奪われた母親の生《い》け贄《にえ》にされてしまった朱雀帝ではあるんですが、別に源氏物語は、その彼の不幸にスポットを当てた話でもない。

光源氏という、どこかに不幸の影を引きずった絶世の美男を主人公とする物語で、弘徽殿の女御は、その主人公に敵対する最大の敵役というだけです。

絶世の美男である光源氏の前に立ち塞がる敵役として、弘徽殿の女御は、これ以上ない恰好のものとして受け止められています。不思議なことですね。

男は愛を得られないことで悩み苦しむ――がしかし、能力のある女は、愛を奪われても同情されないで、平然と敵役のままで憎まれている。

どうして誰も、弘徽殿の大后の「不遇」に同情しないんでしょう？

弘徽殿の大后の「どこ」がいけないんでしょう？

今となっては、「よくいる女の人」だとは思うんですけれどもね。

「夫の浮気に悩んで、息子だけを生き甲斐にして、これを必死になって育てはしたけれども、息子は不甲斐ない人間にしかなれなかった女の悲劇」という〝女の一生〟は、その後の近代小説には結構登場しているのだとは思うんですが、どうも誰も弘徽殿の女御（大后）をそういう人だとは思ってくれないみたいです。

一体、彼女のどこがいけないんでしょう？

答ははっきりしていますね。女は、「可愛くない女の可能性」なんか、見たくないんです。可愛くない女は好きじゃない。美しくない女は好きじゃない。そんなことよりも、女は、

「男に愛されること」の方が好きなんですね。

弘徽殿の大后とは対照的な、「男には好かれないが、女には好かれるキャラクター」が、源氏物語の中には登場します。六条の御息所《みやすどころ》ですね。

六条の御息所を、大概の男は「こわい」と言う。大概の女は、でも六条の御息所が「好き」ですね。男と女の恋愛がそんなに幸福なものではないということの象徴が、この人ではある。

しかし、六条の御息所が、一体「何」をしたんでしょう？「優雅で美しく気品ある高貴な人」と書かれてはいて、しかし源氏は、彼女のことをちっとも愛してはいない。別に嫌いではないが、彼女のことを「最愛の人」だとは、全然思ってもいない。

光源氏が彼女を愛したのは『夕顔』の巻以前のことで、物語にはこのシークェンスが全く書かれていないんです。彼女はその初めから「愛の残骸」として登場して、それ故にこそ、彼女は女性の読者に人気がある。

光源氏に邪慳《じゃけん》にされる女性としては、この六条の御息所に憑《と》り殺される正妻の「葵《あおい》の上」という女性がいるけれども、葵の上よりも六条の御息所の方が、ずっと魅力的ですね。

葵の上は、愛されぬまま黙って死んで行くだけだけれども、六条の御息所は、その邪慳な男に祟《たた》りをなす。光源氏にとってみれば、六条の御息所も弘徽殿の女御（大后）も「敵役」であることでは同じはずなんですけれど、でも、そうは思われない。

弘徽殿の女御は、男と同じように、「自分の権勢」という「地位」を問題にする。あるいは、自分の後見する帝の治める「天下」というものを問題にする。

一方、六条の御息所は、そういう社会的なことには、全く関心を払わない。彼女の関心は、専ら、「もう愛がなくなってしまった男の愛情の回復」だけにある。言ってみれば、「意味のない幻想に生きる女」なんですが、しかし彼女は、多くの読者から許される。愛情を専らにする「女の領域」を守っていれば、女の読者は（そして男の読者も）許してはくれる。でもしかし、「政治」という女の領域外に出てしまった女は、もう「女」としては認められないんですね。だから、そういう女である弘徽殿の女御（大后）は、「女であるが故に、源氏物語の敵役になれる」んです。

源氏物語で、源氏に敵対しようとする男は、まず登場しない。男達は、彼＝光源氏が体現する「理想」の価値を知っている。だから、これに異議を唱えようとはしない。光源氏は、男達には憎まれない――彼に異議を唱えるのは、その「理想の質」が理解出来ない、女の弘徽殿の女御（大后）ただ一人――だからこそ彼女は敵役だ、というわけですね。

あるいは、あらぬ妄想というものを働かせてみます。ひょっとしたら、弘徽殿の女御（大后）は、則天武后《そくてんぶこう》（武則天《ぶそくてん》）なのではないか、と……。

唐の高宗《こうそう》の夫人であった武后は、病気の夫に代わって政治の中心に就く。皇帝に準ずる「天后《てんごう》」として、ほとんど皇帝と同じ役割を果たし、夫の死後は息子中宗《ちゅうそう》の上に立って、実質的な「女帝」としての君臨をした。武后は、三十年ほど政治の実権を握っていて、そして、やがて唐という国を廃して「周」という国を起こした。中国で唯一の女帝で、しかも正当な手続きを踏んだ、公明正大な権力者です。

唐という国には、女性を皇帝にする規定がない。しかし彼女は三十年間政権の座にあって、その政治担当能力を疑う者はなかった。中国の「革命」というものは、天の声によってスムースに政権交替が行われるもので、天の声は、皇帝にふさわしい能力を持った者の上に下る。

皇帝の后なり母なる人が政権の座に就けば、それは「政権を奪取した」ということになるのだけれども、しかし武則天の場合はそうではなくて、自分の能力を前提にして、新たに「周」という国を起こしてしまった。

つまり彼女は、夫あるいは息子のものであった「唐」という「他人の国」の中に入り込んだ曖昧な権力者になるのではなくて、正々堂々と、「自分の国」を作ってしまったということなんです。まともな男ならば当たり前にする王朝交代を、彼女は、女としてやった。

ここまで筋道に適ったことをする女性は珍しいのですが、しかしそんな「評価」は、最近のことでしょう。彼女は実際に「周の皇帝・武則天」であるのだけれど、長い間の歴史の評価は、「夫や息子から政治を奪った希代の悪女・則天武后」でしかなかったんです。

武則天が死んで、政権が息子の中宗に戻ると、彼は国号を「周」から「唐」に改めた。武則天＝則天武后が、「唐という国を中断させた悪女」になるのはこのせいですが、それは「周という国＝王朝の独立性」と、「武則天という皇帝の正当性」を認めない考え方で、その皇帝が一代限りで終わってしまったにせよ、「周という国」は「周という国」なんです。

武則天は死んで、国号は「唐」に戻ったけれども、「どうして女がおとなしくしてなくちゃいけないのよ」という考え方だけは残って、中宗の后はワガママになったし、その后の娘もワガママになった。生き残っていた武則天の娘もワガママになって、国は乱れた。なにしろ、妻と娘は共謀して、夫であり父である中宗皇帝を毒殺してしまうんですから。

ここら辺の混乱を収拾して「開元《かいげん》の治《じ》」というのを始めたのが、『長恨歌《ちょうごんか》』で名高い玄宗皇帝ですね。玄宗は武則天の孫です。

果たして紫式部は、武則天＝則天武后の存在を知っていたのだろうか？

武則天は、奈良時代以前の人です。それより後の、玄宗と楊貴妃のロマンスである『長恨歌』の方は日本でも有名で、源氏物語にもちゃんと登場している。

武則天のエピソードが歴史の本に書かれるのは、唐が滅んだ後の「宋」の時代になってからですが、しかしそれ以前に、一つの国を倒して自分の国を建ててしまった女の話が、全然日本で知られていなかったとは思えないんです。

まァしかし、源氏物語が書かれた当時の日本は、遣唐使を廃止して鎖国状態にあるわけですから、「それはまだ知られていない」なのかもしれない。

平安時代の日本人にとって、中国というものは、『史記』に書かれるような「大昔の中国」でありさえすればよかった。だから、「周」のような近い中国の歴史は、どうでもいいことだったのかもしれません。

紫式部が武則天を知っていたのかどうかは、分からない。でも、源氏物語の弘徽殿の大后は、十分に則天武后でもあるような気が、私にはするんですけれどもね。

晩年、息子の嫁であった楊貴妃を奪って寵愛するようになるまで、玄宗という人は「名君」であったそうです。若き皇子玄宗が、祖母以来の「女難」を倒すために立ち上がる、というような話を、『長恨歌』のロマンチシズムの向こうに見て、もしも紫式部が源氏物語を書いたのだとしたら、結構おもしろいんだがな――とは、私の勝手な妄想なのですが……。

女は能力を持っている。しかしその能力ゆえに、男達はそんな女を敬遠する。その女の能力によって、自分達＝男の限界が露わにされるのがいやだから。則天武后が「悪女」と言われ、弘徽殿の女御（大后）が恋物語の主役になれない理由は、どうやらこれなんだとは思うんですが、それを紫式部がどう考えていたのかは、分かりません。

弘徽殿の大后は武則天ではなかったし、彼女が悪役であることを、誰も疑わなかった。「女は恋愛の中にいて、そして〝不幸〟というものを知る」――源氏物語の基本モチーフは、こっちなんだと思いますから。

64　逃れ去る女達

「恋愛小説の古典」である源氏物語は、実に不思議な恋愛小説です。

恋愛小説のくせに、ここには「幸福な恋」が一つもないと言っていい。

「恋愛が恋愛としてだけで終わってしまうのなら、それが〝幸福〟に終わることもあるだろうが、しかし恋愛が人生という長い時間の中に置かれてしまえば、そんなことは絶対に言えない」とでも言われているようなものです。

「一体、源氏物語の中で、誰が〝幸福な女性〟だったのだろう?」ということになると、首を少し捻ります。

准太上天皇《じゅんだいじょう》の位を与えられ、その死に際して作者から最大級のオマージュを捧げられている藤壺の女御（中宮・女院）こそが、「幸福な生涯を終えた人」ということにもなりますが、光源氏への――あるいは〝光源氏からの〟――愛を拒んで拒んで拒み抜いた藤壺の最期は、いかにも寂しいいいものではありましょう。

父明石の入道が見た不思議な夢の通りに、最後には、自分の娘が中宮となり、その娘がさらに帝となるべき皇子を産むという「未来」を持てた明石の女（明石の上）も、「幸福な人」ではありましょう。

源氏の死後、女三の宮と柏木の密通によって生まれた薫は、「結局は明石の一族が栄えているのだ」という感慨を漏らしますが、しかしその感慨とは反対に、「幸福な明石の女」というものは、源氏物語の中に登場しないのです。

紫の上が死んで、源氏は明石の女の住む六条院の冬の町を訪ねる。明石の女は、源氏との「関係」を望むけれども、しかし源氏はもうそれを望まず、その気もない。「栄華」はあって、しかし愛する男からはもう「女」として相手にされず、それでも一言も不満を漏らせない女というのが、果たして「幸福な女」なのでしょうか？「源氏の死後に明石の一族が栄えた」とは書かれても、その肝腎の「彼女がどうなったか」が一言も書かれてはいないというのは、「幸福な女」の受ける処遇としては、あまりにも不思議な扱いと言われるべきものでしょう。

源氏物語で、「女の幸福」と「恋の幸福」は一致しないのです。女の生んだ一族が栄えても、それがその女個人の幸福とは、まったく重ならない。「最も幸福な女性」であっていいはずの紫の上も、晩年は、不幸でずたずたになって死にます。

源氏物語は、どうやら「恋による不幸」という問題を提起する小説ではあっても、「幸福な恋を描く恋愛小説」なんかではないんですね。

光源氏という特殊な存在によって隠されてはいたけれども、どうやら男との恋は、女を不幸にする――「だからいやだ」という女達しか、ここ源氏物語の中には、登場しないようです。

だからこそ、その特殊な例外でもあるような光源氏でさえ、ある時期からはっきりと、「女性に拒絶されるような男」になってしまうんですね。『薄雲《うすぐも》』の巻で、藤壺の女院に死なれて以来、光源氏の「不幸」は改めて始まって、そしてそれは、彼が死ぬまで続くのです。

藤壺の女院が死んで、冷泉帝はその母と源氏との関係を知る。冷泉帝は源氏に譲位を申し出て、あわや御代は破綻に陥るかという危機を脱した後、源氏はその傲慢《ごうまん》を罰されでもするかのように、秋好む中宮に言い寄って拒絶される。

藤壺を失って十分に動揺はしているけれども、しかしその動揺を隠さなければならない源氏の不安定は、「秋好む中宮に言い寄る」という形で表れ、しかしそれは惨めな挫折に陥る。源氏のその不安定を受け入れてくれるのは、都から距離を置いた大井の山荘に隠れ住んでいる、身分の卑しい「明石の女」だけです。

源氏は明石の女の許を訪ね、明石の女は大井の地を離れない。やはり都に戻るしかない源氏の不安定な欠落感は埋められなくて、しかし源氏は、その空虚を癒したい。だから彼は、改めて「幼馴染み」とも言いたいような、「朝顔の斎院《さいいん》」に言い寄る（『薄雲』～『朝顔』の巻）。

源氏は、物に憑かれでもしたかのように朝顔の斎院に言い寄って、しかし拒絶される。源氏が朝顔の斎院に接近しているという噂は紫の上の耳に入り、源氏はその最愛の女性の涙を目の前にして、一切からの撤退を覚悟する。

源氏は、紫の上に「藤壺の女院という人の素晴らしさ」を語り、そのことによって、亡き人に対する思い出に終止符を打とうとする。すると、その夜の源氏の夢の中に藤壺の女院が現れて、「どうして私との仲を、ちらとでも人にお漏らしになりました」と、恨み言を言う。

結局源氏は、もう現実というものの中に、自分の「進むべき道」はないのだということを知るしかない。

『薄雲』『朝顔』と、こういう風に物語展開が続いて、そして話はそのまま、彼の息子の夕霧を主人公とする、『乙女』の巻へと向かうのです。

一貫して進められて来た「源氏の恋の物語」は、遂に『朝顔』の巻で挫折して、源氏物語は、全く別の展開を始めるようになるんですね。

源氏の息子の物語となった『乙女』の巻は、源氏の新邸六条の院の建設へと至り、そしてそこに夕顔の忘れ形見である玉鬘《たまかずら》が登場して来る。『乙女』の巻と『玉鬘』の巻は六条の院で一つになって、そして今度は、その新しいヒロイン玉鬘を中心とする、源氏の挫折の物語が始まる。

源氏は、養女として引き取った夕顔の娘玉鬘に恋心を感じ、しかしその彼女は、結局は髭黒《ひげくろ》の大将という男に奪われてしまう（『玉鬘』～『真木柱』の巻）。『藤裏葉《ふじのうらは》』の巻で一段落を迎えた物語は、朱雀院の娘にして藤壺の女院の姪である女三の宮の登場によって大カタストロフへと突き進んで行く。

朱雀院の娘が藤壺の中宮の姪でもあることを知ってつまらない期待をした源氏は、その女三の宮を妻に迎えることを承知し、そして無残な失望を味わわされる。紫の上も不幸に落ち、女三の宮との密通を演じて、源氏に不幸というものをもたらす柏木の衛門の督《えもんのかみ》も、女三の宮に嫌がられるだけで、愛情というものは主人公達のどこにもない（『若菜上』～『柏木』の巻）。

友である柏木の遺言を受けた源氏の息子夕霧は、柏木の未亡人女二の宮（落葉の宮）の許を訪れ、やがてその人と恋に落ちる。しかしその夕霧も、終始一貫女二の宮からは拒絶され続けて、その人を得ても、その人を得たことによって訪れるはずの「幸福」は、訪れないままになる（『夕霧』の巻）。

病に落ちた紫の上は出家を望んで、しかし紫の上と離れることを望まない源氏はこれを許さず、紫の上は寂しく死に、その後を追うように源氏は出家し、やがて世を去る。

源氏の死後になると、もっと物語の展開はすごくなって、『紅梅』の巻で匂宮が思いを懸ける「宮《みや》の御方《おんかた》」は、男嫌い。『竹河』の巻で、夕霧の息子である「蔵人《くろうど》の少将」は、玉鬘の娘に拒絶され、柏木と女三の宮の間に出来た「不義の子」薫は、女性に対して、「好きだ」の一言を言い出すことも出来ない。

自意識過剰の薫は、恋愛に関しては「不能者」と言ってもいいほどで、『橋姫《はしひめ》』以降の宇治十帖では、恋愛が可能なのは、無責任に徹した「色好みの宮」匂宮だけになってしまう。

恋物語でありながら、源氏物語の女達は恋を拒み、男達はそれに気がつかずに、振り回されてばかりいる。源氏物語はいつの間にか、「恋物語」から、「そのような、恋に関する物語」に変わってしまっているんですね。

65 浮舟の拒絶

源氏物語の最終局面は、ヒロイン浮舟《うきふね》の拒絶です。

薫と匂宮の両方に愛された浮舟は、そのどちらかを選びかねて、遂に死を選ぶ。助けられた彼女は、改めて出家し、薫からの迎えを拒絶する（『夢浮橋《ゆめのうきはし》』の巻）。大長編の源氏物語は、最後、「彼は彼女を迎えに来た。しかし彼女は彼に応えなかった」という、いともあっけない終わり方をしてしまうのです。

どうして浮舟は薫を拒んだんでしょう？

難しいようでいて、この答は、至って簡単です。

「その彼が、嫌な男だったから」なんですね。

尼となって、小野の尼君の庵に隠れ住んでいる浮舟の許に、薫は彼女の弟である小君を使者として送ります。その小君の携えて来た薫の手紙は、こうです——。

〝「さらに聞こえむ方なく、様々に罪重き御心をば、僧都《そうづ》に思ひ許しきこえて、今は、〝如何《いか》で浅ましかりし世の夢語りをだに〟と急がるる心の、我ながらもどかしきになむ。まして、人目は如何に」〟

（「本当に、なんとも申し上げようもないあなたのひどいお仕打ち——それをするあなたのお心の非道は、あなたの出家の師である横川の僧都の徳に免じてお許ししようと思うが、それを許そうとする自分の心が、我ながら不思議だ。一切を許して、今は、ただ呆れるばかりの〝この間の事情〟を、あなたとすぐにでも話し合いたいと思う。その心も我ながら不思議ではあるが、自分でもそう思うのだから、世間の人達はきっと、〝とんでもないことだ〟とでも思うだろう」）

こういう「帰って来い」を言う高飛車な男の言葉に従う女というものが、果たしているのでしょうか？

普通の女性なら、「あ、これでやっと、あの男が嫌だと思う決定的な理由が見つかった」と叫び出すようなものでしょう。

「薫の君は律義だけれど、真面目で冷たい。恋の感情がどうしても湧かない。〝美しい男〟〝やさしい心〟というのはこういうものだったのか……」と思って、匂宮に心を許してしまった浮舟が、どうしてこういう手紙を送って来る、冷たい心の薫を許すでしょうか?

無理な相談というのは、こういうものです。

「なるほど、この手紙では〝心を尽くした〟とは言いにくいかもしれない」と、紫式部も思ったのでしょう。

男を拒むことに関しては、丁寧と婉曲の限りを尽くす紫式部は、この手紙の後に、〝――と、書きもやり給はず〟と続けます。

〝気が高ぶっていらっしゃるから、十分にお心を尽くすこともお出来にはなりにくかったのでしょう〟というトーンです。

高飛車で十分な心を書き尽くすことも出来なかった薫大将は、だから、更にこう続けることになるのです――。

〝「法《のり》の師と尋ぬる道をしるべにて
　思はぬ山に踏み惑ふかな
この人は、見や忘れ給ひぬらむ。ここには、行方なき御形見に見るものにてなむ」〟

そして、〝――など、いと濃《こま》やかなり〟です。

（「仏法の師として横川の僧都を尋ねただけなのだが、思わぬことであなたの存在を知ることになってしまった――私だって困っているのだ。この使者となった人を、あなたはお見忘れかもしれない。しかし私は、行方不明になってしまった人の形見として、大切にしているのですよ」――などと、大層情愛が濃《こま》やかだった）

当時としては、これで十分に心が籠った手紙なんでしょう。なにしろ薫は、近衛の大将で、帝の大切な娘（女二の宮）を妻として授けられている貴人。浮舟は、身分の低い受領の継娘です。そんな高貴な人を一方的に拒んだ女が、「帰って来い」と許される――それだけで、当時としては、十分に「寛大な処置」で、これは身分の低い女にとっては、「分不相応なばかりに寛大な御処置」ということになります。

それが「当時」というものですから、紫式部だって奥歯に物の挟まったような言い方をしています。〝――など、いと濃やかなり〟という「余分」は、それでしょう。

紫式部は、仕方なくそれを「情愛の籠った手紙」としていますが、これは、今の常識に従えば、「ロクでもない男の書いた横柄な手紙」以外の何物でもありません。

「愛している」の一言も、「僕には君が必要なんだ」もない。高飛車な「許してやる」の後に続くものは、「俺はお前の弟を大切にしてやっているんだぞ」という脅しです。これで、「はい、帰ります」と言う女はいないでしょう。

浮舟は、この手紙に対して応えず、小君は空しく姉の許を去り、呑気《のんき》で鈍感で、しかし「優雅な都一の公達」とされている恋の暴君薫は、「他に男がいるのかもしれない……」という、なんとも間の抜けた述懐を漏らして、終わりです。

〝「人の隠し据《す》ゑたるにやあらむ」と、我が御心の思ひ寄らぬ隈《くま》なく落とし置き給へりし習ひに――、とぞ本《ほん》にはべめる〟

（「よその男があの女をこっそりと囲っているのかもしれない」と、御自身が宇治の地にこの女を御用心深く匿《かくま》っておいでだったその時分のことをお思い出しになって、薫

の君は、そのようにお考えになりました――と、そのように原本にはございます）

これが源氏物語の「最後」なんですね。勿論、「どちらかといえば、薫の君よりも慕わしい」と浮舟が思っている匂宮の方は、浮舟を迎えになんか来ない。

彼は、さんざんこの女を慕って泣いて、そして「死んだ」と聞いたその後では、恋の記憶一切を捨ててしまって、忘れている。

「真面目な男に恋は出来ない、恋が出来る男は不真面目だ。だから私は、この物語をやめる。貴女はそれでも恋をするか？」と言わぬばかりのエンディングです。

源氏物語は、そういう「恋の物語」なんですね。

その二十四

66「理想」の中に眠るもの

改めて光源氏です。

「真面目な男に恋は出来ない、恋が出来る男は不真面目だ。だから私は、この物語をやめる。貴女はそれでも恋をするか？」というような問いかけで終わる「薫と匂宮と浮舟の物語」の前に、一体どうして、「人の世の理想を体現する光源氏の物語」が書かれているのでしょうか？

人の世の理想を体現する光源氏の物語が、遂には成就出来ない恋の無残を演じる男達＝薫と匂宮の物語へと至る。

これは、ある意味で簡単なことです。

その理由は、「時代が下ったから」ですね。

「人の世というものは、初めに理想があってそれが時と共に崩れるもの——時代が下るにつれて、世のありさまも崩れて行く」という信仰はあります。平安時代は、一方でまた「末法《まっぽう》思想」の時代でもありますから。

「時が下がるにつれて、仏法の実現も難くなる」という思想は、この時代にあって、そしてそれを体現するように、この世の理想を具現する光源氏のような人物は、時代が下るにつれていなくなってしまう——紅梅の按察使《あぜち》の大納言はそのように嘆き、匂宮と薫は、その按察使の大納言の嘆き通りに、光源氏の卑小なパロディを、二人で共同して演じるようになってしまう。

人物が下れば、理想は難くなる。がしかし、それはあらかじめ分かっていることでもあって、既に光源氏自身が、その生存中に、「失われた御代の素晴らしさ」を慕い、偲んでいます。

時が下って、薫と匂宮それぞれの「人間的な苦悩」が語られ、そのことによって「光源氏の素晴らしさ」が改めて偲ばれることにもなってしまうのだけれども、しかし生存中の光源氏だって、そこまで完璧な「理想」ではないんですね。

光源氏の中にさえ、既に問題はある。薫と匂宮の「人間的な苦悩」がクローズアップされると、自動的に光源氏の「人間的な苦悩」は忘れられてしまうというところもあるのですが、しかし残念ながら、光源氏は何も考えない、何も苦悩しない、人間離れのした「生きた理想」ではないのですね。

だからこそ、『桐壺』から『雲隠』までの「源氏の物語」はある。

それでは一体、その「源氏の物語」というのは、なんなんでしょう？

薫と匂宮の演ずる「苦悩」というものは、ある意味で、単純なものです。

彼等には力がない。人に保護されることを当然の前提として、自分からその地位を確固としたものにしようとする発想がない。だからこそ、彼等はつまらない「苦悩」に頭を悩ませなければならないのですね。

匂宮は母・明石中宮に特別な愛され方をしている。女三の宮と柏木の密通によって生まれた〝源氏の子〟薫は、冷泉院の養子となって、特別な待遇をうけている。

この二人は、今でいうところの「典型的なお坊っちゃん」で、約束された保護の中では好き勝手なことが出来て、人からも「素晴らしい方」と言われはするけれども、その保護を越えて、自分なりの生き方を獲得して行こうという発想がない。

要するに、自立していないんですね。

しかし、光源氏は違います。弘徽殿の女御（大后）という敵役が、彼の前にはドンと控えていた。保護をする父も母も、彼にはなかった。彼は、自分で自分の人生を切り開くしかなかったから、それを自分の手で切り開いた。

だから、お坊っちゃん達には出来ないことも、彼＝光源氏には当然の可能事だった。

光源氏死後のドラマは、現実に振り回されるお坊っちゃん達のドラマで、そのことによって、「理想の公達《きんだち》」と言われるような人間達が、実は「世間知らずの過保護坊っちゃん」でしかないということが、はっきりしてしまう。

お坊っちゃん達には、「未熟」という問題があって、社会というものは、その未熟に公然と目をつむる歪《いびつ》なものだということも、はっきりしてしまう。

ある意味でそれは、「うすうす感づかれていたこと」かもしれないけれども、それでは、そんな「直感」に至るような形で書かれた「光源氏の物語」というのは、一体どんな物語だったんでしょうか？

お坊っちゃん達には、「未熟」という問題がある。しかしだからといって、光源氏の中に何も問題がないわけではない。

お坊っちゃん達の未熟を平気で見逃し放置する世の中は、もっと色んなことを見逃して放置しているのかもしれない。

放置された荒涼の中で、光源氏はその荒涼を見つめ続けていたのかもしれない。

「存在しない同性愛による不幸」――即ち、「平安時代の男達にとって〝男であること〟は、あまり意味がなかった」という不幸について、改めてお話ししたいと思います。

「光源氏は、一体〝誰〟が好きで、〝何〟を求めていたんだろう?」と。

67　明石の一族の物語

朱雀院の娘・女三の宮と柏木の衛門《えもん》の督《かみ》の密通が静かに進行する『若菜上』『若菜下』の巻では、もう一つのエピソードが同時に進行します。明石の一族にまつわる話です。「源氏自身の物語」とは少し距離を置いて進行する、その「明石の一族」の物語を振り返ってみましょう。

明石の入道は、須磨に身を退けてきた源氏に一人娘を捧げる（『須磨』〜『明石』の巻）。

その娘＝明石の女（明石の上）は、源氏の子を生む（『澪標《みおつくし》』の巻）。

源氏は明石の女の生んだ女児を引き取りたくて仕方がないので、彼女の上京をうながし、明石の女は父入道と別れ、母＝明石の尼と共に都近くの大井の山荘へと移る（『松風』の巻）。

源氏は明石の女の生んだ女児を自邸に引き取り、紫の上の養女とする（『薄雲』の巻）。

紫の上の養女となった明石の姫は、その養母と共に六条の院の春の町に住み、華やかな都の内に移り住むことをいやがっていた明石の女も、六条の院の冬の町へと入る（『乙女』の巻）。


明石の姫は成長し、春宮の妃として入内《じゅだい》して、「桐壺の女御」「明石の女御」と呼ばれる存在となる（『梅枝《うめがえ》』〜『藤裏葉』の巻）。

それまで日陰の存在だった生母・明石の女は、娘の入内を契機に、「女御の後見役《うしろみ》」として宮中へ上がることになる。「孤独で愛に飢えていた地方出身の女は、やっと大都会で彼女自身の仕事を見つけ出し、そのことに生き甲斐を見出すようになった」というようなところでしょう。

娘＝明石の女御の後見役となって宮中に上がるようになった明石の女は、豊かな見識を発揮して、人々の評判となる。「自分」というものを、そのような形で生かすことを発見した明石の女は、どうやら幸福らしくて、しかし源氏は、そんな明石の女に対して、まったく振り返ろうともしない。

ここまでの前提を置いて、物語は『若菜上』の巻に入ります——。

十二歳になった明石の女御は、懐妊して、出産のために実家の六条の院へと退出します。当然彼女は、養母である紫の上と共に「春の町」にいるのだけれど、出産にまつわる痛みがひどくて、安産を祈る源氏によって、実母である明石の女の住む「冬の町」へと、一時的に移される。

移された「冬の町」には、彼女の祖母に当たる年老いた明石の尼がいて、いささか惚けてしまっている明石の尼は、孫の女御に対して、それまで伏せられていた「過去の話」をしてしまう。

「都を追われた源氏が須磨の地にやって来て、その人と娘はめでたく契って、あなたをお宿ししたけれども、しかしその都の高貴な人は、娘を置いて帰らなければならなかった。私達は嘆いて、しかし今あなたがこうしてご立派になっておいでになるのを見ると、昔の嘆きも夢のようだ」などと。

明石の女御は、その話を聞いて反省をする——「自分は卑しい女の腹から生まれて、紫の上という立派な方に育てていただいたからこそ大きな顔をしていられるのだけれども、その間の〝事情〟というものを知っている人達は、そんな自分を蔭でこっそり笑っていたのだろう。反省しなければ」などと。

明石の女御は、自分の「血筋」というものを自覚し、そして無事にその「冬の町」で皇子を生む。

それによって、「次々代の天皇」となる人を孫として得てしまった源氏は大いに喜ぶのだけれども、そのことを彼以上に喜ぶ人間が、もう一人いた——。

娘と妻と、それから生まれたばかりの孫娘を都に送り出した後の明石の入道は、そのまま明石の浜に留まっていた。しかしその入道も、孫娘が無事に皇子を出産したという報を聞くと、「最早己れの宿願は果たされた」とばかり、娘（＝明石の女）に文を書き送って、深山へ入りその消息を絶ってしまう。

明石の入道の文によれば、その昔、明石の女が生まれた時に、明石の入道は霊夢を見たのだという。「自分の得た娘は、やがて太陽と月とを生むようになり、その時に自分は彼岸を目指し、極楽浄土へ行くことが出来るだろう」と。

都で不遇の公達だった明石の入道は、都での出世に見切りをつけ、敢えて地方官の職を望んだ。「人には〝受領《ずりょう》〟と呼ばれ侮られても、いつか娘を都の権力者に奉って、その娘の血を引く者が帝の後宮に上がって皇統につながる皇子を生んでしまえば、自分の一族は最終的に報われることになる」と、そのように計算をしたんですね。

明石の入道の「宿願」というものはそれで、明石の女御はその「祖父」の話を聞いて、非常に感動する。明石の女御の皇子出産は、源氏にとってよりも、明石の一族にとって、非常に大きな出来事だった。源氏は、その明石の入道の宿願の偉大さを称えはするのだけれど、でも――というところです。

光源氏は初め、明石の姫を非常に可愛がっていた。葵の上との間に生まれた長男・夕霧に対しては冷淡としか言いようのない扱いをしていたのに、この一人娘に対しては大層な愛情を注いでいた。しかしそれが、いつの間にか、微妙な変化を示すんですね。

源氏は、いつの間にか、娘よりは息子の方を愛するようになっている。『梅枝』の巻で、その入内の準備に嬉々として奔走してはいるけれども、しかし源氏は、愛する娘の入内を喜んでいるのではない。どう考えても、晴れがましい入内の準備をするそのこと自体を喜んでいる。

たとえて言ってしまえば、「源氏は、自分の愛馬がダービーに出走すれば、優勝確実の大本命馬であることを知って喜んでいる」――そのように彼は娘の入内を喜び、その準備に奔走している。『梅枝』の巻に、「娘の入内の準備に奔走することが出来る源氏の喜び」はあっても、「娘の幸福を喜ぶ源氏の姿」というのは、カケラもないんですね。

源氏は娘を愛しているのかもしれない。しかしその娘は、誰よりも養母である紫の上を愛している。だから源氏は、「娘は紫の上に愛させておけばよいか……」などと思っているのかもしれない。出産を間近にした明石の女御が、明石の尼の昔語りを聞いてまず第一に思うのは、「養母である紫の上への感謝の念」だというのも、その辺りのことを語っているのかもしれません。

源氏が、あまり娘である明石の女御への愛情を注がずに、明石の尼の昔語りを聞いてしまったその娘が、一時的にもせよ、名もない身分もない明石の入道の一族であることに自己を同化させているのは、これはどうやら、「紫式部が、明石の女御を、〝源氏の娘〟よりも〝明石の入道の一族〟としてとらえたがっているから」になるのではないでしょうか。

『藤裏葉』の巻で上皇に准ずる地位に就いてしまった源氏は、御代で随一の権力者です。御代で随一の権力者となるために、彼は六条の御息所の娘である伊勢の斎宮《さいぐう》を冷泉帝の後宮に入れた。伊勢の斎宮は「斎宮の女御」となり「秋好む中宮」となった。源氏は、その中宮の「養父」という形で、その御代の権力を握った。

ただ、源氏の権力基盤は、本当のことを言えば、彼が帝の「隠された父」であることでしょうね。

藤壺の中宮と密通した源氏は、冷泉帝の隠された父。だからこそ、彼が御代随一の権力者となっても、帝の補佐をしていたとしても、帝はそれをいやがらない。

帝も一人の男です。成人してまで他人の庇護を受けていることが、そんなに嬉しいわけはない。だから、平安時代に権力を握った藤原氏は、帝が成人しそうになると、その後宮に娘を入れて妃とし、その娘の庇護をするという形で、間接的に帝のコントロールをしようとした。

妃である娘に皇子が出来れば、成人して自己を主張したがるようになった帝などは、もう「用済み」です。そうなってしまった帝は、譲位をして上皇になってしまえばいい。「〝自己〟だの〝自由〟だのを主張したいのだったら、現実というものとの関わりを絶って、上皇という自由な存在になればいい」というのが、この譲位の論理ですね。

幼い帝には外祖父の庇護が当然必要で、だから藤原氏全盛の摂関時代に、帝というものは、みんな年若だった。それが、源氏物語が書かれた時代の現実というものです。

この現実を踏まえて、紫式部は、「権力者の庇護をうるさがらない帝＝冷泉帝（権力者の隠された息子）」と「帝に介入しても決して嫌われない権力者（源氏）」というものを出して来ている。意外かもしれませんが、この時代に「祖父→母→息子」という関係は意味を持って、もっと単純な「父→息子」というものは、あまり意味を持たなかったんですね。

だからこそあるいは、源氏物語の中に「父」という論理は、隠されて大きいのかもしれません。なにしろ光源氏は、「父に愛された息子」で、それゆえにこそ、「祖父（右大臣）→母（弘徽殿の大后）→息子（朱雀帝）」という関係と、対立を深めるのですから。

光源氏は、冷泉帝の「隠された父」として、御代に勢威を奮い、当時の権力者の常套にのっとって、斎宮の女御を「養女」として、その帝の後宮に入れた。そしてその権力者である源氏は、その権力を更に確固としたものとするために、「次代の帝」である春宮の後宮に、実の一人娘を送り込む。それが明石の女御ですね。

明石の女御の配偶者となる「冷泉帝の春宮」は、源氏とは直接に繋がりのない存在――譲位した兄・朱雀院の息子なんです。「次の時代」というものを考えるのなら、どうあったってこの縁組は欠かせないものです。

源氏は、当時の権力者の常套に従って、娘を次代の帝の後宮に入れる。その娘は美しく、権力者の父の権勢を反映して、見事にときめいている。

そういう娘を入内させるとなれば、その父たる権力者の胸の内は、「大本命で、勝馬になることが確実な馬を持っている馬主」のそれと同じになるでしょう。権力者というものは、そういうものです。そしてそこに、紫式部は、「ある要素」をこっそりと忍び込ませたのです――。

「その娘は、実は名もない土豪の血を引く娘だった」という要素を――。

そして、「その名もない土豪＝明石の入道は、初めからそれを〝既定の事実〟であるかのようにして想定し、そのように準備していた」と――。

「娘は都の貴人に縁づけられ、その娘は美しい娘を生み、その生まれ出た孫娘は、貴人の力によって帝の後宮に上がって皇子を生み、その皇子が皇位に即くことによって、報われなかった自分は、天皇の曽祖父となる」と――。

ある意味で、明石の入道は、光源氏という松の木に寄生した藤の蔓です。

光源氏という大きな力を利用して、そこに自分の一族というものを混入させようとしている。あるいは、「横取り」と言うべきなのでしょうか。

これはある意味で、出世の道を絶たれた、当時の一般貴族達の「夢」でしょう。「摂政関白」と言われるような人達でなければ達成することの出来ない、天皇の祖となること——それが一介の「受領」でしかない明石の入道なる者の上に起こる。

出世とは、平安時代には、ごく限られたものしか享受出来ないようなものだった。大臣家の娘なら、入内して女御となり、皇后の地位を約束される候補者の一人となれる。がしかし、「大納言家の娘」ならば、入内しても更衣にしかなれずに、皇后の地位などは遠く望めない——そういう前提からスタートした、「帝の寵愛篤い更衣の腹から生まれたが故に臣下とならざるをえなかった皇子＝光源氏を主人公とした物語」が、源氏物語です。右大臣家の女御（＝弘徽殿の女御）を敵として、その貴公子は、栄華への階梯を上って行く。光源氏に拍手を送る読者は、そのまま、明石の入道の宿願に対しても手に汗を握ることでしょう。

「名もない中級貴族の娘だって、皇后の生母となることは出来るのね」という、明石の一族のエピソードは、そのまま当時のシンデレラ・ストーリーであるはずのものです。

がしかし、自分の力に寄生して権力の中枢を横取りするような人物を、果たして時の権力者が、喜んで受け入れるでしょうか？

答は当然「ノー」でしょうね。

光源氏は、明石の入道から送られて来た手紙を見て、涙を流す。「なるほど、明石の女と契って明石の女御を得たということには、前世からの取り決めでもあるかと思っていたが、しかしこの入道は、随分とムチャなことを信じていたものだな」と。

「涙を流す」というのは、死んで行く明石の入道に対する「お世辞」のようなものでしょう。

源氏は、明石の入道の手紙を見て、「バカらしい」などとは言いません。否定もしません。しかしだからと言って、「すべては入道のお志によるものだったのか」などと、ありがたがったりもしません。源氏は涙を流し、そして、「源氏はともかく、すべては明石の入道の思惑通りの結果になったのだ」と、この物語の作者は言うばかりです。

「源氏がどう思っているかは知らないが、ともかく明石の一族は栄華を得た」と、『若菜上』の巻は語ります。

「一人の名もない土豪がある夢を見た。自分の娘が太陽と月とを生むという夢を。そして、実際はその通りになったのだ」と。

源氏が愛した一人娘であったはずの明石の姫（明石の女御）は、そうして「別のエピソードを掌《つかさど》る存在」になってしまいます。そして、やがてはそういう存在になるような娘を、源氏は特別に、愛そうともしなかった——。

既に権力者となってしまった男にとって、重要なことはただ一つ、「自分の娘が次代の帝の妃となって、次々代の帝となるような皇子を生んだ」という、その「事実」だけです。権力者の父親は、その「事実」だけで十分に満足し、その「事実」を前提にして、すべてを順調に進めて行くことしか考えません。

だから、その「娘を大切にはしても、愛そうとはしない父」の残酷さをほのめかすようにして、紫式部は筆を補うのですね。

明石の女御は、なんと十二歳で妊娠し、十三歳で出産をするんです。これは「数え」の年齢ですから、実際の彼女は、十歳で妊娠、十一歳で出産です。そんな明石の女御の幼さ

――「若さ」と言うよりは「幼さ」でしょう――を使って、紫式部は、暗に「この父親は、自分の娘の幼さを気づかおうともしていない」と言っているようです。

実家の六条の院に下がって出産をした明石の女御は、やがて宮中へと戻らなければならない。彼女の配偶である二つ年上の春宮（つまり十五歳）は、彼女にいたくご執心で、「早く参上せよ」とばかり言って来る。

明石の女御は、〝御暇《おほむいとま》の心やすからぬに懲《こ》り給ひて「かかるついでに暫しあらまほしく」思《おぼ》したり〟なんです。

〝春宮が彼女を放さないから、なかなか「お暇」というものが出ず、彼女は自由に体を休めることが出来ない。だから、「こんな機会に、もう暫く実家で体を休めていたい」と思った〟なんですね。

数えで十三歳の少女が、出産という大事を終えてこう思うのは、当然でしょう。

それを思う明石の女御を、紫式部はこのように描写しています。

〝ほどなき御身《おんみ》にさる恐ろしきことをし給へれば、少し面痩《おもや》せ細りて、いみじくなまめかしき御様《おんさま》し給へり〟

（お年若のお体でそのように大変なことをなさったので、少し面やつれをなさって、大層お美しく見えた）

実母にして後見《うしろみ》の役を勤める明石の女は、その年若い女御の様子を見て、源氏に言います――「あのように、まだまだお体が本当ではいらっしゃいませんもの、今の折りにゆっくりと御養生遊ばされた方がよろしいのでは？」と。

すると源氏は答えます――。

〝「かやうに面痩せて見え奉り給はむも、なかなかあはれなるべきわざなり」〟

（「あのように面やつれしてお見えになるというのも、かえって男の心をそそるものではあるのだ」）

あまりと言えばあまりに残酷な、父親＝権力者の発想ですね。

源氏は、娘を愛するよりも、娘を大切な「権力機構の一要素」――だからこそ「御寵愛が大事だ」としか思っていないんですから。

68　凍える冬の住吉大社で――

明石の女御の出産から四年後の冬、源氏は、明石の入道が自分の夢の実現を祈って住吉明神に願を掛けた、それがそのままになっていることを思って、紫の上と明石の一族を引き連れて、住吉明神に願果《がんは》たしに出掛けます。『若菜下』の巻です。

明石の女御とその養母である紫の上は、立派な牛車に乗って堂々と。実母にして後見役を勤める(ということは〝女中頭〟も同然ということですが)明石の女と、祖母である明石の尼は、目立たぬようにひっそりと。

しかしそれでも、その華やかな行列を見送る人々は、「果報者の典型は明石の尼」ということを、ちゃんと知っています。

「遂にその孫娘は、将来の皇后を約束されるような地位に就いた」と。

人々の羨望と賛辞は、年老いた明石の尼の上に集まります。

そしてそうなって、源氏と契って明石の女御を生んだ、父明石の入道の期待を一身に背負って、須磨に落ちて来た源氏と契った実母たる「明石の女」は、どうなんでしょう?

不思議といえば不思議です。作者の紫式部は、この重要な意味を持つはずの「明石の女」に、ほとんどなんの言及もしないでいるからです。

願果たしの行列は住吉に着いて、「これですべての布石は終わった。春宮の皇子を生んで、娘の女御の寵愛は未だに衰えぬままだ」と、その住吉の社頭に立って思う源氏は、そうした安堵《あんど》の思いを、歌に託します——。

〝誰《たれ》かまた心を知りて住吉の
　神代《かみよ》を経たる松に言問《ことと》ふ〟

この、源氏が詠んだ歌の送り先は、誰なんでしょう？「神代を経たような松（古くから生きている人）に尋ねる（言問ふ）」と言っているんだから、この相手は老人です。つまり、光源氏は、「娘の女御の身分がまずまず安泰になってよかったな」という感慨を、その娘の母である明石の女にではなく、その娘の祖母に当たる明石の尼に送るんですね。「姑には挨拶をするが、自分の妻には一言もない」という、不思議な行動です。

しかもまた、源氏からそのような挨拶を送られた尼は、それを自分一人の胸の内だけで繰り返すんですね。
作者の紫式部は、「尼は、苦しかった昔のことを振り返った」とは書いていますが、しかしその尼と一緒の牛車に乗っているはずの明石の女のことについては、一言も触れないままなのです。

作者は何も言わない。源氏も、その女に対して何も言わない。その以前、『澪標』の巻では、同じ住吉明神の境内で、明石の女と光源氏はすれ違って、心の籠った歌を詠み交わしている。そういう「思い出の場所」でありながら、「あの時はこうだったな――」の一言もないというのは、かなり不思議なことではないでしょうか？
そのかつての歌とは、これです――。

〝澪標《みをつくし》恋ふるしるしにここまでも
めぐり逢ひける縁《えに》は深しな〟

源氏はそう詠み、姿を隠すようにして去った明石の女は、こう返した――。

〝数ならで難波《なには》のことも甲斐《かひ》なきに
など澪標《みをつくし》思ひ初《そ》めけむ〟

都を離れた地では愛し合えたけれど、今となっては身分違いで逢うことも出来ないという、哀切な心を交わしたはずの住吉の地に再び訪れて、源氏はそのことを思い出しもしないし、明石の女が何を考え思っているかを、作者は語ろうともしない。

源氏は、果たして、須磨の地に身を退けて、そこで明石の入道なる者の娘と契ったなどということを、忘れてしまったんでしょうか？

栄華の座に就いた源氏には、もう、須磨の浦の一件などというものは、思い出したくもないことで、それだから彼は、一切を忘れて住吉明神の境内に立っていたのでしょうか？

ところが違うんですね。

源氏は、その昔を覚えていた。覚えていて、住吉明神の境内で、一人昔を偲んでいた。

作者の紫式部の語るところは、こうです――。

〝大殿《おとど》、昔のこと思《おぼ》し出でられ、中頃沈み給ひし世のあり様も、目の前のやうに思さるるに、その世のことうち乱れ語り給ふべき人もなければ、致仕《ちじ》の大臣《おとど》をぞ恋しく思ひきこえ給ひける〟

（源氏は昔を思い出していた。でも、それを語り合う相手というものがその場にいないので、彼は、その昔に「頭の中将」であった現在の「致仕の大臣」を恋しがっていた）

明石の女ではだめなんですね。なにしろ、〝その世のことうち乱れ語り給ふべき人もなければ〟なんですから。「話相手は誰もいない」と思う源氏は、ある人を恋しがっていた。その、源氏が恋しく思っていた「ある人」というのは、女ではなく、その昔、須磨の浦にまで馬を飛ばしてやって来た、「親友」の頭の中将だった、というのです——。

その二十五

69 つれない父——光源氏と少年夕霧

光源氏の同性愛的傾向は、中年以降になって出て来るように思えますが、その一つの例となるのは、彼と葵の上の間に出来た息子・夕霧への感情でしょう。

葵の上の死後、この光源氏のただ一人の息子（〝表向きには〟の話ですが）は、祖母の大宮の手許で育てられます。

十二の年に元服の時を迎えた夕霧は、改めて父親の住む「二条の院」に引き取られるのですが、この真面目な光源氏の一人息子は、『乙女』の巻で、その祖母の大宮に、こう言って不満の心を示します——。

〝「六位《ろくゐ》など、人の侮《あなづ》りはべるめれば、暫時《しばし》のこととは思うたまふれど、内裏《うち》へ参るも物憂《ものう》くてなむ。故大臣《おとど》おはしまさましかば、戯《たはぶ》れにても人には侮《あなづ》られはべらざらまし。物隔てぬ親におはすれど、いとけけしう差し放ちておぼいたれば、おはします辺りにたやすくも参り馴れはべらず。東《ひむがし》の院にてのみなむ、御前《おまへ》近く侍《はべ》る。対《たい》の御方《おんかた》こそあはれにものし給へ、親今一所《ひとところ》おはしまさましかば、何事を思ひはべらまし」〟

（「〝六位だ〟などと人がバカにするものですから、〝ほんの一時のことだ〟とは思うのですけれども、やはり内裏へ参上するのさえも億劫《おっくう》になってしまうのです。亡き大臣がご健在でおいでになったならば、たとえ冗談でも、人からバカにされるなどということはございませんでしたでしょうに——。ご遠慮する必要もない実の親ではいらっしゃいますけれども、不思議に私をお隔てになりますので、常においでになります所へ参上してお目にかかることも出来ないのです。私がお側近くにあることが出来るのは、東の院にお渡りになる時ばかりなのです。対の御方は私におやさしくして下さいますが、私には〝もしも母君がおいでになったら、つまらないことで思い悩む必要はないのに〟と思われるのです」）

光源氏は、自分の手許に引き取った息子に対して、かなり厳しい教育をします。

上級貴族の息子なら、「五位」の官位から出世のコースをスタートすることが出来るのに、御代に随一の権力者である光源氏は、あえてその息子を、下級官吏の息子のように、「六位」の官位からスタートさせたのです。

「あるいは、従《じゅ》一位の内大臣の息子である自分だったら、五位の上の四位《しい》からスタート出来るのではないか……」と思っていた夕霧は、この処置でがっかりします。

源氏は、自分の息子にあえて低い官位を与え、更にその上、下級官吏の息子のように、国家の官吏養成機関である「大学寮」に入れて、勉強までもさせるのです。

「上級貴族の息子であるのなら、ただ遊んでいればいい」という当時に、光源氏は、その息子に「厳しい試練」を与えてしまうのですね。

あるいはこの辺りは、「中級貴族」にして実質は「下級官吏」でしかなかった藤原為時《ためとき》の娘である紫式部の、「理想主義」なのかもしれません。

「上級貴族の子弟であっても、ただ遊んでいるだけでなく、いずれ国家の枢要を担う上級官吏となるのだから、そのためにもきちんと勉強をして、正しい教養を身につけた人になってほしい――そうでなければ、一生懸命になって勉強をしても、結局はその一生を下積みで終わるしかない下級官吏が報われない」というような。

紫式部は、大学寮を出て正式の資格を取った漢学者の娘で、教養のある女性です。「この子が男だったら」と、父の為時が嘆息したほどの人であれば、「一体、今の男はなんなの？　大学寮という国家官僚の養成機関にはなんの意味があるの？」と怒っても不思議はないでしょう。だから、「この際――」とばかりに、光源氏の跡継ぎ息子を大学寮に入れて、「国家を担う官吏の本分とは――」などということを問いたかったのかもしれない（勿論、その一方で、大学寮出身の学者官僚の実態を知っている紫式部は、学識だけで品のない、当時の貧しい〝大学出〟を、ちゃんと皮肉ってはいるのですけれども）。

光源氏は、これから人生をスタートさせようという十二歳の息子に、あえて常識とは逆の「低い官位」を与えて、「教養を身につける」などという無駄な苦労をさせ、息子の夕霧は、そのことを不満に思っている。そればかりならまだしも、この息子を祖母に預けたままで放ったらかしにしておいた薄情な父親は――まァ、当時の常識でいけば、子供というものは母方の家で育てられるものだから、これで一向に不自然ではないのですが――その成人した息子を引き取っても、一向にやさしくしてくれない。

自分は最愛の紫の上と共に二条の院に住み、息子の方は、その二条の院の東にある別邸に住まわせる。

息子が父親を慕って近づこうとしても、「もしも息子が紫の上の姿を見て、その美貌にポーッとなってしまったら、自分と藤壺の女御の関係の再現になってしまうから、それだけは困る」と、決して自分の住むプライベート・エリアには近づけない。

「こっちには来るな」と言って、息子を東の院に住む、ほとんど「醜貌」と言ってもいい花散里に預けて、彼女にその世話を言いつける。

光源氏は、花散里の住む東の院に来ても、ほとんど泊まることはないし、あまり美しくない彼女の顔を見たくないから、肉体関係を持った「妻」でありながらも、この花散里と会う時には、いつも几帳《きちょう》の隔てを置いている。

花散里は夕霧にやさしくしてくれるので、その点で夕霧には不満がない。ないのだけれど、でも、その父親の、「こんな女でよかったらくれてやるぞ、好きにしろ」と言わぬばかりの態度が、どうも気に入らない――はっきり言って、それが悲しいと思う。

「世間の父親というものは、もっと息子に対してやさしいのではないか?」と思う夕霧は、死んでしまった大宮の夫――祖父に当たる摂政太政大臣や、生まれてすぐに死んでしまった母、葵の上が生きていてくれたら、などと思っているんですね。

光源氏は、この「まだ幼い」と言ってもいい年若の息子に対して、とても冷たい。

大学寮に入れるなどというスパルタ教育を施して、息子に対しては特別の教育方針がある「厳父」というような顔をしてはいるのだけれども、それがどこまで本当なのかは分からない、というところもあります。

光源氏は、自分の息子になんか全然関心がなくて、ただ紫の上のことしか頭にない。「息子のことを考える」になれば、「息子イコール男、だから危険——だからここには近づけない」としか、思ってはいない。

一部上級貴族に都合のいい身分制社会のあり方を、自分の息子というものを使って考え直そうとしているようにも見える「厳しい光源氏」は、それと同時に、「子供のことなどまったく考えず、ただ自分の都合ばかりを優先させている、父になれない未熟な男」でもあるのですね。

光源氏は、自分の息子の夕霧を、どうやら嫌っていて、無視しようとばかりしている。がしかし、それが、いつの間にか、変わってしまっているんですね——。

70　女にして可愛がってみたい――光源氏と青年夕霧

時が経って、その光源氏の息子夕霧と落葉の宮の不倫の恋を描く『夕霧』の巻では、光源氏は五十歳、夕霧は二十九歳の左大将になっています。

朱雀院の娘・女三の宮を正妻として六条の院に迎え入れた源氏は、この幼いだけの高貴な内親王に失望し、夫に失望された女三の宮は、柏木の衛門の督に密通を迫られるという破目に陥ってしまう。

柏木は死に、不義の子である薫を生んだ女三の宮は出家をし、源氏との間には、もう修復のしようのない断絶が出来上がってしまっている。

准太上天皇となり「六条院」と呼ばれる源氏は、もうこの物語の中から姿を消すのを待つばかりになってしまっていて、そこにこの夕霧の「恋物語」が登場するんですね。

幼馴染みの雲居《くもい》の雁《かり》と夫婦になっている夕霧の左大将は、父の源氏とは違って真面目です。もう一人の妻である藤典侍《とうないしのすけ》以外には女を作らず、律義な子沢山を演じていた。そのところに、「親友の柏木の死」という事件がやって来るんです。

夕霧は、その親友の妻である「落葉の宮」――女三の宮は腹違いの姉に当たる――という女性に心を奪われて、「真面目な左大将殿の一大スキャンダル」が持ち上がる。

都中は大騒ぎで、雲居の雁は実家に帰ってしまい、あわや夫婦は離婚かという危機に陥る。落葉の宮の夫だった柏木と雲居の雁とは腹違いの姉弟で、この二人の父親は、かつて

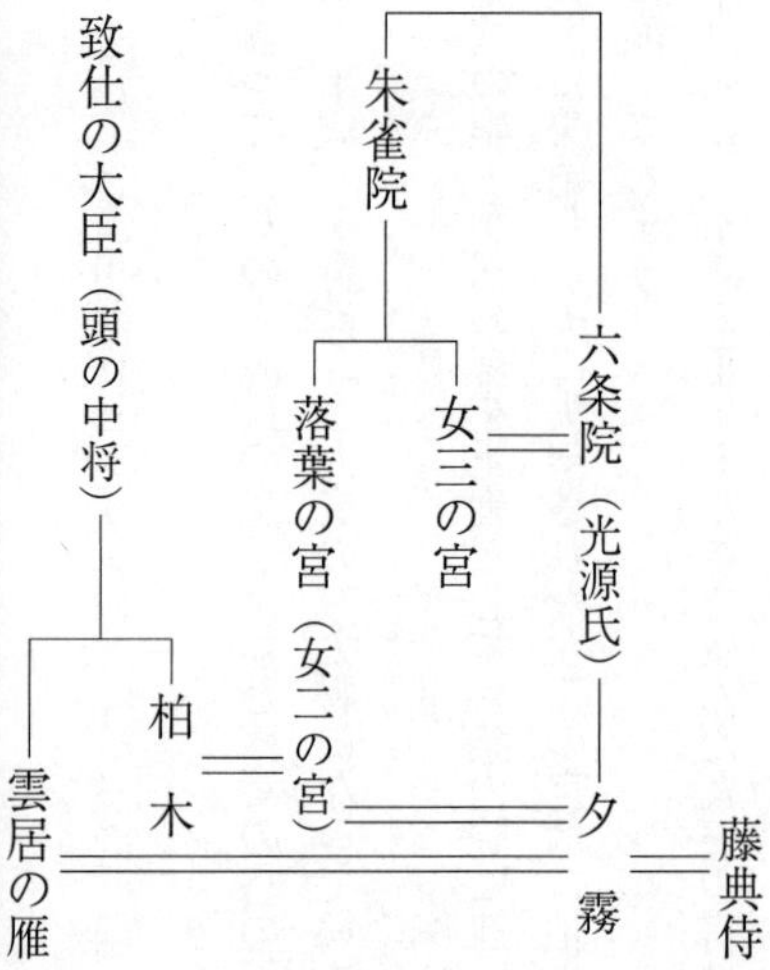

の頭の中将――今では「致仕の大臣」と呼ばれる源氏のライバル（にして親友）。左大将殿のスキャンダルは、六条の院の夏の町に住む彼の「養母」である花散里の耳にも届いていて、花散里は「大変でしょうね」と、夕霧に同情したりもする。

〝「さて、をかしきことは、院の、自《みづか》らの御癖をば人知らぬやうに、些《いささ》かあだあだしき御心づかひをば大事《だいじ》とおぼいて、戒《いまし》め申し給ふ。後言《しりうごと》にも聞こえ給ふめるこそ、賢《さか》しだつ人の己《おの》が上知らぬやうに覚えはべれ」〟

（「それにしてもおかしいのは、あなたのお父様である六条院ですわね。ご自分のことを棚に上げて、あなたがわずかばかり浮気めいたことをなさると、もう〝大事件〟とばかりに、大騒ぎをなさる。すぐにお説教ですものね。あなたがおいでにならない時でも、あなたへのご意見ばかりを陰でなさっているとか申しますのよ。〝利口ぶった人ほど自分のことは知らぬ振り〟というようなことなのかしらね」）

光源氏に冷遇されている花散里は、なかなか辛辣な口をきく人で、夕霧のスキャンダルをいい口実とばかり、ここぞと源氏の悪口を言います。

「ご自分は浮気ばかりしていたのに、それを人が知らないと思っていらっしゃるのかしらね」と、言わぬばかりに。

どうやら五十歳になった光源氏は、妙に道徳家ぶって、「真面目」だけが取り柄の、二十九歳になる息子のスキャンダルの心配ばかりをしているようにも見える。

ところが、この花散里を訪ねた夕霧が、その後で源氏の住むところへ行くと、ここぞとばかりに堅い説教をするはずの源氏が、意外なほどに、何も言わないんですね。

その辺りを、紫式部は、こう書いています——。

〝御前《おまへ》に参り給へれば、彼《か》のことは聞こしめしたれど、「なにかは聞き顔にも」とおぼいて、ただうちまもり給へるに、いとめでたく清らに、この頃こそねびまさり給へる御盛りなめれ。然《さ》るさまの好きごとをし給ふとも、人のもどくべきさまもし給はず、鬼神《おにがみ》も罪許しつべく、鮮やかに物清《ものきよ》げに、若う盛りに匂《にほ》ひを散らし給へり。物思ひ知らぬ若人《わかうど》のほどに、はたおはせず、かたほなるところなう、ねび整《ととの》ほり給へる。「ことわりぞかし、女にてなどか愛《め》でざらむ。鏡を見ても、などか驕《おご》らざらむ」と、我が御子ながらも思《おぼ》す〟

（左大将殿が御前に参上なさると、六条院は〝例の事〟をご承知ではいらっしゃるのだけれども、何もご存じないようなお顔をされて、左大将殿のお姿をご覧になっていらした。左大将殿は大層ご立派でお美しく、今がちょうど盛りとも申し上げるのにふさわしいお年頃なのだろう。そのように大変な騒ぎとなっている浮気をなさっているにもかかわらず、少しも悪びれたようなご様子を見せておいでではなかった。いかなる鬼神であっても、その咎《とが》をお許しせざるをえないような、すっきりとした爽やかこの上ないご様子で、若々しく、左大将殿は今を盛りのお美しさを辺りにまき散らしておいでになった。なんの分別もない若者というお年頃ではなく、欠点というものがどこにもないようなご立派なお姿にご成長なさっておいでになる左大将殿をご覧になると、「無理もない、これを女にして、私が寵愛してしまいたいようなものだ。これだとて、自分の姿を鏡に見れば、自惚れ心の一つも起こしてしまうはずだ」と、六条院は、御自身のお子であるにもかかわらず、お思いになった）

かなり危ない、光源氏の胸の内です。

〝女にてなどか愛《め》でざらむ〟――「女として会いたい」「女として可愛がりたい」は、この当時の男が美男子をほめる時に使う、決まり文句のようなものです。

勿論、これは「口に出して言う」のではなく、「内心でそう思う」というような時の決まり文句です。あまりにもその相手が美しかった――だから、それを見てしまった男の胸の中には、不思議な衝撃が残ってしまったというような時、この決まり文句は使われます。

それでは、一体どのような時、どのような相手に対して、男は、この「女にして――」を胸の中でつぶやいているのでしょうか？

その恰好な例が、『紅葉賀《もみじのが》』の巻にはあります。

まだ御代は桐壺帝のもので、藤壺と源氏の密通による冷泉帝は生まれていません。源氏は藤壺の女御が恋しくて、その人の御前へと参上します。するとそこに、藤壺の女御の兄に当たる「兵部卿《ひょうぶきょう》の宮（後の式部卿《しきぶきょう》の宮）」がやって来るのです。桐壺帝の寵愛深い妹・藤壺の女御の栄達をよいことにして、遊んでばかりいる兵部卿の宮は、なよなよとした色好みの宮です。

源氏は、その兵部卿の宮を見て、こう思います――。

〝いと由《よし》あるさまして、色めかしうなよび給へるを、女にて見むはをかしかりぬべく、人知れず見奉り給ふにも、かたがた睦《むつ》ましく覚え給ひて、こまやかに御物語など聞こえ給ふ〟

（大層嗜《たしな》みのあるお姿で優美になまめかしくしていらっしゃるのを、源氏の君は「女にして会っていればいい気分になるだろう」と、そっと盗み見ておいでになるにつけて

も、この宮とは、何やかや親しくお思いになるようなご関係もあるので、心をこめて世間話などをなさる)

源氏はこの頃、兵部卿の宮の娘である幼い紫の上を、こっそりと二条の院に匿《かくま》っています。この宮の妹である藤壺の女御は自分の子を身籠っているし、娘である少女は自分の手許に引き取られている――〝かたがた(何やかや)睦ましく(親しく)〟というのは、そういう密やかな関係のことです。

源氏はそう思って、兵部卿の宮となごやかに話をする。

そうすると、その相手である兵部卿の宮は、いつもは取り澄ましてばかりいるような源氏が、なんだか自分にすり寄って来るような気がするものだから、「それならば」と、評判の源氏の「美しさ」を、ついまじまじと見てしまう――。

〝宮も、この御さまの常よりことに懐かしううちとけ給へるを、「いとめでたし」と見奉り給ひて、「婿に」などは思《おぼ》しよらで、「女にて見ばや」と、色めきたる御心には思ほす〟

(兵部卿の宮も、源氏の君のご様子がいつもとは違って親しげでいらっしゃるものだから、「なんという美しさだ」とご覧になって、「この美しさならば、婿になどとは思わずに、いっそ女にして口説いてみたい」と、危険なお心でお思いになる）

男と男が、臣従の形ではない関係を持つのなら、それはその当時としては、「婿と舅の関係」になります。そして、兵部卿の宮の娘を源氏がこっそり匿っている以上、この二人の関係はそうであってしかるべきものなんですが、そこに紫式部は、とんでもなく危ないことを書いているんですね。今の目で見れば「アブナイ」、でも当時の感覚とすれば、「それだけのこと」なんでしょうが。

この例で分かるように、「女として見る」は、そこに〝色めいた心〟（好色の心）が必須なんですね。男を、ただ美術品のように、「美しいなァ……」と、感心して見ているのではない。

「いい男だなァ……。これでこいつが女だったら、俺はただではおかないぞ」という、エロチックな感情剥き出しで見ているということですね。

女と「逢う」ということは、身内の女性を除けば、肉体関係のある女性相手にしか可能にはならないことです。そういう時代の「逢う」は、だから、「口説く」であり、「エロチックな予感を楽しむ」であり、もっとストレートに言えば、「犯す」なんですね。だから、光源氏が、自分の息子である夕霧に対して、〝ことわりぞかし、女にてなどか愛《め》でざらむ〟と言うのは、かなり「本気」なんです。二十九歳になった自分の息子に対して、「立派になったな、美しいものだ。一度犯してみたい」という感想を抱く父親というのには、ちょっとすごいものがありますが、光源氏はそういう父親なんです。そしてそれは多分、当時としては、そうそうへんなことではないんです。

だから、光源氏が「息子に対してそういう感想を抱いてしまう父」でもあるということを頭に置くと、先の花散里の、「ご自分のことを棚に上げて、六条院はご説教ばかりね」という意見も、かなりニュアンスが変わって来るのではないかと思われるのです。

71　ただ一人許してしまった相手

花散里に言わせれば、「光源氏は自分の不行跡を棚に上げて、息子の浮気に対して厳しいことばかりを言っている」ですが、果たして、本当にそうなんでしょうか?

「光源氏は、息子をつまらない女に取られたくなくて、それでちょっとした噂を耳にしては、一々つまらない言い掛かりをつけている」なんじゃないんでしょうか？

そうでもなければ、「後言《しりうごと》にも聞こえ給ふめる」ということは成り立たないんじゃないのでしょうか？

つまり、「光源氏は、息子をよその女に取られたくなくて、つまらない嫉妬をしている」ということです。


どうやら光源氏は、男の浮気騒ぎでつまらないことを言い立てる人ではありません。「これだけいい男になっているんだったら、浮気のひとつも仕方があるまい」と思う人だし、「何をしてもよいが、女を悲しませるようなやり方だけはするなよ」という、アドヴァイスをする人ではあっても、そっちの方面でつまらない世間の体面を気にする人ではありません。

そんな人が、どうして息子のいないところで、「困ったものだ……」などという〝後言《しりうごと》〟（陰口）を口にするのでしょうか？

私にはこれが、「嫉妬のようなもやもやとした感情が、つい彼にそれを言わせてしまう」でしかないと思われるのです。

つまり、「光源氏は孤独になって、いつの間にか、あの無関心だった息子の夕霧を、それくらい愛するようになってしまっていた」というのが、本当なのではないかと思うのです。

それがあればこそ、作者の紫式部は、あらかじめ花散里に、「自分のことは棚に上げて、人のことばかりをうるさくご説教なさる」などと、その時の源氏の様子を語らせておいて、その後に、「実は意外なほど何も仰言らなかった」という、不思議な源氏の姿を登場させたりもするのでしょう。

光源氏が、恋の騒ぎの中にいる息子夕霧を見て「女にてなどか愛でざらむ」という感慨を漏らす、その伏線のようなものは、『夕霧』の巻以前にもあります。それは、『若菜下』の巻に登場する、「六条の院の女楽《おんながく》」のシーンです。

光源氏は、朱雀院の五十の賀《が》の祝いのために、その娘の女三の宮に琴《きん》の琴《こと》を教えます。女三の宮は、どうやら覚束《おぼつか》ないながらも、この演奏をマスターする。それに気をよくした光源氏は、「朱雀院の五十の賀の祝いで彼女に演奏をさせる前に、その予行演習もかねて、この六条の院で、女だけの演奏会を開いてみよう」と思うのですね。それが「六条の院の女楽」です。

女三の宮は琴の琴。ちょうど宿下がりで実家に帰っていた源氏の娘「明石の女御（後の明石中宮）」は、箏《そう》の琴《こと》。紫の上は和琴《わごん》を弾いて、明石の女は琵琶《びわ》を弾く。帝の妃である明石の女御を除くと、ここに集った演奏者は、すべて、源氏の「妻」です。

ということはどういうことかというと、「この女性達は、すべて当代の名手にひけを取らない腕を持っているはず」と源氏が豪語するような素晴らしいメンバーによる演奏会を、源氏以外の男は、誰も聴くことは出来ないということです。

女というものは、御簾《みす》の中にいるもの。「みだりにその気配を、知らない男に聞かせたりしてはならない。それをすれば、間違いのもとになる」というのが常識であった時代であれば、当代の権力者光源氏の「妻達」の演奏会に、誰か他の男が出席者としているはずはない。『乙女』の巻で、成人したばかりの十二歳の夕霧が、「あいつがうっかり紫の上の姿を見て、へんな心を起こしたら大変なことになる」と警戒されて、その父親が愛妻と一緒に住んでいる所には、近づくことさえも許されなかったということを考えれば、このことは簡単に分かるはずです。

当代の名手にひけを取らない優れた女達による演奏会に出席出来る男は、光源氏ただ一人——これが、「六条の院の女楽」だったんですね。

女達の演奏する楽器は、すべて弦楽器です。だから、これだけではどうしても音が平板になってしまう。音にメリハリをつけるためにも、ここには、調子を整える「笛」の類が必要になる。だから、この笛の奏者が、別に呼ばれます。

この、「女だけの演奏会＝女楽」で、誰が笛を吹くのか？

その該当者となる者が、六条の院にはいません。だから、その笛の吹き手として、光源氏は二人の子供――元服前の、まだ「男」ではない、少年達を起用するのです。

呼ばれるのは、「源氏の孫」です。髭黒と玉鬘の間に生まれた長男（血はつながっていないけれど、玉鬘が「源氏の養女」であるという設定は、まだ生きています）と、夕霧と雲居の雁の間に生まれた長男（こちらは「実の孫」）です。どちらも十歳以下の「子供」で、男というものが呼べない会だから、ここには「子供」が登場する。

そして、それでもういいだろうと思うのに、この上に更に、源氏は、「箏の琴に弦《いと》を張るのは、女では無理だ。男の手が必要だ」と言って、ここにわざわざ、当時二十六歳になる、男盛りの彼の長男・夕霧を呼ぶんですね。

「一体、あの昔の警戒心はどうなってしまったんだろう？」と言いたくなるようなものですが、光源氏は、彼の「妻達」の弾く楽器の音が生々しく響く辺りにまで、この男盛りの息子を召し寄せて、そのままこの「女だけの演奏会」への臨席を許すのです。

勿論、女達と夕霧の間には、「御簾の隔て」というものがあります。がしかし、今この女達は、二重の御簾の隔てを持っている寝殿の中心部「母屋《もや》」にいるのではなくて、「端《はし》近《ぢか》」と言われる、寝殿の外縁部の「廂《ひさし》の間《ま》」にいるんです。

この演奏会に臨席を許された夕霧は、廂の間と僅かに御簾を一つ隔てただけの縁側「簀《すの》子《こ》」にいます。

男が簀子に座って、女が簾《すだれ》一つを隔てただけの端近にいるというのは、いつでもその男が女の手を握れてしまうような、「危ない距離」なんです。「そこにいて女達の音楽を聴け」と言うことは、だから、「そこで女達の生々しい息遣いを聴け」と言うことでもあるんです。

その昔には、あんなにも息子を邪慳に扱っていた光源氏は、いつの間にか、息子に自分の妻を「許す」ような態度を取っているのですね。

勿論、こんな許され方をしたのは、「女にてなどか愛でざらむ」と思われてしまう「美しい長男」――この夕霧ただ一人です。

その二十六

72 不思議な養父と玉鬘

かつての頭の中将と夕顔の女の間に出来た娘玉鬘を、三十五歳になった源氏は、その年に完成した六条の院へと引き取ります。「愛人」としてではなく、「養女」としてです。これはちょっと不思議なことです。というのは、玉鬘の実父は、その頃に御代の「内大臣」として、健在であるからです。

母夕顔と別れ、その死も知らぬまま、「西の京の乳母《めのと》」の一家と共に筑紫へと移らざるをえなかった玉鬘は、「大夫の監《たいふのげん》」の求婚に怯え、その難を避けるために、都へと上って来ます。

頼りとなるべき人は、まず第一に母の夕顔。そして次に「父」であるべき人。

都を遠く離れた筑紫の地にいた玉鬘と乳母の一族は、その「父」である人が、「かつて頭の中将」であったということだけは知っているけれども、その後に彼がどうなっているのかは知らない。知らないまま、「都には頼りとなるはずの人がいるのだ」という、頼りない確信だけで上京します。

夕顔は死んでしまっているのだから、会えるはずはない。そして都には、誰をどう探したらよいのかを教えてくれる人もいない。何の手掛かりも持たない玉鬘の一行は、神仏にすがるしかなくて、長谷の観音に願を掛けに行く。

玉鬘の一行は苦労して、大和の国の長谷寺へと行く。そしてそこで、玉鬘の一行は、夕顔の乳母子《めのとご》だった右近《うこん》に出会います。

現在は六条の院に出仕する女房となっている右近は、源氏が今も夕顔の女のことを忘れずにいることを知っています。都で頼りとなるべき人を探していた玉鬘の一行は、この右近との再会を喜んで、そしてこの右近という女房は、「もしも自分の仕えていた女主（夕顔）が生きていたら、必ずや彼女は、この六条の院でしかるべき待遇を受けていたであろう」と、残念に思うようになっていたのです。

右近は初め、「源氏付きの女房」として二条の院に引き取られ、彼が須磨に退く時に、紫の上に預けられています。

扱いとして右近は、「紫の上付きの源氏担当の女房」ということになるでしょう。

当時の女房は、仕えるべき主人がはっきりと決まっているのです。

光源氏と紫の上が一緒に住んでいるのは、六条の院の「春の町」です。源氏はほとんどそこにいて、女房の右近もそこにいるのですが、そこには、「源氏付きの女房」と「紫の上付きの女房」という区別があるはずです。

形として、源氏は「紫の上の御殿に住んでいる」になります。六条の院は源氏のものだけれども、そこにそれぞれの女主が住まわされている以上、源氏は、「それぞれの女主」という管理人の住む御殿を転々としている人間ということになるからです。

紫の上の住む「春の町の東の対」は「紫の上のもの」で、ここに紫の上は「紫の上付きの女房」に囲まれて住んでいる。彼女の許には、当然「源氏付きの女房」というものもいるはずなんですが、その中で右近は、「紫の上付きの源氏担当」という形になります。

つまり右近は、「居候《いそうろう》」の女房なんです。

夕顔がいれば、「夕顔付きの、女主の最も信頼の厚い女房」ということになって、彼女の身分も安定したものとなっていたはずなのだけれども、直接の女主である夕顔を失った右近は、「紫の上のところに居候としている古手の女房」という位置に甘んじていなければならない。そういう右近と、玉鬘の一行は巡り会ったのです。

都をさすらう玉鬘を巡って、「乳母の一族の思惑」と「右近の思惑」と「源氏の思惑」とが、三者三様に渦巻きます。

右近は、「源氏の寵を得ることが出来るだけの美しい女主を得て、老いというものが始まってしまった自分の地位を安定させたい」と思う。
乳母の一族は、「ともかくこの都で頼りとなる人を見つけて落ち着きたい」と思う。
源氏は、「夕顔の忘れ形見がいるなら、会いたい、引き取りたい」と思う。

右近は、玉鬘を源氏に引き合わせてしまえば、彼女が源氏の愛人になるであろうことを、重々承知しています。「そうでなければかえってへんだ」というのが、この時代の常識でしょう。
乳母の一族は、「頼りとなる強い人がいてくれれば、今の御代に内大臣となっている玉鬘の父と会う伝手《つて》が出来るはず」と考えるようになります。

そして、源氏は、まだ何を考えているのかが、実のところ、よく分かりません。分からないのだけれど、しかし源氏は、「その娘を養女として引き取りたい」と言うのです。源氏が、玉鬘を「かつての愛人の面影を伝える者」として引き取りたいというのは分かります。つまり、「愛人」としてです。

しかし彼は、その玉鬘を「養女」として引き取りたいと言うのです。

玉鬘が、両親を亡くした「孤児」だというのなら、これはよく分かります。しかし母に死なれた玉鬘には、まだ「時の内大臣」という、立派な実父がいるのです。

玉鬘の実父は内大臣、そして光源氏は時の太政大臣です。源氏の身分が内大臣より下であるならば、これはまだ分かります。

「今はまだ私如き者が内大臣にお目にかかることは出来ない」という理由で、玉鬘を愛人にしてしまうことも可能なんですから。

でも、源氏は、その身分が内大臣よりも上の、太政大臣なんです。

「太政大臣ならば、こちらの姫君を内大臣にお引き合わせくださるということもお出来になろうが、それをなさるというのではなく、太政大臣は〝引き取ろう〟と仰せになる。それは一体何故？」と、筑紫からやって来た乳母だって不審に思います。

これは当然の疑問です。

「何故?」と問われて、右近は、「内大臣に会うことがそうそう簡単なことではないから」と、都の事情にうとい乳母達をごまかすだけです。

「夕顔の忘れ形見に会いたい。会ってもし不都合がなければ、それを六条の院に引き取りたい」と源氏が言うのは、当然「愛人として寵愛したいから」だと思っている右近は、「養女」という言葉も、源氏が方便として使う言葉だと心得ます。

がしかし源氏は、実の父が内大臣として健在である玉鬘を、その父に引き合わせることもせず、本気で、「養女」として引き取ってしまうのです。

この時に源氏と内大臣が、息子(夕霧)と娘(雲居の雁)の縁談にからんで、ちょっとした不仲状態にあったとしても、これは不思議なことです。

一体光源氏は、夕顔の忘れ形見である玉鬘を「養女」として引き取って、何をしようとしていたのでしょうか?

73　華麗なる女遍歴の「実情」

「光源氏が、初めから玉鬘を〝養女〟として引き取りたいと思っていたはずはないのだ」と、普通は思うはずなのですが、しかし光源氏は、このかつての恋人の忘れ形見を、「養女」として遇します。それが何故かと言えば、光源氏は、この美しい娘の縁談に熱中してしまうからです。

光源氏は、自分がその娘に手を出すのではなく、「他の男をこの娘に引き寄せること」に熱中してしまうのですね。

「娘の縁談に奔走する」は、この時代の身分の高い男にとっては最も重要な仕事の一つではありましたけれど、光源氏もそれに倣って、玉鬘の縁談に奔走をします。

奔走する内に、うっかりと玉鬘への愛着を覚えてしまうというのが、六条の院の四季を背景とする、『玉鬘』から『初音《はつね》』『胡蝶《こちょう》』『螢《ほたる》』『常夏《とこなつ》』『篝火《かがりび》』『野分《のわき》』『行幸《みゆき》』、そして『藤袴《ふじばかま》』の巻へと至る、この源氏物語の展開です。

まず、この全盛を極める六条の院の主が「新しい女を引き取った」ということに関する、周りの反応から行きましょう。

玉鬘は、花散里の住む夏の町へと移されます。かつて夕霧をそうしたように、玉鬘も花散里から「養女」の扱いを受けて、身の回りの世話をされるんですね。

「新しい女が夏の町へ入った」ということだけは、六条の院に仕える人間達の間にすぐ知れ渡ります。

この邸に親しく仕える家司《けいし》とか女房達は、それがどういう素性の女かということを知らされぬまま、こう噂するのです——。

〝何人《なにびと》また尋ね出で給へるならむ。むつかしき古物《ふるもの》扱ひかな〟

(「一体今度はどんな相手を探し出してみえたんだ？　〝厄介な骨董いじり〟というところだよな」)

これが、周囲の反応です。

全盛を極める光源氏の造営した六条の院は、春夏秋冬の四つの町（区画）に別れていて、そこにそれぞれ一人ずつの女主がいます。

春の町には紫の上、夏の町には花散里、秋の町には冷泉帝の后となった秋好む中宮、冬の町には明石の女です。

それぞれの町には、春夏秋冬の趣向を尽くした贅沢な庭が用意されて、誠に全盛の太政大臣にふさわしい住まいとなっている。

しかし、その内実というものを見てみると、ちょっと違うんですね。

ここには、「それぞれの女主」はいても、「若く美しい女主」がいないんです。

それに価するのは、春の町の紫の上ただ一人です。

「今が最も美しい女盛り」と言われる紫の上だって、もう二十代の後半です。花散里は、とうに三十を過ぎていて、明石の女も三十前後のはず。「三十歳」というのが、もう半ば老女に近いような年齢だった時代であると、お考えください。

「もしも彼女が生きていたら」と言われる夕顔だって、そのまま生きていれば、玉鬘と光源氏が出会った年には、もう三十七歳になっています。右近は、この夕顔の「乳母子」なんですから、ほぼそれと同じ年齢であるはず――ということは、これはもう完全な「古女房」だということです。「もっと頼りになる、自分だけの女主が生きていてくれたらな」と、老後を心配するのも無理からぬ年なんです。

光源氏には、六条の院に住む四人の女主の他に、二条の院の東にある建物に、末摘花《すえつむはな》と出家した空蟬《うつせみ》の尼を住まわせています。

空蟬は光源氏よりも年上のはずだし、末摘花だって、光源氏と同じ年頃なら、もう三十代の中頃です。花散里も末摘花も、「少しは白髪を隠すということを考えたらどうだ?」と、眉を顰《ひそ》められる年頃になっている。

花散里は、「桐壺院の御代の麗景殿《れいけいでん》の女御の妹(つまり〝大臣家の娘〟)」だから、その身分故に大切にされて、六条の院に一つの町を与えられる「女主」にはなっているけれども、「美しくないから」という理由で、光源氏はあまりこちらに近寄らない。

夫だった伊予《いよ》の介《すけ》(後に常陸《ひたち》の介)を亡くした空蟬は、髪を下ろして尼になっていて、この人だってその若い時に「美しい」と書かれた人ではなかった。

常陸の宮家の姫君である末摘花は、本来ならば「高貴な姫君」であってしかるべきなのだけれども、醜貌の上に脳がぼんやりとゆるいので、空蟬の尼と一緒に、「老後の面倒を見てもらっている」程度の扱いを受けている。

都での身分を捨ててしまった明石の入道の娘である明石の女には、身分というものがありません。

紫の上の養女となった「明石の姫」を生んだから、その「功績」によって、どうやら彼女は、「冬の町の女主」という地位が与えられている。がしかし、これを周囲は、「分不相応な扱い」としか思っていない。

秋の町の女主・秋好む中宮は、二十六歳で、紫の上とはほぼ同年配のはずなんですが、時の帝の后が、そうそう里帰りをしているはずはないから、この秋の町は、女主を欠いたままであるのを、普段の姿にしている。

「華麗な女遍歴」をして、その「華麗な成果」を一堂に集めたはずの、全盛を極める光源氏の「実情」というのは、意外とこんなものなんですね。だから、玉鬘が「若い娘」だということを知らない人達は、「厄介な骨董趣味（むつかしき古物扱ひ）」なんていう陰口を叩くんですね。

当時の女性の「若く美しい」という条件を、ちょっと挙げてみましょうか？

実は、「若い」ということは、当人の思惑を別にしてしまえば、そんなに意味がないんです。

十二歳で春宮の妃になって十三歳で出産をしてしまった源氏の娘・明石の姫という人がいますから、「若い」ということの下限はこのくらいのものでしょう。その下になったら、

「若い」ではなく「幼い」になってしまう。

「若い」に関する上限は——。多分、あってないようなものでしょう。

「いつまでも若くて美しい」と言われれば、そう言われる限り、その人は「若い」。二十代の始めで「盛りを過ぎた」と言われてしまえば「若くない」んだし、四十になっても五十になっても、「いつまでもお若い」と言われていれば、その人は「若い」んですね。

「若さは、美しさの一つの要素にしかすぎない」というようなものでしょう。

それでは、「美しさ」の条件です——。

それはまず第一に、「髪が豊かで長いこと」ですね。

容貌に関しては、これが第一。

いくら親しい相手であっても、「あまりあからさまに顔を見せるのははしたないこと」であった当時で言えば、その容貌を問題にされる顔は、まず見えません。見えるのは、まず後姿か、立てられた几帳《きちょう》から覗いた一部分だけ。だから、そこから伸びている髪の美しさが、重要になるんですね。

それだから、「髪の手入れをしようとしない女」は、「美しさを捨てた女＝美しくない女」です。

じゃ、どういう女が髪の手入れを放棄するのでしょう？　それはやっぱり、自分の顔が美しくなくて、「もう若くなんかない」と思ってしまう女でしょうね。

当人もその気にならないし、周りだって、「これじゃ、あんまり手入れをしても意味がない」と、ついつい髪の手入れをぞんざいにすませてしまう。

ということは、「顔の美醜」というものは、やっぱりあるということです。

しかしでも、「顔の美醜」なんかよりもずっと大きく問題にされるのは、「身分の上下」という社会的な要素でしょう。

顔の美しさでいけば、明石の女は花散里よりもずっと美しいはずなんですが、明石の女の扱いは、花散里よりもずっと下です。空蟬の尼に「貧相な感じ」がつきまとうのも、やはり彼女が「受領の後妻」だからでしょうね。つまり、「身分の高い人ほど美しい」んです。

そして、身分というものが、「ある一定レベルから上」ということになると、今度は、それにプラス、「嗜《たしな》み」や「知性」というものが、美の条件になってくる。

常陸の宮家の姫君が、「大臣家の娘」であり「かつての麗景殿の女御の妹」である花散里よりも下にあるのは、「美醜の問題」ではなくして、「知能程度の問題」でしょう。

花散里は、ほとんど「美女」と同様の扱い（「夏の町の女主」）を受けているけれども、末摘花は、人として最低限の扱いしか受けていない。

受領の後妻である空蟬が、尼となってもまだ源氏の恋の対象であるのは、彼女に「知性と嗜み」があるからでしょうね。そういうものが、容易に男を惹きつけるのです。

「美しい」というのは、結構「抽象的なこと」だったのです。この当時の女性達が、「外出」ということをほとんどせずに、「人に顔を見られまい」としていた結果が、こういう「美の条件」を作り出したんだと思います。

慎重で嗜み深く高級な恋をすることになっていた貴公子達は、こういう「美」を求めたんです。

しかし、いくら顔を見ることが出来ないと言っても、人間というものは素直なものです。「若くて美しい姫君」という噂には、素直に反応してしまいます。

だから、もしかしたら、こういうことは言えるのかもしれません――。

「美人の条件とは、若さでも容貌でも身分でも知性でもない。それはただ、〝美しいと噂されること〟である」と。

壮麗な六条の院を建て、そこに「四人の女主」を住まわせた光源氏には、「まばゆいばかりの世界」はあっても、「美しい」と噂される人は、紫の上以外にいなかった。

そして紫の上は十分に美しく、十分に馴れ親しんでいる女性だった。

光源氏は、その女性に満足し、そして「飽きた」とは言い出せない光源氏には、その「飽きた」に近い「何か」があった。

その「何か」を引き出してしまうのが、玉鬘なる女性の意味で、彼女が「彼の養女」となる意味でしょう。

74　妖しい父親

玉鬘が光源氏と対面した時、彼女は二十歳だった（〝二十歳ばかり〟と書かれている）。そんな若い女性を六条の院に迎えるというのは、勿論、紫の上にはおもしろいことではなかった。

しかし、そんな彼女の気持を無視して、玉鬘を六条の院の夏の町に迎え入れた光源氏は、浮き浮きとして語る――「いやー、田舎者の間で育ったから、ひょっとしたら困ったところもあるのかもしれないと思っていたけれども、なかなかに申し分のない人ですよ」と。

そしてそこから、光源氏の言葉は、かなり不思議なニュアンスを帯びて来ます――。

〝「斯《か》かる者ありと、いかで人に知らせて、兵部卿《ひやうぶきやう》の宮などの、この籬《まがき》の内好ましうし給ふ心乱《こころみだ》りにしがな。好き者どものいと麗《うるは》しだちてのみ此《こ》の辺《わた》りに見ゆるも、斯《か》かる物の種《くさはひ》のなきほどなり。いたうもてなしてしがな。なほうちあらぬ人の気色《けしき》、見集めむ」〟

（「〝こういう者がいる〟と、なんとかして人に知らせて——たとえば、私の弟の兵部卿の宮などが、こちらの邸の様子ばかりを〝風情〟としてお好みでおいでになるが、その胸の内を落ち着かなくさせてやりたいですね。世間では〝好き者〟と噂されている男達が、この邸へは、どうも真面目な顔をしてやって来る——それも、この邸に今まで胸騒ぎの種となるような娘がいなかったからですよ。私は、あの娘を大切にしてやりたい。そして、あの娘の存在に気を取られて落ち着かなくなってしまう男達の様子を、存分に見てやりたい」）

源氏の発言は、やはりどこかが違います。

「養女だなんて言うけれども、本当のところはどうなのかしら……」と思っている紫の上は、その源氏の上機嫌に対して、何かを言ってやりたいと思う。

一矢《いっし》を報いるような何か。

だから、「うっかりつまらないことを言い出して、嫉妬だなどと思われたらたまらないわ」と考える紫の上は、その光源氏の発言の「へんなところ」だけを指摘します。

〝「あやしの人の親や。まづ人の心励《はげ》まさむことを、先に思《おぼ》すよ。けしからず」〟

紫の上のこの発言は、勿論「皮肉」です。

「あなたは真面目に、その人を〝養女〟だなんてお考えになっていらっしゃいますの？」という意味を籠めて紫の上が言った内容は――「不思議な〝人の親〟ですことね。まず男の方の気を惹くことを先に考えていらっしゃる。いやなお方」

「〝娘が出来た〟と素直に喜ばれるのならともかく、〝この女がいれば男の気持ちを惹くことが出来る〟だなんて、一体何を考えていらっしゃいますの？　そんな〝親〟がありますの？」ですね。

言われてみればまことにそうなんですが、しかし源氏は、そんなことには上の空で、こう続けます――。

〝「まことに君をこそ、今の心ならましかば、然様《さやう》にもてなして見つべかりけれ。いと無心《むじん》にしなしてし業《わざ》ぞかし」〟

（「本当にそうだなァ、今の気分で行くと、あなたをこそ、そういう風にしてみたかったんだなァ。うっかりして、つまらないことをしてしまった」）


その昔、光源氏は、幼い紫の上をこっそりと盗むようにして引き取った。「まだ若いから愛人には出来ないが、しかしその内……」という思いを籠めて。

「養女」という名目で引き取られた女が、その引き取られた邸の中で、なしくずしに「愛人」にされてしまうことを、誰が一番よく知っているのかというと、それは自身がそのように扱われた、紫の上です。

紫の上は、だから「〝養女〟だなんて本気ですの？」と、遠回しないやみを言う。

言われた源氏は、それを聞き流して、紫の上との過去を思い出す。

「そうだ、あの時この人に手をつけなければ、あの時にだって、私はこういう気分を味わうことが出来たのだ」と。

「紫の上を〝妻〟にはしなくて、〝養女〟のままにしておいたなら、それを餌にして、〝好き者〟と言われる男達の心を、今になって騒がすことが出来たのだな。それも悪いことではないな……」――光源氏はそう思って、一人でニヤニヤと笑うのです。

光源氏は、紫の上を妻として、ずっと大事にして来た。だから、彼女の姿を他人の目に触れさせるなどということが絶対に起こらないように、注意して来た。息子の夕霧を、自分と紫の上の暮らす場所へ決して近づけようとはしなかったのもそのためですが、しかし彼女・紫の上は、そうした結果、あまりにも美しすぎる女性になってしまった。光源氏は、この紫の上の美しさを一人で独占しておくことが、ちょっとばかりつまらなくなっていたのですね。「もったいない。こんなにいいものを独り占めにして、誰にも知られないままでいるなんて」と。

要するに、危ない光源氏は、「紫の上の美しさを見せびらかしたくなった」と言うんです。「別に、紫の上を他人と共有したいわけじゃない。〝妻〟となっている女にそんなことをしたいわけではない。がしかし、これが〝妻〟ではなく〝娘〟だったら、世間の男達の心を存分に騒がせることが出来るのだな」と思う光源氏は、一人でニヤニヤするばかりなのです。

「玉鬘という女を〝養女〟として手に入れて、私にはそういう可能性もあったのだということがよく分かった」と、光源氏は〝今の気分〟（今の心ならましかば）を説明するのです。

「女を男達に見せびらかしたい。それが嬉しい」と言う光源氏の喜びの正体はなんなのでしょう？

それは、「やっと私も世間並の男になれた」という喜びなのです。

光源氏は、「やっと私も世間並の男になれた」と喜び、玉鬘という「娘」を、男達の前にチラつかせます。

「あなたにもその可能性があった」と、紫の上の美しさを世の男達に誇示したがる光源氏がいて、やがて『野分』の巻になると、それをこっそりと先取りするように、息子の夕霧が紫の上の姿を窃《ぬす》み見てしまう。

自分の「娘」を男達に見せびらかそうと思った光源氏は、やがてその「娘」の美しさに惹かれて、「疑似近親相姦」を演じるようになって行く。

『初音』から『行幸』に至る、六条の院の栄華を描いた巻々は、とんでもなく危険な物語の連続でもあるのですが、それでは、光源氏が舞い上がるような喜びを感じる「世間並の男になれた」という実感は、一体どういうことなのでしょうか？

その二十七

75　異母弟・螢兵部卿の宮と光源氏

玉鬘を六条の院に養女として引き取った光源氏は、当時の娘を持つ男達すべてが考えたように、婿取りのことを考えます。

ただ光源氏の考える婿取りは、「頼もしい婿を得て自分の地位を確固としたものにしよう」とか、「娘を出世の手蔓《てづる》にしよう」とかいうことではないんですね。

紫の上が、〝あやしの人の親や。まづ人の心励まさむことを、先に思すよ。けしからず〟と言うように、「その娘に言い寄って来る男達の心が見たい、世の男達の心を騒がせてみたい」という、危険ないたずら心の方がずっと大きいんですね。

六条の院に美しい娘がいて、源氏が大切にそれを育てているという噂は流れ、多くの男達が彼女に対しての求婚の意志を明らかにしようとする。その男達の中から、光源氏が婿の第一候補として選ぶのは、彼の異母弟である螢兵部卿の宮です。

兵部卿の宮が玉鬘に送って来た手紙を見て、にっこり（あるいはにんまりと）笑った光源氏は、こう言います。『胡蝶』の巻です。

〝「早《はや》うより隔つることなう、数多《あまた》の親王《みこ》達の御中に、この君をなむ互《かた》みに取り分きて思ひしに、ただ彼《か》やうの筋のことなむ、いみじう隔て思うたまひてやみにしを、世の末《すゑ》に斯《か》く好き給へる心ばへを見るが、をかしうもあはれにも思《おぼ》ゆるかな」〟

（「幼い頃から、数多の親王達の中で、この君とだけはお互いに心隔てをしないようにして来た。でもその宮も色事の方面では大層な隠し立てをなさって、私は何も知らぬままに来てしまったけれども、時が経った今になって、その宮のこうした色めいたお心を見るのは、なんとも興味深く心惹かれることだ」）

光源氏は、螢兵部卿の宮の手紙を見て、〝をかしうもあはれにも思ゆるかな〟という感想をもらします。〝をかし〟は理知的な反応、〝あはれ〟は情緒的な反応です。ストレートに訳せば、「興味深く、また胸にジーンとくるような感じがする」でしょう。

この兵部卿の宮は、長年連れ添った妻を亡くして〝この三年《みとせ》ばかり独り住みにて侘《わ》び給へば〟という人です。

〝正妻〟に価する人を亡くして独身となってしまった彼は、寂しがって、玉鬘という若く新しい妻を求めている。

光源氏は、この螢兵部卿の宮に関しては、〝少しも故《ゆゑ》あらむ女の、彼《か》の親王《みこ》より他にまた言の葉を交《か》はすべき人こそ世に思《おぼ》えね。いと気色《けしき》ある人の御様《おんさま》ぞや〟（少しでも物の分かった女なら、この親王より他に文のやりとりをするのにふさわしい相手はいないと思うものですよ。魅力的なものをお持ちの宮だ）とも言います。

これだけの文章からなら、「源氏は螢兵部卿の宮の心境に深く同情を寄せて、大切な玉鬘の婿としては、この宮以外に考えられなかった」というようなことにもなりましょう。〝をかしうもあはれにも思ゆるかな〟は、うっかりすれば、そんな意味にも取れるのですが、しかし、紫式部の書くところは、そんなことではありません。紫式部の文章というのは、とってもクセモノで、いきなり身分のある人をけなすなどということを、決してしたりはしないからです。

当時には、「身分」というものがあります。源氏物語に限らず、王朝の物語というものは、主語をはずしてその代わりに敬語を使います。「敬語の使われ方によって、その主体が誰であるのかという判断を読者がする」というのが、王朝物語を分かりにくくさせている特徴の一つではありますけれど、王朝物語がそういうものであれば、身分の高い人の悪口がそうそう単純率直に書かれるはずもないということを、頭においておく必要があるのです。

身分の低い人間ならば、いきなり「つまらないやつ」と書かれもします。しかし身分の高い人に関しては違います。まず、その人の身分にふさわしい立派な形容があって、そしてその後に改めて、その人の欠点がさりげなく述べられるというような構造になっているのです。

つまり、初めはほめておいて、その次には平気でけなす、それを矛盾とは思わないのが、紫式部の文章なのですね。

兵部卿の宮は、「少しでも物の分かった女なら、誰でも〝お相手をしたい〟と思うような魅力に溢れた人」で、「源氏とは、幼い時から特別にずっと仲よくしている人」です。ここまでなら文句はありません。そう振っておいて、紫式部は次々と、「そして――」を重ねて行くのです。

『胡蝶』の巻で、光源氏は三十六歳、異母弟の螢兵部卿の宮は、三十前後という年の頃です。この宮は、決して「若い」という年頃ではありません。それは読者も分かっていて、その上で、『胡蝶』の巻に続く『螢』の巻ではこう評されてしまうのが、魅力的な螢兵部卿の宮なのです。

六条の院では「騎射《きしゃ》の会」――馬に乗って弓を射る試合です――があって、それに臨席した花散里に向かい、源氏はこう言います――。

〝「兵部卿の宮の、人よりはこよなくものし給ふかな。容貌《かたち》などはすぐれねど、用意気色《けしき》などよしあり。愛嬌《あいぎやう》づきたる君なり。忍びて見給ひつや。よしと言へど、なほこそあれ」〟

（「兵部卿の宮は、人よりずっとすぐれておいでですね。美しい顔立ちではないが、心くばりや雰囲気などに風情《ふぜい》がある。魅力的なお人ですな。あなたもこっそりご覧になったでしょう？　風情があると言っても、まだまだではあるが」）

ほとんど、何を言っているのかよく分かりません。しかし後になると唐突に、〝なほこそあれ〟「顔は悪いが風情はある」とほめておいて、しかし後になると唐突に、（まだまだだ）とけなす。結局、「人は兵部卿の宮をほめて、人にほめられるだけのことはあるが、しかし大したことはない宮だ」と、そう言っているのですね。

源氏は、「私は別に兵部卿の宮がそう魅力的だとも思わないが、あなたはそれをどう思う？」と、花散里に問うているということですね。

花散里は「知性のある人」で、だからこそ辛辣な口をきく人なのですが、彼女はその宮を、こう評します——。

〝「御弟にこそものし給へど、ねびまさりてぞ見えたまひける」〟

（「弟宮ではいらっしゃいますけれど、ずっと老けておいでになりますのね」）

〝ねびまさる〟は、〝老けている〟で、それは〝老成している〟ことでもあるし、〝立派に見える〟ということでもある。〝ねびまさる〟は、多くほめ言葉で、花散里も「兵部卿の宮はご立派になられた」と、ほめてはいるんですね。

ほめてはいるけれども、源氏の問い掛けから僅かに焦点をはずしたこの答は、「こういうほめ方もございましょう？　そう申し上げておくのが無難ですわね」と言っているということなのです。花散里はただ、「一般論としては〝ご立派になられた方〟と申し上げておけばよろしいですわね」と言っているのに等しいんですから。


どうやら螢兵部卿の宮は、若く美しい娘の心をときめかせる恋のプリンスとは、どこかでずれたところのある人でもある――。


正妻を亡くした兵部卿の宮は独身ですが、しかしこの独身の親王の邸には、彼が手をつけた女房が何人もいる。その女房達は「召人《めしうど》」を自称して、邸の中で大きな顔をしている。玉鬘の「婿」として想定される第一の相手は、こういう「中年の親王」なんですね。

『胡蝶』の巻で、源氏は言います――。

〝「宮は独りものし給ふやうなれど、人柄いといたうあだめいて、通ひ給ふ所あまた聞こえ、召人とか憎げなる名乗りする人どもなむ、数あまた聞こゆる」〟
（「宮は〝独身〟を建前になさってはいるけれども、人柄は大層浮気で、通って行く女性達は大勢いて、邸の内には〝召人〟を自称する女房達も大勢いるという」）

――「召人」を自称する女房の他にも、この宮には通って行く女が大勢いる。〝彼《か》やうの筋のことなむ、いみじう隔て〟（色事の方面では大層な隠し立てをなさって）と言って、兵部卿の宮の艶聞《えんぶん》に関してはなにも知らないはずの源氏が、しかしそれをちゃんと承知してはいるのですが、果たして、こういう好色な親王と結婚をして、玉鬘は幸せになれるんでしょうか？

玉鬘を愛して玉鬘の幸せを願った養父の源氏は、「この宮なら申し分はない。どうぞ、この宮にはお返事をお書きなさい」と玉鬘に言うけれども、果たして源氏は、この異母弟である螢兵部卿の宮という好色な趣味人を、本当に「素晴らしい婿」だと思って、この縁談を進めようとしているのでしょうか？

親王が好色であって、仕事もろくにする必要がない以上、「魅力的な趣味人」と言われは、当時としては当然ですし、この兵部卿の宮は、当時の常識として立派に「すぐれて魅力的な人」です。

しかもその人は、源氏と仲のいい、近しい「弟」でもある。高貴な権力者が、自分の大切にする娘を、自分と近い親王に縁付けようとするのは、決して不自然なことではありませんし、ある意味で、「十分に考えられた幸福な縁談」でもありましょう。

がしかし、源氏が「玉鬘の婿」として、この異母弟の螢兵部卿の宮を想定するのは、別に「玉鬘の幸福を願ってのこと」ではないのです。源氏が、螢兵部卿の宮と玉鬘の縁談を考えるのは、この親王が、自分とは近い間柄の弟で、その弟が、「胸の内をあからさまにして自分の方に近寄って来るのを見たいから」なんです。

源氏の言う、〝世の末《すゑ》に斯《か》く好き給へる心ばへを見るが、をかしうもあはれにも思ゆるかな〟(時が経った今になって、その宮のこうした色めいたお心を見るのは、なんとも興味深く心惹かれることだ)というのは、意外なまでに本当なんですね。

源氏は、玉鬘という女を囮《おとり》に使って、弟の螢兵部卿の宮を翻弄してやりたいとだけ思っている。「自分が女になって、この螢兵部卿の宮を翻弄してやれれば、それが一番おもしろいのだけれども、そうもいかないから、この玉鬘という女を使って、それをやってみよう」なんですね。

娘は父親の所有物で、父親はその娘を身にまとって女装して、若い男を受け入れる――それが当時の当たり前の構図であればこそ、こうした源氏の「不思議な欲望」というのは、登場するんですね。

若い娘は、チョウチンアンコウのチョウチンです。父親というチョウチンアンコウは、不思議な輝き方をする額の上のチョウチンを使って、餌となる小魚をおびき寄せる。

婿となる若い男は、餌となる小魚。若い娘はチョウチンアンコウのチョウチン。その娘を所有して大切に育てる父親は、深海に身を潜めるチョウチンアンコウという、そういう構図があればこそ、「婿取りに奔走する光源氏の不思議な興奮」というものは生まれるんです。

76　恋という〝手続き〟

螢兵部卿の宮の、玉鬘に対する思いは、ますます募《つの》ります。

螢兵部卿の宮は、「せめてお側で話をすることだけでもお許し願いたい」という文を玉鬘に送って、しかし玉鬘は一向にそれに応えようとはしません。

源氏は、蛍兵部卿の宮の気持がそこまで高まっていることを知って、「これは是非とも招き寄せなければ」とは思うのだけれども、肝腎の玉鬘にその意志がないものだから、源氏は仕方がない、玉鬘の意向を無視して、玉鬘付きの女房に代筆の文を書かせてしまう。

蛍兵部卿の宮は、「どうぞ」という趣旨の返事が源氏から来たのだとは知らずに、ある夏の夕方、玉鬘の住む夏の町へとやって来る——『蛍』の巻です。

養女として引き取った玉鬘の縁談に熱中する一方で、源氏は「養父」の境を越えて、玉鬘に恋の告白をしてしまいます。「よその男をおびき寄せて、外では立派な顔をしている男達が、恋によろめく姿を見たい」と思う源氏は、その一方で、玉鬘を自分のものにしたいとも思っているのです。

源氏は玉鬘を愛してはいるらしいのだけれども、しかし源氏は、「その愛する玉鬘が男の求愛によって頰を染めるところを見たい」というのではないんですね。「玉鬘は、自分自身のものにしたい——と同時に、それとは関係なく、若い女に恋してうろたえる男達の姿も見たい」なんです。「若い女を愛した中年男の倒錯した欲望」というものなら、「その女が身悶えするところが見たい」になるはずなんですが、源氏の欲望は、

「男が身悶えするところを見たい」なんですね。

螢兵部卿の宮は、玉鬘の住む夏の町の西の対へとやって来ます。玉鬘は奥に引き籠っていて、間近くその姿を現そうとはしません。

螢兵部卿の宮は簾の外にいて、ただ中の様子を窺っているだけなんですが、そこに、なんとも知れぬ「いい匂い」が漂って来ます。

〝内よりほのめく追風《おひかぜ》も、いとどしき御匂《にほ》ひの立ち添ひたれば、いと深く薫《かを》り満ちて、かねて思《おぼ》ししよりもをかしき御気配を、心留め給ひけり〟

若い女の住む建物で、そこにその日男が忍んで来るということになれば、当然のことながら、香が薫《た》かれています。部屋に匂いを満たすようにして薫かれるのが「空薫物《からだきもの》」という香なんですが、螢兵部卿の宮は、その空薫物の中に、「特別素晴らしい匂い」を嗅ぎます。それが、〝いとどしき御匂ひの立ち添ひたれば〟なんですが、〝匂ひ〟に〝御〟の敬語がついているのは、これが源氏の身から出る匂いだということですね。

源氏の身内から漂い出した〝大層素晴らしい匂い〟（いとどしき御匂ひ）が、部屋の空薫物の匂いの中に〝立ち添うようにしてある〟（立ち添ひたれば）――「追風」は、空薫物の匂いで、そこに混じっているものは「源氏の匂い」だということです。

それを、螢兵部卿の宮は、「素晴らしい」と思って嗅ぐ。

玉鬘の住む対の屋の中に、玉鬘自身の匂いはなくて、本来だったらいるはずのない源氏の匂いだけがある。それを、螢兵部卿の宮は、〝かねて思《おぼ》ししよりもをかしき御気配〟（あらかじめ想像していたものよりもずっと素晴らしい様子）だと思って、心に留める（心留め給ひけり）。

玉鬘がそこにいると思っているからこそ、螢兵部卿の宮は、「美しい娘の気配」に恋をする。でも、その時に螢兵部卿の宮が恋の感情を高めている、素晴らしい匂いの主は、玉鬘ではなく、そこに身を潜めている光源氏なんです。

源氏は、ぐずぐずしている玉鬘を急き立てて、螢兵部卿の宮のいる簾の方へ――つまり、奥まった母屋《もや》の内から端近《はしぢか》へと進ませる。

外の簀子《すのこ》とは簾一つだけのところにある、薄い夏の几帳一つで隔てられただけのところに玉鬘を座らせて、そこへ源氏は、隠し持っていた螢を放つ。

螢は光って、暗闇の中にいる玉鬘の姿を螢兵部卿の宮に垣間見せることになる。

素晴らしく夢幻的なシチュエーションですが、その当時、若い娘が男に対してうかつにその姿を見せてしまうということは、男の欲情をその場で刺激するだけの、大変危険な挑発です。下手をすれば、螢兵部卿の宮はすぐにその簾の内へと入り込んで、玉鬘を無理矢理犯してしまうことにもなりかねない。

「螢兵部卿の宮は紳士だから、まさかそんなことまではすまい」ということはあるにしろ、これはかなりの危険行為です。

にもかかわらず源氏は、それをした。螢を放って、その光で玉鬘の姿を、わざわざ螢兵部卿の宮に見せようとした。それをした源氏の「真意」とは、なんでしょう？

紫式部は、それをこう書いています。

〝「おどろかしき光見えば、宮も覗き給ひなむ。我が女《むすめ》と思《おぼ》すばかりの覚えに、斯《か》くまで宣《のたま》ふなめり。人ざま容貌《かたち》など、いと斯《か》くしも具《ぐ》したらむとは、え推《お》し量《はか》り給はじ。いとよく好き給ひぬべき心、惑はさむ」と、構へ歩《あり》き給ふなりけり〟

（「まばゆいばかりの光が見えれば、宮もお覗きになるだろう。どうせ宮は、この私の娘だという理由ばかりで、こうも熱心に口説かれるのだ。まさかこの娘が、顔かたちから心柄から、すべてを備えた美しさの持主だとは思ってもおいでになるまい。〝女なら誰でもいい〟という程度の好き心で近づいて来られたそのお心を、惑わせてしまおう」というお心から、源氏の大臣はあれこれとなさるのでした）

ここにあるのは「当時の常識」で、これは、あきれるばかりの「常識」です。光源氏は、養女の婿に自分の異母弟を想定する。「色々と問題がないわけではないが、当時の常識なら、源氏の娘の婿は、こういう親王がふさわしいのであろう」と読者は思っているそこのところへ、紫式部は、とんでもないことを言うんですね。

三十六歳の光源氏は、太政大臣です。人臣の頂点であるような地位で、その権勢に並ぶ者は、この御代に他にありません。

その源氏の婿になれば、当然源氏の庇護を受けることになる。源氏の養女に恋の心を述べて求婚をするということは、だから、「源氏の大臣の婿となって楽をしたい、もっと出世をしたい」ということなんですね。

「あの源氏の大臣の血を引く娘なら美しいに決まっているだろうが、しかしそれは分からない。分かるのは、彼女が美しかろうと醜かろうと、権勢の絶頂に立つ太政大臣の娘であるということだけだ」――これだけで、男達は六条の院にいる玉鬘に言い寄って来ていたんですね。

源氏は勿論、そのことを知っている。知っているからこそ、「その娘がこれほど美しいということを知って、身悶えをしろ。それを見ることこそが私の楽しみだ」と、闇の中に螢を放つ。

夏の宵に螢が飛んで、すべての事情は一転します。すべては「ゲーム」なんです。

壮麗な六条の院に、人の心を悩ませるような美しい娘が養われているという噂が流れ、男達の気はそぞろになって、三年前に妻を失った「当代一の趣味人」という評判の螢兵部卿の宮も、恋に落ちた。

螢兵部卿の宮は源氏の異母弟で、だからこそそれを頼りとして、「彼女を私に下さい」と源氏に懇願し、玉鬘の許へと熱烈な文を送りもする。

源氏は、その親しい異母弟の恋する心を見たさにあれこれと画策してはいるのだけれど、しかしそうでありながら、この二人の男達の「本心」は違うんですね。

「彼女を私に下さい」と源氏に懇願した螢兵部卿の宮の本心は、「せっかくの財産を他人に渡すのなら、あなたの弟である私の立場はどうなるのですか？」と言ったに等しいんです。しかも源氏は、そのことを重々承知している。

「玉鬘の縁談」とは言っても、ここには、彼女の意志なんか、かけらもない。

　そればかりではない、彼女に言い寄って来る男達の胸にも、「恋の心」なんていうものは、かけらもないんですね。

　玉鬘に求愛の意志を見せるのは、この「趣味人」たる螢兵部卿の宮と、その他には「真面目で無骨な男」の代表である髭黒《ひげくろ》の大将と、「情熱的な若者」の代表として玉鬘の異母弟に当たる柏木もいる。後に女三の宮との密通事件を引き起こす柏木は、この時まだ二十歳前後の若さです。

　好色な趣味人は翻弄され、真面目な近衛の大将も翻弄され、情熱家の若者も恋には翻弄される。

　源氏は「その姿を見たい」と言い、しかし、その男達はすべて、「美しい恋のヒロイン」に擬された女＝玉鬘に、恋しているのではないのです。

　彼等は、「源氏の娘」に恋をしていて、御代最高の権力者の力と富とを望んでいる。つまり彼等は、源氏の財産に恋をしているのです。

　源氏はそのことを重々承知している。

だからこそ源氏は、男達の心を騒がせるために、「自分の娘であるような若い女」がほしかったんですね。

「恋」とは、男同士が縁を結ぶ「縁談」のための手続きで、男達は、若い女を媒介にして、心を交わした。

他人に差し出すための「若い女」がいない限り、男というものは、他人との「縁」が持てず、孤立して寂しいままになる。

だから源氏は、「夕顔の忘れ形見」という、僅かでも自分とは縁の繋がる女を、「養女」として求めた。「娘」というものがなければ、この当時の男達は、男同士のプライベートな付き合いが出来なかったからです。

玉鬘を得た光源氏の喜びは、「〝世間並の男になれた〟という喜びだ」と前に言いましたが、「世間並の男になれた」という喜びは、こうした種類のものだったのです。

77　三角関係の謎

「源氏物語には、さまざまな三角関係が登場する」とは、以前にも申し上げました。

「宇治十帖になっての薫と匂宮と浮舟の三角関係は、女の浮舟を主体とするもので、これは、それ以前の三角関係とは異質だ」とも。

そしてこれは、まだ申し上げてはいません――実は、光源氏の恋は、「すべてが三角関係の恋」なのです。

『雲隠《くもがくれ》』の巻以前に登場する光源氏の恋は、すべてが「男二人と女一人の三角関係」で、光源氏は女に恋をし、そしてその恋のドラマは、その「女」と「もう一人の男」が、光源氏とどのように関わってくるかという、関わり合いのドラマなのです。

光源氏と藤壺の女御と桐壺帝。光源氏と空蟬《うつせみ》と、その夫の伊予《いよ》の介《すけ》。あるいは、光源氏と空蟬と、その弟である小君《こぎみ》。

光源氏と夕顔と、頭の中将。

光源氏と幼い紫の上と、その父である兵部卿の宮（螢兵部卿の宮とは別人の、藤壺の女御の兄で、後の式部卿の宮）。

光源氏と葵の上と、その父である左大臣。

光源氏と朧月夜と、朱雀帝（あるいはその母である弘徽殿の大后）。

光源氏と年老いた源典侍《げんないしのすけ》と、頭の中将。

光源氏と末摘花《すえつむはな》と、頭の中将。

光源氏と明石の女と、その父である明石の入道。

光源氏と伊勢の斎宮《さいぐう》（後の秋好む中宮）と、朱雀院。

光源氏と秋好む中宮と、冷泉帝《れいぜい》。

光源氏と玉鬘と、その求婚者の男達。

光源氏と女三の宮と、朱雀院。

光源氏と女三の宮と、柏木。

光源氏と紫の上と、夕霧。


「男と女と、その女の父がどうして〝三角関係〟を構成することになるんだ?」という疑問は、もうご無用になさった方がいいと思います。

三角関係は、女を媒介にした男達の関係のドラマなんですから。

光源氏と関わりを持った女で、「もう一人の男」を持たなかった人は、三人だけです。

夏の町の女主となって、しかし源氏から一向に愛されなかった、美しくない花散里。

源氏を独占しようとして怨霊となってしまった、恐ろしい六条の御息所。

独身のまま、源氏ばかりでなく、他の男一切を拒んだ朝顔の斎院《さいいん》。

この三人だけが、三角関係のドラマから自由になっている女性で、その他の女性はすべて、「三角関係の中の一員」なのです。

「光源氏の物語」である源氏物語は、そういうドラマでもあるのです――。

その二十八

78　孤独な男の孤独

当たり前のことを当たり前のままに見るということは、時としてつらいことであるのかもしれません。

「男は孤独だ」という言葉が当たり前にある。だから、「男が孤独である」ということは至って当たり前のことなんですが、じゃ、その孤独な男は、どうやって生きて行くのでしょう？

つまりそれは、「どうやって孤独をしのいで行くか？」という意味です。

孤独をやり過ごす最大の方法は、孤独を直視しないことです。

だから男は、孤独であって、しかも孤独というものを直視しない。

だから、「男が孤独だ」という事実は、あまり浮かび上がってこない。

「男社会」という言葉もあって、そうなってしまえば、歴史はすべて「男社会の歴史」でしかなくなってしまうのですが、その歴史というものは、だから、「男が孤独である」という事実を直視しないような方策の積み重ねであるということも言えるのです。

男が自分の孤独を直視しないですむ最大の方策は「女」でした。かつて、「〝女〟とは、男の性欲をつかさどるもの」でしかなかったということもあります。しかしそれともう一つ、「〝女〟とは、男の心理を代弁するものだった」ということもあります。社会的には雄弁であっても、自分の私的感情を語る言葉を持ち合わせない男は一杯いた――今でも〝一杯いる〟でしょう。

「私的感情を語る言葉は女々しいものであるから、男はそうした言葉を持つべきではない」という考えが支配的だった時代は長いのです。「ウチの人は本当に口ベタで」と、そうした無口な男の感情を代弁して周囲に謝って回る奥さんというものは、いくらでもいたでしょう。

日本に女流文学の歴史は結構古くからあって、そこには人間の細やかな感性がきちんと表現されている。でもそれだって、「女は男の心理を表現するようなものである」という信仰の結果でしかないということはあるのだと思います。

男には「自分の心理を語る」という習慣があまりなくて、女の語った心理に自分を見る――だからこそ「自分の私的感情を語る男は女々しい」ということになったのかもしれません。

男の中には、「自分の私的感情を語るということは女になることである」という考え方が、明らかにあるのです。

79　それは孤独から始まった

さて、光源氏です。当然の如く、光源氏は孤独だったんです。だから、光源氏は藤壺の女御を求めたんです。

十二の年に元服を終え、左大臣家の姫を婿とした光源氏の孤独は、『桐壺』の巻の最後に切々と語られています。

〝源氏の君は、主上《うへ》の常に召しまつはせば、心安く里住みもえし給はず。心の内にはただ藤壺の御ありさまを類《たぐ》ひなしと思ひきこえて、「さやうならむ人をこそ見め、似る人なくもおはしけるかな。大殿《おほいとの》の君、いとをかしげにかしづかれたる人とは見ゆれど、心にもつかず」覚え給ひて、幼きほどの心一つにかかりて、いと苦しきまでぞおはしける〟

（源氏の君は、帝が常にお召しになり、お側からお放しにならないので、心安く里住みをなさることもお出来にはならなかった。心の内では藤壺の女御の御様子だけを「類いないもの」とお考えになって、「あのような人とこそ逢いたい。またとない素晴らしい方でいらっしゃる。左大臣家の姫君は大層立派なかしずきを受けてお育ちになった人だとは思われるけれども、どうも私には合わない」とお思いになり、まるで子供のように一心に思い詰められて、苦しそうにしてさえおいでになった）

この、まだ「幼い」と言いたい年頃の源氏の胸の内を語る部分のすぐ前にあるのは、「左大臣家の栄華と御代の安らぎ」です。

右大臣家と左大臣家は、そんなに仲がよくなかった。右大臣家の娘は弘徽殿の女御となって、帝の振舞いを監視するようにして勢威を奮い、既にその皇子は春宮となっている。当然右大臣は、次の御代には帝の外祖父となって権力を掌握することがはっきりしている。だから、御代の人心は右大臣方へとなびきかけていたのだけれども、そこに帝の御寵愛著しい源氏の君が左大臣家の婿になられるという事態が起こったので、左大臣家は、傾きかけた勢威をあっという間に取り戻した。そうした左大臣家に対して右大臣家のしたことは、左大臣家の嫡男（頭の中将）を自分の家の娘の婿に取るということで、左大臣が源氏の君を大切にするのと同じように、右大臣は、その婿となった左大臣家の嫡男の君を大切にして、ここに両家の対立はめでたく一応の安らぎを得ることになった――というようなことが、この「源氏の君の胸の内」を綴る部分に先行して書かれています。

光源氏という人の幼少期を語って、「この方は大層優れたお方だったので、世の中に対しても、このように優れたお働き――つまり左右大臣家の均衡を図ること――をお示しになったのだ」と作者は語り、そしてその後に、「でも――」と続けるのですね。

「光源氏という人は、若い時から人に抜きん出て優れていた」という功績を語るものの後に、その人の「幼いまでの苦しみ」が続けられてしまえば、そこに見えて来るものは、「御代の均衡を図るために人身御供として捧げられた光源氏」と、「他人からは〝輝くばかりに素晴らしい幸福〟と言われてしまうかもしれない、その当人の胸の中にある〝暗い孤独〟」です。

孤独の中で、光源氏は藤壺を求めた——求めるべき相手は藤壺の女御しかいなかった、というのが本当でしょう。

光源氏の思う、〝さやうならむ人をこそ見め〟（あのような人とこそ逢いたい）の〝見る〟は、〝逢う〟ということです。男と女の間で〝逢う〟という単語を使われたら、それは〝セックスする〟という意味にしかなりません。だからこの当時の〝見る〟は、〝セックスする〟という意味で、それが自動的に〝結婚状態に突入する〟の意味にもなります。

しかし、この時の光源氏は、そういう意味で〝見め〟（見たい）を使っていたんじゃないでしょうね。「一目見ることが出来れば、この苦しい状況はなんとかなるのではないか……」と思っていた、だからこそ、紫式部も〝幼きほどの心一つに——〟という表現を使ったのじゃないのでしょうか。その証拠に、〝いと苦しきまでぞおはしける〟の後には、こういう文章が続くのです——。

〝大人になり給ひて後は、ありしやうに御簾《みす》の内にも入れ給はず。御遊びの折々、琴笛の音に聞こえ通ひ、ほのかなる御声を慰めにて、内裏住《うちず》みのみ好ましう覚え給ふ〟

（元服を済まされて成人されてしまった後には、帝も以前のように源氏の君を御簾内へお入れにはならない。音楽の御演奏をなさるその折々に、琴や笛の音に紛れて女御のお声が聞こえてみえることがある――それはかりをお心の慰めとなさって、源氏の君は宮中にお住まいになることばかりをお選びになるようになった)

少年が元服をすませてしまえば、もう「大人」で、それはそのまま「男」ということです。だから当然、それ以前には藤壺の女御の住まう御簾内に源氏の君を連れてお入りになった帝も、もうそれをなさることはない。ついこの間までは、当然のように〝見る〟ことの出来た人が、今ではもう見ることさえ出来ない――だからこそ「見たい」と思う。この時の〝見る〟は、〝男女の関係を持ちたい〟ではないでしょうね。ここではただ単純に、「見たい、逢いたい」が、訳語の正解だと思います。

十二歳で大人になってしまった源氏にとって重要なことは、「義母である藤壺の女御に恋い焦がれていた」ではなくて、「まだ幼い彼は、輝かしい御代の中で孤独で、その孤独を癒してくれるものとしては、藤壺の女御の存在しか思い浮かばなかった――だからこそ、彼の中で〝藤壺の女御への恋〟という感情は育って行ったのである」でしょうね。『桐壺』の巻が終わって、続く『帚木《ははきぎ》』の巻に入ると、〝光源氏――、名のみことことしう〟と、彼の性的なオクテ振りがまず語られて、そこから「光源氏の性への目覚め」が始まる。

そうである以上、この『桐壺』の巻の最後では、「まだ恋が始まっていない、恋を育てるための孤独だけが描かれている」というべきでしょうね。

光源氏は孤独で、その孤独を癒してくれるものといえば、藤壺の女御に関する記憶だけだった。だから彼は、それが存在する——藤壺の女御の声がかすかではあっても聞こえて来る、宮中から離れたくないと思っていた（内裏住みのみ好ましう覚え給ふ）。

〝内裏住《うちず》み〟というのは、宮中の宿直所《とのいどころ》に詰めていることです。宮中に泊まり込んで、自分の邸には帰らない状態を言います。

天皇の住む日常の御殿である清涼殿《せいりょうでん》の殿上《てんじょう》の間に上がることを許されている殿上人以上の貴族には、「宿直《とのい》」という職務が、必須のものとしてあります。源氏は、亡き母桐壺の更衣の住んでいた淑景舎《しげいしゃ》（桐壺）を、宿直所として帝から与えられているんですが、「源氏はこの淑景舎に住むことを選んで、自分の邸には帰りたがらなかった」というんですね。

ところで、この前文には、それとは反対のことが書いてあります。〝源氏の君は、主上《うへ》の常に召しまつはせば、心安く里住みもえし給はず〟（帝が常にお召しになり、お側から放しにならないので、心安く里住みをなさることもお出来にはならなかった）。

〝里住《さとず》み〟というのは、自分の邸で暮らすことで、〝内裏住み〟の反対です。

源氏には、後に改装されて「二条の院」と呼ばれることになる、祖母（桐壺の更衣の母で「故按察使《あぜち》の大納言の北の方」と呼ばれる人）から伝領された古い邸があります。これが源氏の「里＝自分の家」で、彼にとっての「里住み」とは、この邸に帰って一人で暮らすことです。

でも源氏には、それが出来なかったという――〝心安く里住みもえし給はず〟（ゆっくりと里住みもお出来にならなかった）。

「普通の大人なら、勤務であるような宮中暮らしよりも、ゆっくり出来る自分の邸での生活を望むけれども、この元服したばかりでお年若の源氏の君は、帝の思し召しによって、ゆっくりと御自身のお心をくつろがせることがお出来にはならなかったのですよ」ということですね。

年若い源氏を、作者の紫式部は、大人の殿上人と同じように扱って、「里住みもままならない」と言います。でもそう言った後で、この作者は、そういう年若い大人（＝源氏）に、〝幼きほどの心一つ〟という表現を与えてしまうんですね。この辺りの紫式部の筆の運びは、見事です。

「大人になった源氏は立派に世の役に立って、それがため自身の骨休めは出来なくなっていて、そして、その胸の内はまるで子供のように――」と、文章そのものは続きます。そしてその後に、「その恋焦がれる心は子供のようだが、もう子供ではない。その証拠に――」と、〝大人になり給ひて後は――〟が来る。だからこそ、「その焦がれる恋心が、内裏住みばかりを求めるようになる」です。

「里住みもままならない」と言った後に、「好んで内裏住みばかりをする」となるのは、どう考えてもへんです。「里住み」と「内裏住み」は、一対の反対語なんですから。ところがそれでへんじゃないというのは、この「里住み」と「内裏住み」の一対の言葉の間には、「通う」という男特有の行為が隠されているからなんですね。

公の義務である「内裏住み」に対して、プライベートな「里住み」がある。「仕事」に対する「私の安楽」が「里住み」で、だからこそ男は、その「里住み」の間に、「女の家へ通う」という私生活を持つ。

源氏には、「左大臣家の姫君（葵の上）の許へ通う」という〝私生活〟があって、そしてしかし、この〝私生活〟が、年若い源氏にとっては、「帝のお側に参上する」のと同じような〝義務〟になるんですね。

十二歳の源氏は、どうしてもこの女性が好きにはなれない。好きになれない源氏は、〝義務〟のようにして、本来ならば自由であるはずの〝私生活〟をこなす。だから源氏は、その〝義務〟よりも、〝内裏住みのみ好ましう覚え給ふ〟になるんですね。

訳文抜きで、この後を掲げます。十二歳で大人になってしまった光源氏という人の、「戸惑うしかない心の荒涼」というものをお感じ取っていただければ幸いです。

〝五六日侍《さぶら》ひ給ひて大殿《おほいとの》に二三日など、絶え絶えにまかで給へど、ただ今は幼き御ほどに罪なく思《おぼ》しなして、営みかしづききこえ給ふ。御方々《おんかたがた》の人々、世の中におしなべたらぬを選り整《え》へすぐりて侍《さぶら》はせ給ふ。御心につくべき御遊びをし、おほなおほな思《おぼ》しいたつく。内裏《うち》にはもとの淑景舎《しげいさ》を御曹司《みざうし》にて、母御息所《みやすどころ》の御方の人々、まかで散らず、侍《さぶら》はせ給ふ。里の殿は、修理職《すりしき》、内匠寮《たくみづかさ》に宣旨《せんじ》下りて、二なう改め造らせ給ふ。もとの木立、山のたたずまひおもしろき所なりけるを、池の心広くしなしてめでたく造りののしる。「かかる所に思ふやうならむ人を据《す》ゑて住まばや」とのみ、嘆かしう思《おぼ》しわたる。「光君《ひかるきみ》」といふ名は、高麗人《こまうど》の愛《め》で聞こえてつけ奉《たてまつ》りけるとぞ、言ひ伝へたるとなむ〟

「左大臣家の婿」という〝義務〟を、まるで避けるようにして宮中に留まっている源氏は、でも仕方がないので、五六日宮中にいて、その後に二三日は左大臣家に通うようにしていた。

いやいや〝義務〟を果たしている婿を、左大臣家では、「まだ〝幼い〟と言ってもいいお年頃なのだから」と、大目に見てはくれる。しかしそれでも、少しでも源氏の足を引き留めようとする左大臣は、姫君付きの女房にも源氏の身の回りの世話をする女房にも、より抜きの美人を集めて、なにかと楽しそうな催しをする――でもそうされている源氏の胸の内は分からない――。

亡母の住んだ殿舎《でんしゃ》はそのまま源氏の宿直所とされていて、桐壺の更衣に仕えていた女房達もそこを去らずにそのままになっているのを、源氏は引き続いて使った。二条にある祖母から伝領の邸は、帝直々に御命令を下されて、大々的な改築工事が進められている。

元来が風情のある造りではあるし、帝御直々の御命令だから、人々は嬉々として改築工事に励んではいるけれども、たった独りでその邸に戻って来て、たった独りでその邸に住まなければならない源氏の心は別で、「誰もここには住んでくれない」という嘆きの心で一杯になっている。

〝思ふやうならむ人を据ゑて住まばや〟というのは、とても漠然とした〝悲しい望み〟ですね。

「藤壺の女御に会いたい」という心はあるけれども、その人は、それでどうなるような相手でもない――なにしろその人は、「父帝の妃」なのですから。

「自分の家はある、しかし自分の家は空虚だ」と思うのが、十二歳の光源氏です。

「独りではいたくない。しかし自分にはもう、〝左大臣家の姫君〟という人がいる。その人を押しのけて、他に〝一緒にいたい〟と思えるような人では、誰がいるだろう？」と考えると、そんな相手は想像もつかない。

ここに「藤壺」という名前が出て来ないのは、彼の思いがまだそこまで煮つまっていないからで、彼はまだ、「誰かを好きになる以前の段階」にいるのでしょう。

「好きになる」ということなど思いもよらないで、ただ自分の孤独を見つめるしかない少年がいて、その大人になってしまった少年は、「世の中の〝家〟というものは、きっと誰かと一緒に、幸福に暮らすというような所なのだろうな……」と、漠然と考えている。

その邸に誰かがいようといまいと、飛び飛びにやって来て二三日しか滞在しないでいる婿の源氏が、「自分の家」などという余分なところで時間潰しをしているなどということを、舅の左大臣が知ったら、きっと喜びはしない――そのこともまた、「光源氏」と呼ばれるような少年は、重々承知しているのでしょう。

彼は表向き「栄華の輝き」に包まれていて、世間の人にはしかし、その彼の胸の内なんかは知りようがない。光源氏の栄光と、それを述べ立てられることによって自動的に浮かび上がって来る空虚の描写の後に、〝光君といふ名は――〟という結びの一行が唐突にやって来る。

凄絶なる皮肉としか言いようのない一行ですが、この結びの文章によって、光源氏の「誰にも知られない当然の孤独」というものは、しっかりと読む者の胸の中に刻み込まれることでしょう。

80　フェミニストでなければよかった……

光源氏は孤独で、そしてその彼はやがて恋を知ることになる――源氏物語の進行はそう見えて、しかしなかなかそうではありません。源氏物語の主人公は、恋を知る前にまず、「性欲」というものを知ることになるのですから。

『桐壺』の巻で彼の「孤独」が描かれる。その彼の「恋」が描かれるのは、『夕顔』の巻です。

それでは、『桐壺』と『夕顔』の間にある『帚木』と『空蟬』の巻はなんなのだといったら、これは性に目覚めて暴発する「狩人」となってしまった青年の話ですね。

周囲との調和を考えて、至ってお行儀のいいままにしていた青年が、世間の男の語る「男の常識」というものを耳にする内、自分自身の内部にある「性欲」というものに目覚めて行く——『帚木』の巻にある「雨夜の品定め」はそれですね。性に目覚めて女を知って、それで男は「恋の狩人」になる。光源氏もそうだった。そうなのだけれども、しかしやはり、源氏物語はちょっと違う——。

受領《ずりょう》の後妻である空蟬《うつせみ》、その弟である小君《こぎみ》、空蟬の義理の娘である軒端《のきば》の荻《おぎ》と、性に目覚めた源氏は、目覚めたとなると片っ端から手をつけて行くのですけれども、それが五条の宿に住む夕顔の存在を知った途端、ぱったりと止んでしまう。

夕顔と逢って「心の恋」を知ってしまった源氏は、そこでぱたっと恋の狩人であることをやめなければならなくなってしまうからですね。

しかし、男の書く「恋の遍歴譚」ならば、なかなかこうはならないものなのではないでしょうか？

源氏物語に登場人物は多くて、源氏の恋の相手をした女も多いけれど、しかし源氏物語はやはり、「恋の相手」となる女の数が少ないのです。

光源氏は、どうもあんまり「漁色家」ではない。だからこそ、「光源氏——、名のみこことしう」にはなるんですけれども——そして、広大な六条の院を造っても、『乙女』の巻では「また殿の骨董趣味が始まった」と言われることになるのですが。

光源氏は、女性を大切にする人です。だから、六条の院という「女のための養老院」を作ってしまう。六条の院を造った源氏が、それまで花散里を住まわせていた二条の院の東院に、老いた末摘花と出家して尼となってしまった空蟬を住まわせる。これなんかはほとんど、「用済みになってしまった女性であっても、源氏の君は無残にお捨てになるということをなさらず、大切に面倒を見ておやりになったのでございます」というノリですね。

それをする男は、当時の常識でいけば「珍しい男」でしかないのだけれど、女性である作者の紫式部は、自分の作り出した主人公に、そういう残酷を演じさせたくはなかったのでしょう。だから光源氏には、「年を取った女の面倒をちゃんと見る男」という性格を与えている。普通の男だったら、美しくない花散里や、あばら家に住む末摘花なんかは、すぐに飽きて、さっさと捨てて行ってしまうでしょうけれどね。そうやって、「また殿の骨董趣味が……」なんてことを言われる不面目を回避してしまうものですけれども、しかしどうも、源氏は違うんです。

源氏は、多情ではあっても女を捨てない――「男の庇護を受けなければ生きて行けない」という、女性にとっては酷い時代でもあった平安時代に、ちゃんとした生活の保証だけは与えようとする、スーパーマンの性格を持っている。これが、「恋の遍歴譚の男」としては、些《いささ》か変わっているところでしょう。

「多くの女性を遍歴して、しかしその人生の最後には幸福に出会えなかった男」という、恋の遍歴物語の主人公はいくらでもいるでしょう。「そういう最終的な不幸に出会っても仕方がないように、その男の〝恋の遍歴〟なるものは、実はエゴイスティックな欲望の発散以外の何物でもなかった」というような教訓だって、「恋の遍歴譚」には付き物でしょう。しかし光源氏という人は、そういうエゴイストではないのですね。

彼は、「自分の欲望」ということをまず第一に考える人ではあるけれども、それと同時に、あるいはそれ以上に、自分の欲望の対象となった女のことも、ちゃんと考えている。そういう、変わった「恋の遍歴者」です。

そして光源氏は、「恋の遍歴者」ではあっても、「各地を遍歴する人間」ではないのですね。『須磨』『明石』のエピソードを除いてしまえば、光源氏は都の定住者で、遍歴そのものを嫌う人です。源氏は都市の定住者で、そこでの定住を前提とする以上、彼はあまり身勝手なことが出来ないのです。だから、光源氏には、「女を捨てきれずに世話をしてしまう」という性格がつくのでしょう。

光源氏は、女を「人」として見ます。征服する獲物として見るのではなく、恋というものを通じて知り合った「人」として見ます。孤独であったからこそ、光源氏には、「人＝友」でもあるような女性が必要とされたのでしょう。

光源氏は、恋の相手である女を「人」として見ようとします。そしてしかし、その間柄は、やはり「男と女の関係」でしかないのです。

「女は〝人〟か？　あるいは〝女〟でしかないのか？」

これは大きな問題でしょう。

女は勿論「人」でしょう。がしかしそう思う光源氏にとって、果たして恋という道筋によって捕まえた「女という〝人〟」は、自分が思うような「人」なのでしょうか？

光源氏の考える「人間」は、やはり「男」なのです。そして、光源氏が「人」と考える女達の考える「人間」は、「女」なんです。

現代人の直面する「男と女のギクシャク」は、結局このことに尽きるのではないかと思いますが、実は、このことに最初に突き当たった人が、光源氏という男と、「源氏の物語」という小説に登場する女達だったのです。

女達は、女であるが故に知る孤独を改めて知り、そういう女達に囲まれた光源氏という男は、華やかな女達に囲まれたはずの「六条の院」という幸福の中で、改めて、「自分一人の孤独」というものに直面することになるのでしょう。

その二十九

81　朝顔の姫君のこと

光源氏は、女を「女」としてではなく、「人」として接しようとします。これが、紫式部という女性の作者によって書かれた古い恋物語の特徴でしょう。では、もしもこの源氏物語が、男の作者によって書かれていたら、どうなっていたでしょう？

そんなつまらない詮索を、ちょっとだけしてみます。

実は、「恋の遍歴者」であるはずの光源氏は、あまり恋をしない遍歴者なんですね。「名のみこととしう」と書かれる光源氏は、そういう人です。

たとえば、『帚木』の巻には、「式部卿《しきぶきょう》の宮の姫君」という女性が、チラリと顔を出します。「源氏の君が、式部卿の宮の姫君に朝顔の花をお贈りになったんですってよ」と、空蟬の女房達が噂するような形で登場する人です。この人は、結局源氏とは関係を持たないまま物語の中からは消えて、ずっと後の『朝顔』の巻になって、「朝顔の斎院《さいいん》」として再登場します。光源氏とは従姉弟の関係に当たるような人で、源氏にとっては「幼馴染み」と言ってもいいような位置にあるような人だとは思いますが、しかし『朝顔』の巻を読む読者のどれほどが、『帚木』の巻のエピソードを覚えているでしょうか？　それはほとんど初耳同然のことのように思います。

┌桐壺院——光源氏
└桃園《ももぞの》の式部卿の宮——式部卿の宮の姫君（朝顔の斎院）

この人「式部卿の宮の姫君＝朝顔の斎院」は、いたって印象の薄い人です。「『朝顔』の巻になって再登場した」と言われても、この人がその以前からこの物語の中に存在していたとはあまり思えません。つまり、この「朝顔の斎院」は、源氏物語の中の単なる点景人物として終わっていて、「それで一向にかまわない」と思われてしまうような人間だということなのです。

がしかし、話というものはそんなに簡単ではありません。この単なる点景人物でしかない「朝顔の斎院」ですが、この人はよく読むと、結構重要な役割を果たしていたりもするのです。

『葵』の巻です――。

光源氏は、六条の御息所に飽きていて、それを嘆く六条の御息所は、伊勢の斎宮に決定した娘（後の斎宮の女御＝秋好む中宮）と共に「伊勢に下りたい」と言い出します。「源氏が、年上の女をないがしろにしている。前の春宮の御息所である女性が、時世に遅れて、光源氏に冷たくされている」というのは、昔も今も変わらない、大衆の好きな大スキャンダルです。

高貴な御息所が、娘の存在にかこつけて「伊勢に下りたい」などと言うのは、当時にとっては、「なりふりかまわぬあられのなさ」というところでしょう。都中はこのスキャンダルで持ちきりになり、桐壺院の耳にまで届きます。「死んでしまった自分の弟（＝前の春宮）の妻」でもある六条の御息所にまつわるスキャンダルを耳にした桐壺院は、「女に恥をかかせるな」と、源氏に注意をします。

譲位した上皇直々のご注意ですから、これが評判にならないわけがない。噂は更に広がって、それが「式部卿の宮の姫君（＝後の朝顔の斎院）」の耳に入る。

噂を耳にした式部卿の宮の姫君は、「ああ、やっぱり……。そうならなくてよかった……」と、こっそり思うんですね。

式部卿の宮の姫君――とりあえずは「朝顔の姫君」と呼びましょう――は、どうやら源氏が、最初に言い寄った女性です。

『帚木』の巻で、「源氏の君が朝顔の花をお贈りになったんですってよ」と、空蟬の女房達に噂されて、それが源氏物語に登場する、最初の源氏の「恋のエピソード」です。左大臣家の姫君（葵の上）と結婚し、藤壺の女御への想いを独りで胸に抱えている源氏は、もう「一人前の男」で、その「一人前の男」にふさわしく、彼は恋をしている――あるいは、恋をしなければならなくなっている。朝顔の姫君は、光源氏の従姉妹に当たる人ですから、そういう適当《モデラート》な恋のお相手にはどうやらふさわしい、「無難な人」です。光源氏は、そういう女性に対して「恋の礼儀」――あるいは「恋という礼儀」を見せて、しかしそのまま、どうやら「積極的なアプローチ」というものをしなかったらしい。とりあえず関係を迫って、しかし彼女はそれをやんわりと拒絶して、二人の仲はずっとそのまんまの「現在進行形」でもあるらしい。だからこそ、『葵』の巻で「六条の御息所の醜態」を耳にしたこの姫君は、「ああ、やっぱり、源氏の君からのお申し出を受けなくてよかった」と思うんですね。

〝かかることを聞き給ふにも、朝顔の姫君は、「いかで人に似じ」と深う思《おぼ》せば、はかなきさまなりし御返りなども、をさをさなし。さりとて、人憎くはしたなくはもてなし給はぬ御気色《けしき》を、君も「なほ異なり」と思《おぼ》しわたる〟

（そのようなこと――即ち、六条の御息所の醜聞――をお聞きになるにつけても、朝顔の姫君は、「絶対に人の二の舞いは踏むまい」と深くお考えになって、それまでは形ばかり差し上げていたお返事なども、お出しにはならなくなった。ただ、そうではあっても、やはり失礼にはならぬようなお心遣いをなさっているご様子だけはあって、源氏の君も、「やはり人とは違って、嗜みのある方だ」とお思いになる）

光源氏の女性に対する態度と、その彼に接する女性の態度、あるいは、そうした男と女を取り囲む世の中の様子というものを考えさせる上で、この「朝顔の姫君」は、かなり重要な位置を占める女性です。そして、そうではあるくせに、この人の印象というものはとても薄いのです。

『葵』の巻で、こうした心境をほんの僅かばかり記されて、『賢木』の巻にも登場して、そしてそのまま彼女は、『朝顔』の巻まで姿を消してしまいます。初めは「単なる点景人物」でしかない人が、後になって重要な役割を演じるということは、別にないわけではないのですが、「これだけ重要な役割を演じる女性が、どうしてこんなに印象の薄いまま放置されているのだろう?」と、ちょっと首をひねりたくなってしまうところもあります。そして、それは多分、私が男だからでしょう。朝顔の姫君という人は、おそらく、紫式部という女性の作者ならではの存在を果たす作中人物なんですね。

紫式部にとって、この人は、「光源氏の求愛を斥けて、そしてそのままそのことの意味を保持し続け、そのように存在し続ける女性」なんです。だからこの人は、『朝顔』の巻になって、改めて、「相変わらず光源氏の求愛を斥け続けている女性」として、再登場を果たすのでしょう。「すべての女が男の愛を受け入れるわけではない。女の中には、男の愛を拒む女だってちゃんといる」ということを示すために。

つまり、朝顔の姫君(=斎院)という女性は、「ためらう——そして斥ける、拒む」ということをまっとうするために登場する女性だということです。

しかし、普通、こういうことを、恋の物語の作者がやるでしょうか?

男の作者だったら、まずこんなことはやらないでしょう。こういう形で「女性を存在させる」ということが、男の胸の中にはまずないことだからです。

「彼の求愛を斥けた」なら、「そして、彼女は、そこで消えた」になるでしょう。消えた以上は、もう「存在はしない」です。だから、そんな女性が再登場を果たすのなら、それは、「そして彼女は、やっと彼を受け入れた」にしかならないはずなのです。「斥け続けるために再登場する女」というものは、「恋をする男を否定するためにだけ存在する女」で、そういうものは、どうあっても、男の作家には考えにくいものだからです。そんなことを考えていたら、男にとって「恋物語」というものは、もう成り立たなくなってしまうものだからです。

82　もしも、源氏物語を男が書いたのだとしたら……

恋に臆病だった十七歳の光源氏は、半分以上「礼儀」のつもりで、自分の従姉妹に朝顔の花と歌とを贈ります。

そしてそれだけです。それ以上、光源氏は積極的なアプローチをしなかったのです。

「礼儀」としては、時候の挨拶のような文を贈ってはいたのだろうけれど、それ以上の積極性は彼の中になかった。

光源氏は恋に臆病で、自分の「欲望」というものをぼんやりとしか把握していなかった。それが「雨夜の品定め」というものを通して、確実に自分の中の欲望を把握してしまう。己れの欲望を自覚した光源氏は、その対象となる「中《ちゅう》の品《しな》の女」を求めて、空蟬のいる受領の邸へと行く。

源氏は、「中の品の女」である空蟬を犯して、見事に「恋の狩人」としてのスタートを切るのですが、しかしどうでしょう？ そういう「冒険」を演じてしまった男が、そこで足を止めるでしょうか？

そういう「実績」を積んでしまった男ならば、必ずや、こ、こ、こういうことになるのではないのでしょうか？

つまり、こうです――。

「このあいだ花を贈るだけでウヤムヤにしてしまった彼女に、ちょっとちょっかいを出してみようかな……」と。

それぐらいのことを、恋という「冒険」を知ってしまった男なら、思うでしょう。五条の見すぼらしい宿に「夕顔」という女を尋ねることになってしまう男なら、なおさらのことです。

男の作家なら、空蟬と夕顔の間に、必ずや「朝顔の姫君と光源氏の若き日の恋」を描くでしょうね。そうしないと、恋の遍歴譚にメリハリがつかない。一度実行行為に及んで、そしてその相手を自分のものにしておいて、それが拒まれるのなら、ずっと後になって拒まれる――美しい貴公子の恋物語を書く作者なら、必ずやそのようにするものだと、私は思います。そうでなければ、その人（＝朝顔の姫君）への印象が薄くなりすぎてしまうからです。

でも、「拒むためだけに存在する女性」というものを設定する紫式部という女性作家は、違います。紫式部は、恋物語の主人公に、「恋をさせまい」とする作者でもあるんですね。普通の「恋物語」なら、ただ遍歴されるだけで終わってしまう、「生きた背景」のような、点景人物にすぎない女達とのエピソードが、あちらこちらに散らばっているはずです。「恋の獲物」となってしまった女達の姿は、死屍累々といった感じで、華やかでエゴイスティックな「男の恋物語」のあちこちに散らばっているはずなんですが、源氏物語は、そうじゃないんですね。

源氏物語の主人公は、あまりつまらない「つまみ食い」もしない代わりに、「美しい貴公子の恋の遍歴物語」を成り立たせるのにふさわしい、それらしい美女との恋も、あまりしないのです。

『葵』以前の、『桐壺』から『花宴』までの八帖に、恋愛という局面で源氏と関わりを持つ女性は、十一人登場します。一帖に一つの恋が描かれるとして、この数は十分な数でもあるのですが、しかしよく見ると、これがへんです。

藤壺の女御は、「思慕だけ」で、実行行為の描写がまったく欠落しています。葵の上は、「形だけの正妻」で、ほとんどただの点景人物に過ぎません。朝顔の姫君も同じで、この人には、「登場した」という実感さえもありません。後に「正妻」となる紫の上は、まだ「子供」の状態です。

源氏の恋の相手は、空蟬・軒端の荻・夕顔・六条の御息所・末摘花・源典侍・朧月夜の七人だけで、その内の三人――空蟬と軒端の荻と夕顔は、「中の品の女」です。光源氏という身分にふさわしい恋の相手は、六条の御息所・末摘花・源典侍・朧月夜の四人だけで、この内の二人――末摘花と源典侍との物語は「喜劇の相手」、六条の御息所の演じる物語は、「恐ろしい恋」です。源氏物語が、「王朝の雅を伝えるロマンチックな恋物語」であるのなら、それにふさわしい相手となるのは、右大臣家の姫君である朧月夜ただ一人なんですね。

紫式部は、どうも「上の品の女」に対しては冷たいんですが、それはそのまま、「源氏物語を当たり前の恋物語にすることに対する冷淡」にもつながるようです。

本当だったら、源氏物語には、上流の姫君相手の恋の挿話がもっともっと書かれていてもいいはずなのに、源氏物語には、その「基本部分」がすっかり欠落していると言ってもいいでしょう。「読者の待望するところもそこであるはずなのにな」と、私なんかは思いますが、その冷淡が、いかにも「女性の書く恋の遍歴譚」なのかもしれません。「女性の」と言うよりも、「ある主張をもった女性の」と言うべきでしょうけれども。

何故紫式部が、源氏物語を「当たり前の恋物語」にすることに冷淡かと言えば、それは、
「紫式部が〝女も人だ〟ということを言いたかったから」でしょうね。

だから、源氏物語の主人公は、女を「女」としてではなく、「人」として扱うんですね。

女を「人」として扱い、源氏は、女を「人」として扱おうとする。光源氏は、「女を〝人〟として扱う男」なんですね。

光源氏は恋をして——あるいは恋を仕掛けて——その想いを掛けた相手を「自分のもの」にして、そしてその後では、人として接します。

人間関係を開くものは、「血縁」と、政治世界の「上下関係」の他には、「恋」しかなかった時代です。

光源氏にとって、「友人」と言えるものは、最初の妻（葵の上）の兄であった頭の中将しかいません。これは、「血縁を媒介にした関係」ですね。

男の友人はこの人だけで、しかし光源氏には、「恋から始まった友人」が、何人もいます。つまり、「光源氏とその恋の対象となった女達は、みんな〝友人〟になる」ということです。

それでなければ、恋の感情——あるいはその相手への「性の欲望」が消えてしまった後になっても、その相手を「大切にする」などということは、起こりようがありません。それであればこそ、六条の院の四季の町にそれぞれの女主を配して、「殿の骨董趣味」などという言われ方をしてしまったりもするのです。

光源氏は女に恋をして、そして、結局はその相手の女達の「友人」になってしまう。光源氏はそのようにして、しかし相手の女達がそれをどう思っているのかは、よく分からない——この辺りが、「紫式部という女性によって書かれた、源氏という男の恋の物語」という、この小説の特徴でしょう。

女達にとって、あくまでも光源氏は、「男と女の関係にある男性」で、それが「いい」のか「いや」なのかは、実のところ、よく分かりません。

栄華を極める六条の院に、「源氏の最愛の女性」として幸福に暮らしていた紫の上は、女三の宮という新たな「正妻」の登場によって、不幸に落ちます。でも、「果たして女三の宮という女性の登場がなかったら、紫の上は幸福だったのか?」という問いだって、やはりあります。

女三の宮という新しい「正妻」の登場がなかったら、果たして紫の上は、幸福なままだったのでしょうか?

よくは分かりません。「彼女は、地上の栄華のすべてを我が物とした光源氏の最愛の女性だったが、それが幸福であったかどうかは分からない」という問題提起だけは、あきらかに源氏物語の中にあるからです。それを効果的に見せるために、作者の紫式部は、「女三の宮」という新しいキャラクターを登場させたのだということだって、言えないわけではないでしょう。

「彼女（＝紫の上）は、地上の栄華のすべてを我が物とした光源氏の最愛の女性だったが、それが幸福であったかどうかは分からない」という問題を提起するために、紫式部という作者は、「六条の院の各町に女主達は相応の地位を獲得し、それぞれ仲良く幸福に暮らせるのでした」という『乙女』の巻を書き、その後に続けて、玉鬘という新しい女性を登場させるのです。「やはり、そういう若い女性が登場してしまう方が、自然でしょう？」と言わぬばかりに――。

そうやって、「メデタシ、メデタシ」の調和世界に波紋を投げるのが、紫式部という作者なのです。

「光源氏は、太上天皇《だいじょうてんのう》（上皇）に准ずる扱いを受け、すべての栄華は達成されました」という『藤裏葉』の巻の後に、朱雀院の女三の宮の降嫁という事件を設定して、「紫の上に対する加害者としての光源氏」――即ち、「女という存在に対して、男という〝友人〟は、〝加害者〟としてしか接することが出来ない」という問題を、提起して来る。

恋の相手である女性に対しての欲望は消えて、しかしそれでもまだ「男」の中には、「欲望」という形でしか表されない「何か」が残っている——「明らかに不透明な〝何か〟は残っているのだけれども、それは女である私にとっての問題ではない」として、「光源氏の物語」のその後に、「光源氏の子や孫の物語」ではなくて、「浮舟という女の物語」である宇治十帖を、平気で続けてしまう。それが、紫式部という、今から一千年前にいた女性作家の仕事なんです。

83　社会に逢いたい！

それでは一体、男の中に残る「不透明な何か」というのは、なんなんでしょう？

それはとても難しい問題のような気もしますが、いたって簡単な問題のようにも思えます。

これは、「男だって女と同じような人間であるのならば——」という前提に立てば、すぐにも導き出されるようなものであるはずだからです。

そう、それはいたって簡単なことです。

男の心の中に巣食う「孤独」というものを癒してくれるのが「女」だとして、しかしそうなると、孤独に陥った男は、女とだけしか関係が持てなくなってしまうからです。男達の作る社会の中で孤独に陥った男は、「女」とだけしか関係が持てなくなって、その結果更に、男達の作っている「世の中」というものからシャットアウトされてしまう――そういう構造があるからです。

「女性の社会進出」というのが言われたのは、何故でしょう？ どうして「意識的」になってしまった女は、男の「愛している」という言葉だけでは満足出来なくなって、自分から進んで社会に出て行って「働きたい」と思ったのでしょう？

いたって簡単なことですね。

「同じ人間であるなら、同じ人間として、社会というものの中にいたい。〝男の愛情〟という、密閉空間の中にだけ閉じ込められていたくはない」と、そのように思ったからですね。

それは、いたって当たり前の欲望です。「欲望」というのは、なにも「セックスへの衝動」だけではないのですね。「セックスへの衝動」という欲望もちゃんと自覚し、そしてそれを自覚した上で、「人間としての、きちんとした位置付けを、社会から与えられたい」というのが、一人の人間の持つ最大の「欲望」でしょう。

だから女は、「愛情だけではいやだ」と言って、「女との接触方法は愛情しか知らない」と思う男達の首をひねらせた。

「どうして、人間に対する接触が、〝愛情〟という名の性行為しかないの？」と言って、女達は男達の首をひねらせて、しかしそれと同じ質の欲望が、光源氏という一人の男の中にも宿っているということに、果たして女達は気がついたのでしょうか？

それは、別に光源氏だけのことではなくて、男一般に共通するものでもあるのだ、ということを――。

誰だって、世の中からシャットアウトされたくはない。

世の中の中枢にいて、彼自身が権力とイコールと思われている男だって、それは同じです。

だからこそ権力者は、権力の座を追われることを恐れる。

権力の座にある者にとって、世の中との接触方法は、「権力を握ること」以外にないのるのです。権力の座を追われた権力者は、世の中からシャットアウトされたのと同じことになるのです。

誰だって、世の中からシャットアウトされたくはない——そんな形で孤独に繋がれたくはない。だからこそ権力者は、権力の座にしがみつくんですね。

そして光源氏は、そういう意味での「権力者」ではなかった。

とてもデリケートな形で、「権力」というものが存在していた時代——つまり、「権力」という、無骨で、人の心をひやっとさせるようなものの存在を、あまり人には意識させないようにして、「社会」というものが出来上がっていた時代——平安時代というのは、そういうソフィスティケートされた時代なんですが、その時代の「実質的な権力者」は、光源氏に象徴されるようなものだったんです。

彼は、太政大臣になり、上皇に准ずるものとなり、そして、何もしない。彼はただ輝ける存在で、厳しい権力者のような顔は決してしなくて、しかし歴然と、御代最大の権力者ではある。

平安時代というのは、権力者が人を力で支配する時代ではなく、権力者が明るく輝いて、そのことによって、人が安心して従っていられるという、平和な時代でした。この時代の権力者は、「恐ろしい人」でもなく「強い人」でもなく、ただただ「美しい人」であったのですね――ちょうど光源氏のように。

光源氏は力を持ち、財力を自由に行使し、「栄華の極限」とも思える六条の院を作った。六条の院を作った光源氏は、そこに美しい女達を囲い込んだ――まるで素晴らしい木々を植え込んだ名園を造営するように。

女達は光源氏に囲われ、しかし実際に光源氏の作ったものは、「将来が不安な女達のための養老院」だった。「女のための養老院」を作った光源氏はフェミニストで、そうなって後の光源氏は、そこにいる女達によって繫がれるだけの存在になってしまった――。六条の院に玉鬘という若い女を「養女」として迎えて、結局光源氏が彼女をものにすることが出来なかったのは、六条の院が、「男のための場所」ではなかったからでしょう。

そこは、「男によって作られた女達のための場所」で、だからこそ、男というものは、そこで我がまま勝手を演ずることは出来なかった。「欲しくはない妻」である女三の宮をそこに安置して、結局源氏が彼女のために、死ぬまで尽くすしかなかったのも、六条の院というところが、「女達のための場所」であったからかもしれません。

六条の院という「華やかな牢獄」に閉じ込められた男は、その中で、若い男達の胸の内を覗き見る。玉鬘を養女に迎えた源氏が、「彼女に狂う男達の姿を見たい」と思ってそのようにしたのは、結局こういうことかと思います。

若い男達は、若いがゆえにまだ何も知らず、だからこそまだ自由で、そんな風に生きていられる若い男達の胸の内を、源氏は、ある種の羨望をこめて見る。

それはほとんど、幾重にも下げられた御簾の中で、外を自由に行き来する男達の姿に嘆声を漏らすしかない女達の「恋心」と、同じ質のものでしょう。

かつて「藤壺の女御に逢いたい!」と、誰にも知られぬように絶叫していた光源氏は、成長し、人としての栄華を極め、そしてそうなって後の今、かつてと同じように、「社会に逢いたい!」と、誰にも知られぬように絶叫している。

だからこそ光源氏は、玉鬘に宛てられた男達からの恋文を見たがった。恋に身を灼《や》く男達の身悶えを、見たがった。それを可能にするために、何の縁もない若い娘の「父親」になりたがった。

『藤裏葉』の巻で、光源氏の栄華は、絶頂を迎えます。

光源氏の娘(=明石の姫)は、時の春宮の後宮に入り、春宮の寵愛を独り占めにする。その姫の「後見役《うしろみ》」として、実母の明石の女も、宮中に入る。

なんの身分もない土豪の娘であるがゆえに、自分の生んだ子供を奪われて、そのまま黙って「日陰者」の存在に甘んじていなければならなかった。それが、遂にここへ来て、「宮中」という晴れの舞台へ、堂々と進んで行く。

数ある源氏の愛人の内で、「その明石の女だけは許せない」と思っていた紫の上も、しかし遂にその「仇敵」と対面して、許すようになってしまう。

幼馴染みである雲居の雁との仲を裂かれていた源氏の息子夕霧も、彼女と結ばれ、源氏と内大臣（かつての親友・頭の中将）家との仲も復活する。

太政大臣として人臣の頂点に立っていた源氏は、ここで遂に太上天皇となって、時の帝（＝冷泉帝）と朱雀院とを、六条の院に迎える。

すべては「めでたし、めでたし」で、源氏物語はここに一応の大団円を迎える――というのが定説です。「光源氏は、遂にこの時代の栄華の頂点に立った」からです。物語は、ここに一応の大団円を見て、そして改めて、『若菜上・下』と続く〝悲劇〟の中へ入って行く。

ところでしかし、そういう〝悲劇〟に遭遇することを予定づけられている『藤裏葉』の巻は、果たしてハッピーエンドなんでしょうか？

果たして光源氏は、ここで「栄華の頂点」に立ったのでしょうか？

なるほど、光源氏以外の人間から見れば、「上皇の位」というのは、「栄華の頂点」でもありましょう。しかし、「それが光源氏にとってはどうだったのか？」ということだってあります。

光源氏は、本来が「帝の子」です。しかもそれは、「もしかしたら帝は、この皇子《みこ》を春宮にお立てになってしまうかもしれない」と思われるような、「最愛の皇子」です。その生みの母が「更衣」の身分だったから。そして、その母親が既に死んでしまっていたから。そして、その母親を憎む、右大臣家の女御（＝弘徽殿の女御）の存在があったから。それで考え深い帝（＝桐壺帝）は、その最愛の皇子を、臣下の位置に降ろしてしまった。

彼＝光源氏が臣下の籍にあるのは、「たまたまのこと」で、彼が帝位に即《つ》いていても一向におかしくはなかったし、その彼が上皇になっても、別に不思議ではない。なにしろ、藤壺の中宮と源氏との「関係」を知ってしまった冷泉帝は、「父」である源氏に対して、「譲位」ということを申し出さえするのですから。

譲位されて帝になっても不思議はない――そういう特別なポジションにいるのが光源氏

なんです。

人は、その上皇に准じられた光源氏を見て、「栄華の頂点」と思うかもしれない。でも、そう見られる光源氏にとって、それは、「やっと彼本来のスタートラインに戻った」というようなものでもあるんですね。

果たしてその彼にとって、『藤裏葉』の巻は、本当に「ハッピーエンドの大団円」であったのでしょうか？

実のところ、『藤裏葉』の巻の「栄華の頂点」は、「彼は結局、さまざまの妨害を排除して、一番最初の前提である〝最も帝に愛される皇子〟という位置に戻った」だけでもあるんです。

ある意味で、『藤裏葉』の巻の光源氏は、「さァ、これからだ——！」でしかないようなものでもあるんですね。

「やっとそうなって、彼はそこから、〝自分の本来の人生〟を始められるようになった」というスタートラインについて、しかしその彼には、もう何もすることがなかったのです。

『藤裏葉』の巻の光源氏は、太政大臣から准太上天皇に上ります。

太政大臣というのは、朝廷機構の頂点に立つような役職ですが、しかしこのポジションは、「だからこそ、何もしなくていい」という地位なんです。

何もしなくていい太政大臣は、更に何もしなくていい上皇になった――『藤裏葉』の巻に辿《たど》り着いた光源氏の悲劇は、これでしょう。

「彼はすべてを与えられて、そして、何もする必要がなかった。何もすることがなかった」――この時代の「栄華」とは、人にこのように思われることです。

でもその彼にとって、その状態というものは、実は、「彼自身のスタートライン」でもあるんです。「輝ける光源氏」は、その初めに於いて、既に栄華の頂点に立っていた。

「栄華の頂点」に辿り着いて、やっと分かることがあります。それは、「彼には、その初めから、何もすることがなかった」です。

つまり、「彼はやっとそのスタートラインに辿り着いて、しかもその彼には、初めから何もすることがなかった」なんです。

果たしてこれが、「幸福」なんでしょうか？

『藤裏葉』の巻という「栄華の頂点」を書く紫式部は、それに関して、何も言ってはいないんですね。

彼女が言うことは、「彼は〝栄華〟という檻の中に閉じ込められた（そしてそれを、誰も気がつかないだろう）」と、ただそれだけなんです。

こんな無残な大団円はない——私はそのように思います。

その三十

84 「何もすることがない」という、欲望の喪失

息子や娘、そして妻達の処遇がはっきりして、自身は准太上天皇として遇されるようになった。そのような「一切が成就された大団円」でもある『藤裏葉』の巻ですが、それではその状態を、当の光源氏自身はどう思っていたのでしょうか？『藤裏葉』の巻には、こうとだけ書き記されています――。

〝御心《おんこころ》落《お》ちゐ果て給ひて、「今は本意《ほい》も遂げなむ」と思《おぼ》しなる〟

（ご心配の種がなくなられたお心はすっかり落ち着かれて、「今ならば、かねてからの念願であった出家も遂げられるから、そうしてしまおう」とお思いになる）

「自分が出家をしてしまったら、後に残される者の生活が心配だ。だから、その心配がなくなった時に、自分はめでたく出家が出来る」というのが、光源氏の出家の論理です。『藤裏葉』の巻の「大団円」に至って、そうした後顧の憂いというものがなくなってしまうわけですから、源氏は〝御心落ちゐ果て給ひて〟という心境になる。しかし、「もう出家をしてもいいのだ、出家をしてしまおう」という心境になったところで、時の帝（冷泉帝）は、源氏を准太上天皇として遇し敬おうとしているのですから、まさかその帝の御意志というものを拒むわけにもいかない。結局、源氏は思い止まって出家をしないわけですが、しかしこの光源氏という人は、「これでやっとすべてがうまく行くようになった」と思うところまで来ると、いつも「出家しよう＝この満足出来る世の中を捨ててしまおう」という発想をする人ではあるのですね。

弘徽殿の大后が権力を掌握した朝廷から身を退けて、源氏は須磨に隠棲します（『須磨』の巻）。

源氏は、明石の入道の屋形《やかた》に身を落ち着けて、そこへ朝廷からの「赦《ゆる》し」がやって来ます。

源氏は都に戻り（『明石』の巻）、朱雀帝は退位して、源氏と藤壺の間に出来た子である春宮が新帝として帝位に即き、源氏は内大臣、かつての彼の舅であった左大臣（葵の上の父）は、摂政太政大臣としての復権を果たす（『澪標《みおつくし》』の巻）。

源氏は新帝の妃として、死んだ六条の御息所の娘である斎宮の女御（後の秋好む中宮）を推し、権中納言《ごんちゅうなごん》となった源氏のかつての親友・頭の中将は、成人した自分の娘を「弘徽殿」に「女御」として入内《じゅだい》させる。

源氏と頭の中将（権中納言）は、それぞれの「娘」である妃を自分の手駒として争い、その結果は、源氏の勝ちとなる（『絵合』の巻）。

後宮の妃争いに勝ちを得たということは、将来にわたって彼＝源氏の安泰が保証されたということですが、この『絵合』の巻の最後に置かれた彼の心境は、こうです――。

〝大臣《おとど》ぞ、なほ常なきものに世を思《おぼ》して、「今少し大人びおはしますと見奉《たてまつ》りて、なほ世を背《そむ》きなむ」と、深く思《おも》ほすべかめる。「昔の例証《ためし》を見聞くにも、齢《よはひ》足らで官位《つかさくらい》高く上り、世に抜けぬる人の長くえ保たぬわざなりけり。この御代には身の程覚え過ぎにたり。中頃、なきになりて沈みたりし愁《うれ》へにかはりて、今までも長らふるなり。今より後の栄えは、なほ命うしろめたし。静かに籠《こも》りゐて後の世のことを勤《つと》め、かつは齢《よはひ》をも延べむ」と思ほして、山里ののどかなるを占めて御堂《みだう》を造らせ給ひ、仏経《ほとけきやう》の営み添へてせさせ給ふめるに、「末の君達《きんだち》、思ふさまにかしづき出だして見む」と思し召すにぞ、疾《と》く捨て給はむことは難《かた》げなる。いかに思《おぼ》し置きつるにかと、いと知りがたし〟

(源氏の大臣《おとど》は、やはり世の中を不安定なものとお考えになって、「もう少し帝がご成長になったら、それをお見届けしてから、やはり出家をしてしまおう」と、ひそかにお考えのようでした。「昔の例を考えても、若くして高い官位を得て世に抜きん出てしまった人は、長生きをすることが出来ないものなのだし、私はこの御代で不相応な高い地位につきすぎてしまった。人生の途中で一度は失脚した、その嘆きを代償にして、現在の私は生き長らえているのだ。この先の栄華は、私の寿命を代償にして得なければならないものなのだろう。それであるならば、出家して閑居していよう。後世のことを考えて勤行《ごんぎょう》に励み、そうして寿命を延ばしもしよう」とお考えになって、山里ののどかな土地をお求めになり、御堂をご造営になっては、安置する仏像やら経巻のご用意もおさせになっておいでになるご様子なのだが、一方には「自分の子である明石の姫や、あるいは息子の夕霧を、立派に育てて、先の繁栄というものも見たいような気がする」とお思いにもなっておいでだから、どうやらさっさとご出家なさるということは、難しいようでもある。どういうお考えで御堂の造営をお命じになったのか、そのご真意というものは分かりにくいものです)

内大臣となった光源氏は、嵯峨野に御堂（寺）を建てさせて、いつ出家をしてもいいような用意までもさせるのだけれども、でも結局は、出家をしない。

「冷泉帝がまだ一人前になっていないことが心残りでもあるし、明石の女に生ませた娘の将来や、一人息子の将来を見届けたい」というのがその理由なんですが、どうやら彼は、「自分が保護しなければならない者に対しての義務感」だけで生きているらしい。

他人からは、「やっと得た栄華を前提にして、いくらでもわがまま放題が出来るはずなのに」と思われるような位置にいて、それを「嬉しい」とは言わなくて、妙に他人のことばかりを考えている。その辺りを、作者は、〝いかに思し置きつるにかと、いと知りがたし〟（なにをお考えになっているのかはよく分からない）と記していますが、意外なことに、源氏という人は、「自分」というものがなくて、「家族への義務」とかいうことばっかりを考えている、現代の仕事人間のお父さんとそっくりなんですね――ということは、既に、現代のアクセクするばかりで「自分」がない会社人間のお父さん達の「豊かさ」というものは、ほとんど、一千年前の栄華の絶頂を極めてしまった人のそれに届いてしまっている、ということなのかもしれませんが。

以前にもお話ししましたが、当時の人にとっての「栄華」とは、「なにもしなくてもいい」ということなんですね。

「人に大切にかしずかれるだけで、自分から人のために何かをしなくてもいい」というのが、平安時代の「栄華」で、「人のために何かをしなければならない」という義務を負って、自分の欲望を犠牲にして来た人ならば、この「栄華」という地位は、「やっと自分の欲望が果たせる」という地位にもなるのでしょう。

「今のままでは、自分の欲望が果たせない。だから、なんとかして高い地位につきたい」と願う人間ならば、「栄華を得る」ということは「人生の目的」にもなるし、その「目的」を達成した段階で、「私はこんなにも自分の欲望をかなえたぞ」と、人に見せびらかす——即ち「権勢の誇示」ということをすることも出来るし、そのことに意味も見出だせる。でも、「心の飢え」というものを除いたら、ほとんどすべてにわたって満たされて来たような光源氏には、そうした「欲望」がないんです。

本来ならば「桐壺帝の春宮」であってもよかったはずの光源氏にとっては、他の人間にとってはプラスの行動である、「高い官位を得て出世をする」ということが、あまり積極的な意味を持たないんですね。それは、臣下として皇族の位置から降された——そのことによって失ってしまったものを「取り返す」という、プラス・マイナス・ゼロの行為にしかならないのです。

そして、「もしも、光源氏が臣下の地位に降されず、皇族のままでいたら?」ということだってあります。


人にかしずかれることを専らにしている者にとって、栄華とは、「持続されるもの」です。「その状態」が維持され持続しなかったら、「栄華は欠けた、没落が始まった」ということになります。紫の上の父の式部卿の宮や、源氏の異母弟の螢兵部卿の宮の、悠長でありながらしかしアクセクとした保身振りというのを考えれば、そのことはお分かりいただけるでしょう。

「栄華」を前提にしている人にとって、その状態は、「維持され続けなければならないもの」だし、「維持されて常に満足を感じていられるようなもの」でなければならない。そして、たとえ自分の状態が「昨日と同じ」ではあっても、「自分と同じレベルであるような他人」が、今日になってそのレベルを越えていることが分かったら、もうそれだけで「昨日の栄華」は損なわれたも同然です。これは、現代の中流階級の「平均値獲得競争」とよく似ています。

「栄華」をその前提にして生きている人は、その「栄華のレベル」がちょっとでも欠けてしまうと、「ああ、おいたわしい、ままならぬ世のありさまでございますね」という、嘆きの声に包囲される。でも、一度臣下の位置に落とされて、それゆえに、自分でも「中頃、なきになりて沈みたり」と言う光源氏には、そうした「維持」にまつわる落ち着かない苛立ちのようなものはないでしょう。

彼にとって、「有為転変は世の常」だし、それだからこそ「世は無常」で、しかも困ったことに、彼にはそれに対処して行けるだけの「力」があるんですね。「栄華」を前提にして、人にかしずかれることだけを生活の原則にしてしまった人間には、「人にすがる」以外に苦境を切り抜ける術はありませんけれども、光源氏という人は、「自分でなんとかしなければならない」ということを原則とする、「有力な臣下」なんですから、お姫様や親王のように、ただ嘆いていたって仕方がない。自分の持っている「力」によって、事態というものを切り拓いて行かなければならない。そしてその「力」が、光源氏には立派にあるんです。

彼には、現実と対処するだけの「力」があり、そしてその「力」によって彼が実現しなければならない「目的」というものは、「最初に失われてしまった地位の回復」だけなんですね。

「栄華というゴールに辿り着いても、何の喜びもない――それは、そもそものスタートラインに戻ったと同じことなのだから」というのが、「光源氏の根本」で、だからこそ彼は、そのゴールに辿り着いて迷っている。ゴールに辿り着くたびに「出家をしよう」と言って、しかしにもかかわらずなかなか出家をしようとはしない光源氏の「構造」というものは、このようにしか説明されないものだと、私には思われるのです。

85　藤壺の女御（中宮）とは何か？

光源氏が「得たい」と思うものは、「失われてしまったもの」ですね。その象徴が藤壺の女御（後に中宮、そして女院）です。彼が求めたものは、この人だけだったと言ってもいいでしょう。

さてしかし、普通「出家＝世を捨てる」ということになると、その動機はまず「生きることへの絶望」でしょう。人は、現実社会で生きることの苦しさから逃げようとして出家をしたがって、人はあまり、光源氏のように、「すべてを達成したから、もう世を捨てたい」とは言いません。光源氏の出家の動機は「絶望」ではないんですが、しかしその光源氏にも、一度だけ、「絶望のために世を捨てたい」という心境を見せた時がありました。『賢木』の巻です――。

桐壺帝が崩御《ほうぎょ》して、御代は弘徽殿・右大臣一派のものとなり、源氏は朧月夜と密会を重ねながら、藤壺の邸へと忍び込む。忍び込んで藤壺の心を得ることが出来ない源氏は、絶望のあまり、紫野《むらさきの》にある雲林院《うりんいん》という寺に籠る。この時の心境が「絶望」です。

まァ、普通だったら「絶望」でしかないところなのですが、それでも光源氏という人は、どうやらそうそう素直に「普通の人」をやっているような人ではないので、この「絶望」というのも、原文ではちょっと違ったニュアンスを見せます。こうです――。

〝大将の君は、宮をいと恋しう思ひきこえ給へど、「あさましき御心のほどを、時々は思ひ知るさまにも見せ奉らむ」と念じつつ過ぐし給ふに、人悪《わろ》くつれづれに思《おぼ》さるれば、秋の野も見給ひがてら、雲林院《うりんゐん》に詣《まう》で給へり〟

（近衛の大将である源氏の君は、藤壺の中宮を大層恋しくお思いになっておいでではあったのだけれども、「つれないお心のほどを、時々は思い知っていただきたい」とお考えになって、藤壺の中宮のお邸を訪れられることもなくお過ごしになっていたのだが、それもなんとなく体裁が悪くまた退屈でもあるので、秋の野の景色をご覧になるお心も半分で、雲林院へとご参籠《さんろう》に出掛けられた)

正確には、「絶望」というよりも「ヤケクソ」で、ヤケクソで「寺へ行ってやる！」ということになるのが、いかにもこの人らしいやり方ですが、寺に行って、そこで秋の風情や僧達の読経の声を聞くと、「それもいいかな……」と思って、このまだ近衛の大将であった頃の源氏は、なんとなく「出家してしまおう……」という気にもなる。

「するべきことはすべてしてしまった、達成されるべきものはすべて達成されてしまった」というのとは違った種類の、光源氏の「出家の願望」は、この時が唯一と言ってもいいようなものなんですが、これをさせたのは、やはり「藤壺の中宮への執着」です。「その人を得られない――だから絶望して出家へ走る」ということを可能にしたのは、藤壺の中宮という女性ただ一人なのですから、それくらいに、この人の存在は大きいのです。「がしかし――」と、私は言います。

問題は、「それほどの人を、どうして光源氏は、無理をしてでも手に入れようとはしなかったのか？」ということなんです。

桐壺帝は崩御し、庇護者を失った源氏は都を離れざるをえなくなる。源氏は失脚し、そして復活し、「もうこれ以上の栄華はいらない」と言って、寺の造営にかかって出家の準備を始めてしまう──その『絵合』の巻のその時に、「どうして光源氏は、藤壺の女御を手に入れようとはしなかったのだろう?」という疑問は、ありませんか?あまりこんなことは誰も問題にしないようなのですが、考えてみれば、このことは不思議です。

作者の紫式部は、権力の中枢に立った光源氏を使って、この藤壺に、「太上天皇に准ずるもの」──つまり「女院」という女性にとっての最高の地位を与えさせています。これをする作者の紫式部は、明らかに光源氏よりも藤壺の中宮を愛しているんですね。「彼の執着は知らない。私にとっては、藤壺の中宮の方が大切なのだ」と言わぬばかりの書き方を作者はして、「じゃ一体、すべてが自由になるような位置に立った光源氏は、どうして藤壺を自由にしようとはしないのだろう?」という疑問を、排除してしまっている。

女院になって、「絵合」の争いに光源氏のバックアップをした藤壺の中宮は、その先でほとんど「忘れられた存在」になってしまっています。

源氏は、大井の山荘にいる明石の女の生んだ娘のことばかりが気になって、藤壺の女院のことなどは、ほとんど頭にない（『松風』の巻）。続く『薄雲』の巻で彼女（藤壺の女院）は死んで、その死に対して光源氏は号泣をして、「まだ彼女のことを忘れられずにいた」ということを表明はするけれども、作者の紫式部の筆は、死んで行った藤壺の女院の業績を称えることの方に忙しい。

藤壺の女院は死んで、その死と共に「夜居《よい》の僧都《そうず》の密奏《みっそう》」というのがあって、冷泉帝は母と源氏との密通の事実を知る。

源氏は大慌てになって、事態の揉み消しを図り、どうやらそれを回避した途端、一時はおとなしく収まっていた「女漁り」を再開する。斎宮の女御（秋好む中宮）から明石の女、朝顔の斎院へと、彼の関心は慌ただしく動いて、しかし結局、彼は、もう「新しい女」を手に入れることが出来なくなっている。

源氏が「女漁り」を開始するのは、「藤壺の女院の死」と「夜居の僧都の密奏」による「秘密の露見」という衝撃から出たことですが、これは、『朝顔』の巻の巻末に「死んだ藤壺の女院が源氏の夢に姿を現す」というところで、ピリオドが打たれます。

結局、源氏は藤壺が好きだった。「一時はそれを忘れてはいたけれども、しかしやっぱり、彼は彼女が好きだった」ということになるんですが、それならば、「どうして彼は、求めやすい時期に、彼女を求めるということをしなかったのだろうか?」という疑問は、残ります。

残りませんか?

『絵合』の巻で「出家の意志」を見せる源氏は、権力あるいは世俗の名誉に対して無関心であるのと同様に、藤壺の中宮に対する執着も捨ててしまっているように見えます。これは、『絵合』の巻の巻末に至ってからのことではなくて、『明石』の巻の終わりで都に戻って来て以来、ずっとそうです。少なくとも、作者の紫式部は、「彼が都に帰って真っ先に会いたいと思った人は、藤壺の中宮でした」という書き方をしていないんですね。

光源氏は、その人が死ぬ時まで、そして死んだその人が夢の中に現れて、「どうして私のことを、他人(紫の上)にお話しになりました」という恨み言を口にするまで、藤壺の中宮への執着を捨ててしまっているんですね。捨てていたのを思い出して、「ああ、もう遅い!」と、源氏はさめざめと泣く。

執着を捨てて忘れて、そしてさめざめと泣く。そんなに嘆き悲しまなければならない大切な人を、どうして源氏は忘れてしまったのでしょう?

藤壺の女院は死んで、その彼女が死んだずっと後になってから、源氏は朱雀院の娘である女三の宮を「正妻」として迎える。既に紫の上という「最愛の妻」がいる彼に、そんな決断をさせる最大の動機というものは、「女三の宮が藤壺の姪に当たる」ということなんです。

藤壺の女院が死んで七年も経っているその時になって、それでもまだ源氏の中には、彼女＝藤壺への執着は残っている。そういう人でありながら、しかし源氏は、そういう彼女を、最も手に入れやすい『澪標』～『薄雲』の時期に手に入れずに、ほとんど「忘れている」という状態に放置しておく。

一体これは、何故なんでしょう？

藤壺の女御（女院）は、光源氏にとって、「失われてしまった黄金時代」の象徴なんですね。

彼と藤壺の女御は、「光る源氏、輝く日の宮」として並び称された。

父帝・桐壺帝は、まだ元服以前の彼を伴って、度々藤壺の女御の御簾内へとお入りになった。彼が源氏であろうと皇子であろうと、そんなことはまだ関係のない「輝かしい黄金時代」があって、その彼は、元服と同時に、左大臣家の婿として放逐されてしまう。

「放逐」という表現はへんかもしれませんが、彼＝光源氏にとって、この処置は、ほとんど「売り飛ばされる」に等しい処置だったのではないかと思います——だからこそ、彼は「葵の上」という最初の妻とは馴染めなかったのだ、と。

「輝かしい黄金の時」を失ってしまった彼に、初めて「寂しい」という感情が訪れます。その「寂しい」という感情を癒してくれるものがあるとしたら、それは「藤壺の女御への恋」でしょう。

成人して左大臣家の婿となっても、桐壺帝の源氏への愛情は衰えず、帝との対面だとて旧来通りです。違うのはただ一つ、「藤壺の女御の御簾内へ入って行けない、藤壺の女御とはもう逢うことが出来ない」ということだけです。大人になった男が、血縁のない女と「逢う」ことが可能なのは、「恋」という状況の中だけなのですから。

光源氏は、だからこそ、彼女に恋をする。

彼女は「失われた時」をそのままに体現するもので、彼は、彼女の中にあるその「失われた時」がほしかった。

そして彼は、彼女を手に入れる以前に、その「失われた時」を、手に入れてしまっていた。

明石から都に戻り、自分の「隠された長男（後の冷泉帝）」を帝位に即けてしまった彼は、一切に対して物憂くなる。「もう目的は果たされてしまった」だからですね。

そうなってしまった彼は、だからもう藤壺の女院の許へ、忍び込もうとはしなくなった。

光源氏の目的は、「失われた本来を奪回すること」にあって、「藤壺の女御との恋を成就させること」ではなかった。つまり、「藤壺の女御」とは、そのような人、そのような存在だったということです。

86　誰が彼を愛しうるか？

さてそれでは、光源氏は、一体誰を愛していたのでしょうか？

彼の最愛の人は、「紫の上」です。

「結果として、紫の上になった」という言い方が正しいでしょう。

さてそれでは、一体光源氏は、「誰に愛されたい」と思っていたのでしょうか?

「愛したい」は、「愛を得たい」ということで、それはそのまま「愛されたい」という欲望でもあるはずです。

一体光源氏は、誰に愛されたいと思っていたのでしょう?

この答はそのまま、「一体誰に光源氏が愛せるか?」という問いにもなります。

一体、光源氏を愛せるだけの力を、この時代に誰が持っていたでしょう?

それをして、紫の上は病に倒れたのですけれどもね——。

『若菜上』の巻では、六条の院に降嫁した女三の宮と、それに失望してしまった光源氏の仲を取り持つために、紫の上がわざわざ女三の宮との対面を申し出ます。女三の宮への嫉妬に苦しんでいた紫の上は、それを抑えて、「それが今更排除出来ない運命ならば、それをそのまま受け入れるしかない」という決断をするわけですが、結局その無茶な決断が『若菜下』の巻の彼女の病気へとつながります。

女三の宮に、今更意味のない「藤壺の女御の面影」というものを求めた光源氏は、その人に失望し、「朱雀院の娘＝高貴な内親王」という厄介な存在をうやむやにすることも出来ないまま、朱雀院の出家後は実家に戻っていたかつての愛人・朧月夜との仲を再燃させるという、とんでもないことをします。

そういう収拾のつかないようなことを平気でしてしまう光源氏に対して、「この人はこういう人なのだから、このままこの人を愛して許すしかないのだ」という決断をするのが紫の上で、その結果彼女は病に落ち、「出家をしたい、私を自由にしてほしい……」と懇願して、それを許されぬまま、死んでしまいます。

紫の上は「光源氏の最愛の人」で、しかしその紫の上は、彼を愛することによって傷ついて死んでしまいます。

「光源氏の最愛の人」にされて、「光源氏の最愛の人」になったままでいるのならいいけれども、しかし、その人を愛するとなったら大変だというのが、光源氏という途方もない人でしょう。

そんな彼を下手に愛すれば、愛した方が傷ついてボロボロになってしまう――そんな男を愛せる人間が、果たしているのでしょうか？

愛情というものと「力」というものは、やはり大きな関係を持っているはずなんですね。

それでは、一体、誰が光源氏を愛せるのか?

もちろん、それは並の人間ではありません。

だから、それが出来るのは、二人の帝だけなのです。

「父」である桐壺帝と、「子」である冷泉帝と、この二人だけが、光源氏を愛せるのです。

私は以前に、「光源氏が最も愛した人は冷泉帝だ」と言いましたが、それはこういう意味なのです。

世に、「エディプス・コンプレックス」という言葉があります。「男の子は潜在的に母親を求めて、母親を所有している自分の父親を憎んでいる」という説です。私には、こういうものは一つの俗説としか思えないので、今この説の真偽は問題にしません。この母性憧《どう》憬《けい》神話と関連して、「源氏物語の基本モチーフは、主人公光源氏の母恋いである」という説もあります。どうでしょう?

「藤壺は、光源氏の母として源氏物語の中に登場してはいない」ということは、以前にも申し上げましたので、ここでは繰り返しません。藤壺の女御には、光源氏の「父の妻」という意味はあっても、「母」という意味はないのです。

「光源氏の母恋い」を言うのなら、「藤壺への愛」と同時に、同じ「義母」でもある「弘徽殿の女御への憎悪」も問題にされなければならないでしょう。この二人の「父の妻」を等価にして、「なるほど、光源氏は、その〝母〟を愛しもし、憎んでもいたのだな」ということにはなりましょうが、とりあえず、「母」の問題はどうでもいいのです。

問題は「父」です。果たして、その「父の妻」を愛しながら、光源氏は、「その妻を所有する父」を憎んだのでしょうか？

憎んではいませんね。逆に、愛してもいないかもしれません。

光源氏の父桐壺帝に対する感情は、ただ「愛されたい！」だけだと思うからです。

光源氏の父は、光源氏を愛していた。光源氏はそのことを当然と思っていて、いつかその当然が崩れてしまっていることを知る。

父なる「彼」と自分との間には、「御代を統《す》べる帝」と「その臣下」という、埋めようのないギャップがある。

臣下である光源氏は、そのギャップを呑み込まなければなりません。呑み込んで、しかし最愛の息子に対する父親の愛情というものは、一方的にあって、年頃になってしまった息子は、その父親の愛情を些か煩《わずら》わしいものだと思います。それが、在位中の桐壺帝と若い源氏との関係です。

息子は父親の愛情を煩わしいものだと思って、しかし、それを拒むことは出来ません。それは、「父と子の関係」によってではなくて、「帝とそれに仕える臣下の関係」によってですね。

「父と子」というシンプルな関係は、それが「社会」という舞台を背景として持つことによって、より複雑なものに変わって行く——その物語こそが、光源氏の生きた「男の物語としての源氏物語」なのだと、私は思うのです。

その三十一

87　オイディプス神話の伝えるもの

古代ギリシアのテーバイの王ライオスは、エリスの王子クリュシッポスに恋をし、彼を犯してしまった。クリュシッポスの父であるエリスの王ペロプスは怒って、「お前は子供を作ってはならない。それをすれば、生まれて来た息子に殺されるであろう」という呪いを、ライオスにかけた。しかし好色で乱暴なライオスは、妃イオカステに迫って彼女を妊娠させてしまう。イオカステは男子を生み、ペロプス王の呪いを恐れたライオスは、生まれた子供の踝《くるぶし》に穴を開け、捨てさせてしまった。捨てられた子は足が腫れて、そのために「腫れた足《オイディプス》」と呼ばれるようになった。有名なオイディプス神話の、これが前段です。

オイディプスはやがて成人し、旅に出る。その旅の途中で、相手が実の父とは知らぬままにライオスを殺してしまい、その相手が実の母とは知らぬままにイオカステを妃とし、彼女との間に四人の子供までも得てしまう。オイディプスはテーバイの王となったが、しかしテーバイにはやがて疫病が広がり、「この原因はどこにあるのだろうか？」と人々は疑い、「真相」というものが明らかにされる。これが、「父を殺し母と通じる」という「男の原罪」、オイディプス神話の概略ですね。これをフロイトが、「男の子は、潜在的に父親を憎んでいる。それは男の子が母親を愛しているからだ」として、「オイディプス・コンプレックス」という形にしてしまった。

突然へんなところに古代ギリシアを持ち出してしまいましたが、それは、この話から「〝父〟というものが、かつてはどういう意味を持っていたものか」ということを、知っておいてもらいたいからです。

オイディプス神話というのは、「男の原罪」のような扱われ方をしますが、しかしこの古代ギリシアの伝説は、果たしてそういうものなんでしょうか？

昔の神話というものは、みんな「教訓」を含んでいて、人は、その教訓を伝えるために神話を伝えていたというところだってあります。

人間は、なんらかの教訓物語を得ないと、平気で根本的なことを知らないままでいるものでもある、ということなのでしょう。

オイディプス神話にだって、もちろんその「教訓」はあります。あるのだけれど、どうもこの話があまりにも恐ろしすぎる「外見」を持っているために、「教訓」などという悠長な見方が出来ないでいるというだけなのでしょう。

オイディプス神話の伝える教訓は、存外簡単なものです。

それは、「①いやがる相手を暴力で犯すことは罪である」「②罪というものは、必ずそれを犯したものに代償を要求する」「③いくら父親がひどいことをする人間であっても、それを殺すなどということをしてはならない。それをすれば、必ず厄介なことが起こる」です。①は、オイディプスの父親が他国の王子を犯してしまったことですね。「それは罪なのだから、それをしたお前は報いを受けろ」というところで、これは②につながって来ます。

「いやがる者を力ずくで犯すのが罪だ」というのは、それが女であろうと少年であろうと同じ「当たり前のこと」なんですが、それを「当たり前」と思うのは、私達がモラルというものを持っているからですね。

「それは罪である。それを野放しにしておけば混乱が起こるだけだから」という形で、モラルというものは社会に定着します。モラルというのは「内なる規制・規律」であって、それがあるということは、その社会がかなり成熟した社会だということです。

その社会の成員が、モラルという内なる規律をまだ持てない段階にあれば、その社会は、禁忌《タブー》というものによってギューギュー締め上げられる。

禁忌《タブー》というものは、多く「恐ろしい物語」の顔を持っていて、それを理解出来ない、まだモラルという内なる規制を持つことの出来ない人間達に睨みをきかせているものですが、オイディプス神話は、まさにそうした「禁忌《タブー》である物語」の典型なんですね。


小国の王でもあるような男は、他国の王の息子を力ずくで犯してしまう。息子を犯された男は、その犯人に、「人の息子を犯したお前は、自分の息子によって殺されろ！」という趣旨の呪いをかける。

呪いをかけるというのは、古代ギリシアの当時では、「罪の宣告を受ける」ということと同じでしょう。「お前は自分の息子に殺される」という罪の宣告を受けて、それには「だから子供を作るな」という執行猶予がついていた――というようなものですが、しかしこの犯人は、その執行猶予の恩情を無視して、女を犯すということをしてしまった。

欲望だけに動かされて、性交の意味というものを知らない男は、自分の妻と当然のように性交をして、その結果、妊娠という「呪いの成就」を間近に感じるようになった。

「罪の宣告」を間近に感じるようになった男は、自分を殺害する可能性が大である新生児を、捨ててしまう。

捨てられた息子にとって、これはひどい父です。ひどい父だから、捨てられた息子は「父とは知らぬままにこの父を殺す」ということをしてしまう。

殺した結果はどうなるか？

父なる男によって養われていた母を、父の代理として養わなければならなくなる。父なる男によって統治されていた国を、その父に代わって統治しなければならない。「父の代理となって母を養う」ということは近親相姦を演じることで、父の代理となって統治したその国には、厄介な疫病が蔓延した。「③いくら父親がひどいことをする人間であっても、それを殺すなどということをしてはならない。それをすれば、必ず厄介なことが起こる」という教訓ですね。

いや、ここにあるのは「教訓」というよりも、「警告」なのかもしれません。「いやがる相手を暴力で犯すことは罪である」以下の三つが、最終的な教訓を引き出すための「警告」であるというのは、このオイディプスなる主人公が、乱暴で自己中心的な父親ライオスが、彼の誕生以前に何をしたのか、それをまったく知らないままにその父を殺してしまうからです。

オイディプスは、彼の父親のしたことをまったく知らないまま、「父を殺し、母と通じる」という、とんでもないことを演じさせられてしまう。「なんでこんなことをさせられなくてはいけないのか？」ということになったら、それは、「彼が無知だったから」ということにしかなりません。

「いくら父親がひどいことをする人間であっても、それを殺すなどということをしてはならない。それをすれば、必ず厄介なことが起こる」という警告があっても、自分の父親なる男がどんな人間でどんなことをしていたのかを知らなければ、その警告の意味するところが分からないのだから、その事態を回避することが出来ない。つまり、オイディプスの悲劇の根本とは、「知らないでいたこと」にあって、オイディプス神話の発する警告とは、「知らないままでいると恐ろしいことになるよ」ということなんですね。

つまり、オイディプス神話の告げる教訓とは、「知っておきなさい」だけだということです。

自分の父親がどんな人間で、その父親がどんなことをしていたのかを、きちんと知っておく必要がある、しかし、普通の人間はあまりそんなことを考えようとはしない、と――。

88　「父」というもの

父親というものの意味は、現代では、ほとんど分からないものになってしまいました。もし父親に意味があるとしたら、それはほとんど「母親なる女の配偶の男」という面だけでです。ということは、いつの間にか、父親と母親の意味が逆転してしまったということでしょう。

かつて母親というものは、まず第一に、「父親なる男の配偶の女」で、「母親の役割は子供を育てること」などと言われても、それがどの程度の実質を持っていたのかは分かりません。「母親の役割」とされるようなものは、実際のところ、スローガンに近いようなものであったと思った方がいいのかもしれません。それは、現代における「父親の役割」というものを考えてみれば、簡単に分かることでしょう。

かつては母親の影が薄く、今では父親の影が薄い――それはやはり、かつての日に、父親なる男の力が、あまりにも強大でありすぎてしまったことの結果でしょう。

現代でも、父親というものにあまり積極的な意味を持たせてしまうと、なんとなく専制君主を待望しているようなことになってしまうところがあります。

世の中は男のもので、父親とは、その世の中を構成している男の一人だったから、ここに不必要な意味づけをしてしまうと、「結局世の中は男社会でいい」ということになってしまうからですね。

しかし、それだからといって、かつて「父」なるもの、父親であるような「男」という性を持つ人間が、絶大なる力を持っていたということを忘れるのはどうでしょう？「それが自分の現在とは無縁な過去のことだからだといって、それを知らないままにしておくのはいかがなものか？」というのは、オイディプス神話の語る「教訓」でもあるのですから。

かつて、父親というものは「強いもの」で、一家というものは、その強い代表者に従うことを原則とするものだった。一家の長たる父なる男にあまりにも不甲斐がなかったら、気の強い妻は文句を言った。しかし、その男が人並みの状態をキープしていれば、母親なる女は、一歩下がった状態を維持し続けていなければならなかった。

父親という男が暴君であるのは常態だし、母親という女が控えめであるのは当然だった。

こういう状態で、「子供が一体、どちらの親に惹かれるか？」ということです。

女の子の場合なら簡単です。父親を絶対視していればいい。

世の中は、「父親であるような男」のもので、自分の未来は、その男の配偶の女になることなんですから、父親というものが「絶対視出来るようなもの」でありさえすれば、女の子の未来は安泰で平穏になる。

自分の父親がだらしのない男だったら、その外に「絶対視出来るような父親」という男性像を設定すればいいんです。

ところが、男の子の場合は、これが複雑になります。つまり、「自分だって世の中に出てしまえば、父親であるような男のライバルにもなりうる」というのが、男の子という性を持つ人間だからですね。

世の中の一角を担っている父親は、自分の未来の「モデルケース」でもあるし、「手本」となるような存在でもあるけれども、しかし、と同時にその父親は、自分の「敵対者」ともなりうるような存在です。

愛・憎という相反するものが入りまじって、男の子の父親に対する感情は、複雑です。

源氏の息子・夕霧は、その初めに於いて、父・光源氏に疎んじられた息子です。

祖母大宮（葵の上の母）に養育され、十二歳で「成人」ということになると、彼・夕霧は、父の邸に引き取られます。

引き取った父親は、その息子の教育方針をキチンと考える——そうした意味で、光源氏は立派な「教育パパ」なんですが、しかしその一方で、光源氏は、「息子に対してよそよそしい父」です。

彼は、自分とその「最愛の妻」である紫の上の住んでいる「プライベート・エリア」に、息子の夕霧を決して近づけようとはしないからです。

権力者の存在を前提とする社会で、そこに生息する人間達は、「自分はどれだけ権力者の近くにいることが出来るか」という形で、自分の力の誇示を考えます。

光源氏は当時随一の権力者で、夕霧はその一人息子なんですから、「私はこんなに父君のお近くにいることが出来る」という形で、夕霧が自分というものを誇示したがるのは当然です。がしかし、光源氏は、それを許さないんですね。

息子の夕霧を、花散里の住む二条の東院に預けて、自分と紫の上の住むところには、決して近づけない。

息子の夕霧は、「自分はその人の子で、自分の父は立派な人なんだから、なんとかして近くにありたい」と思い、父の光源氏は、「息子も自分と同じ男なのだから、うっかり近づけでもして、紫の上との密通などという事態を惹き起こされたら大変だ」と思っている。

夕霧は、既に幼馴染みの雲居の雁と「関係」を持ってしまっているのだから、「男女の事」を知らないわけではない。がしかし、彼の関心はまだ父・光源氏の方にあって、紫の上の方にはない。

がしかし、父帝の妃（藤壺の女御）との密通事件を惹き起こしてしまっている光源氏は、自分の息子がそうなりはしないかと思って、その可能性を危惧《きぐ》している。

権力者である父にとって、自分の息子というものは、「まだその存在を認める必要なんかない」というようなものなんですが、そうした父達のいる時代に、光源氏は珍しく、「彼の中には、危険な可能性がある」という形で、自分の息子の存在を認めてしまった父なんですね。

光源氏は、この当時の父親としては、非常に珍しい人です。彼は、息子の中に「自我」を認めて、それを危惧している。

この時代の普通の父親なら、こんなことはしません。父親とは、「息子を見ないもの」

で、父親とは、「息子から一方的に仰ぎ見られるような存在」であるのが普通だからですね。

父親は、息子を「愛する」か「無視する」かの、どっちかです。「危惧する」とか「憎む」というのは、よっぽど特別な事情があってのことで、普通は、父と息子の間にはそういうことが起こらないんです。

息子の自我をうっかりと見てしまった光源氏は、だからその後になって、息子の夕霧に対して、かなり特殊な愛情を持つようになる。

それは、当時の男にとっては、ほとんど「娘に対する愛情」と同じようなものでしょうね。

話は飛びますが、私は、源氏物語が書かれた当時、父と娘の近親相姦というのは、意外に多かったのではないかと思います。

源氏と幼い紫の上との関係、あるいは養女として引き取った玉鬘に対する源氏の接し方というのを見ていると、「そういうものがあったればこそ、こういうシチュエーションも生まれうるのではないか」という感じがするからです。

娘は大切にされて、邸の奥にひっそりと住まわされて、ここに近づくことが出来る男性は、父親だけです。

兄弟といえども、成人した後は几帳を隔てて会うのが礼儀だという時代に、父親だけは、公然と「娘の素顔」を見ることが出来る。

父親にとって、「娘を育てる」ということは、「よその男との性交を期待する」ということと、ほとんど同じです。それは、「高貴」と呼ばれるような身分になればなるほど、そうだと言ってもいいようなものでしょう。

性的な雰囲気が濃厚に高まっている中で、父なる男は、独占的に、将来は「高貴な男の妻」となることが定まっている、若く美しい女に会う。

源氏が、六条の院に引き取った玉鬘に対して、セクシャル・ハラスメント同然のことをしていても、そばの女房達が平気で無関心のままでいるというのは、父と娘の近親相姦的雰囲気が、そうそう特殊で珍しいものでもなかったことの反映ではなかろうかと思います。

父と娘は、それほど濃厚な関係にあるのに対して、父と息子はさほどでもない。父にとって息子というものは、自分の内にいるものではなく、外を勝手にほっつき歩いているものだからでしょう。

『若菜下』の巻で、柏木との密通によって妊娠してしまった女三の宮は、男子（後の薫）

を生みます。生まれたのが「男子」と聞いた源氏は、一瞬「困ったな」と思います。「家の中で顔を隠すようにして育てられる女の子なら、誰に似ていようともそうそう不都合はないが、しかし、外を歩く男の子なら、自分と似ていないことがすぐにバレてしまう」と思うからですね。そしてでも、結局はこう思います。

〝「女こそ何となく紛れ、数多《あまた》の人の見るものならねば、安けれ」と思《おぼ》すに、「また斯《か》く心苦しき疑ひまじりたるにては、心安きかたにものし給ふも、いとよしかし——」〟（「女ならば、なんとでもごまかすことは出来るし、多くの人に顔を見られることもないから、安心だ」とはお考えになるけれども、「しかし、こんな密通などという疑惑を持って生まれて来た宮のお子だ、いっそ、手のかからない男子であるのが幸いというものか——」）

「女の子なら、他人の目に触れることはないが、しかし育てるのに手間がかかる。男の子なら、他人の目には触れるが、しかしそのかわり、放っておいても勝手に育つ」というようなところでしょう。父にとっての男子というものは、そういう〝心安きかた〟（手間のかからないやつ）なんですね。

そして、父にとって息子というのは、「放っとけばすむ手間のかからない子」であると同時に、自分に仕える「臣下」の一種でもあるようなものです。

父は、「一家の長」であると同時に、息子よりもずっと先に世の中に出て出世をしている、高い社会的位置を保っているようなものなのですから、別に「親孝行」という儒教道徳がなくても、この時代に、「父は息子の仕えるべき主」でもあります。

光源氏と夕霧の関係だってそれは同じなのですが、しかしどうもこの「父と息子」は、よその父子とは違う。

夕霧は源氏に対して「父に仕える息子」をやりたくて仕方がないんですが、でも、父の源氏は、あまりそれを望んでいない。あるいは、それとはちょっと違った、かなり「濃厚な感情」を、息子に対して持っている――。

当時の父親にしてみれば、「息子が自分の妻を犯す」などということは、たとえ可能性だけのことだとしても、絶対に考えられないことでしょう。「父の威光」というものがあれば、それが若い後妻であっても、絶対に、息子が母に手を出すなどということは、考えられない。「のんきだから考えない」のではなくて、「考える必要がないから考えない」です。

父親というものは、それくらいの絶対君主・専制君主で、父親という専制君主は、所詮自分の子供でしかないような「息子」の中に、「認めるべき自我」なんていうものを発見するはずがないからです。絶対君主・専制君主というものは、そういうものです。父にとって「息子」とは、「息子であるがゆえに、永遠に自分の私物であるようなもの」です。だから、「自分の息子と自分の妻との密通の可能性の心配」なんていうものを、普通の父親は、絶対に考えたりなんかしない。そんなことを考えてしまった光源氏という父親は、だから「絶対君主」なんかではない。そういうものとは違った、かなり「リベラルな父」だということです。

リベラルな父だからこそ、光源氏は、自分の息子の中に「自主性」なり「自我」なりを発見してしまった――だからこそ、「息子と妻との密通」などということの可能性を考えて、無意味な心配をしていた。

そんな風に、あまりにも勝手に「息子」なるものの胸の内を意識しすぎてしまったために、光源氏は、成人した後の息子の夕霧を見て、「美しい、こいつが女だったら愛してやるのにな」などという、危険なモノローグを漏らしてしまうようなことになるのでしょう（『夕霧』の巻）。

桐壺帝の最愛の子として生まれた光源氏は、「父」というものを意識してしまった息子で、だからこそ、その結果として、自分の息子に対しても、かなりの関心を持ち注意を払うようになったのでしょう。

光源氏の息子・夕霧への「関心」は、その最後、いつの間にか、「こいつとだったら、紫の上を共有してしまってもいいか……」というような、不思議な「愛情」へと至ってしまいます。

『御法《みのり》』の巻で紫の上は死に、その大騒ぎの中で夕霧は、それまで絶対に近づくことを許されていなかった義母・紫の上の死顔＝素顔を見てしまいます。

源氏は、涙ながらに紫の上の死顔を見ていて、その源氏のいる御簾の中、几帳の内に、夕霧は入って来てしまう。源氏は、夕霧が入って来たことを知って、その息子が自分の妻の死顔を見ていることを知ってはいるのだけれども、それを咎めようという気をなくしている。

原文ではこうです――。

〝この君の斯く覗き給ふを見る見るも、あながちに隠さむの御心も思されぬなめり〟

「自分の女の居室に自分の息子を入れる」ということは、ほとんど二人の密通を許すというようなものです。そんなことをする男はいるはずはなくて、源氏が息子の夕霧を、紫の上の住む建物の内に入れたのは、この時が最初です。

最愛の妻が死んで動顛して、その葬儀の準備を任せるために、源氏は最も信頼のおける息子を居室の奥に呼び寄せたということなんですが、それだけで、「死んだ義母の顔を息子に見せる」などということはしません。「顔を見せない」ということは、それが死んでいようと生きていようと関係のないことだからです。

源氏だって、死んだ妻の素顔を、わざわざ息子に見せようとはしない。しかしその息子は、その場の騒ぎの大きさをよいことに、平気でその「美しい」と評判だった亡き人の顔を見てしまう。そして源氏は、その自分の息子が自分の最愛の女の素顔を見ていることを、遂に黙認してしまう。

黙認して、その後になっては、「その女の素顔を見た男だけが、自分の〝何か〟を共有してくれる唯一の理解者だ」とばかりに、彼を側に近づけて離さない。『御法』の巻に続く『幻』の巻での夕霧のあり方は、ほとんど「光源氏の唯一最愛の人」です。

そのような形で、父親が息子を愛してしまうというのは、やはり当時では「異常」というような領域のことだと思うのですが、父・桐壺帝に愛された源氏にとって、それはさほど異常なことではなかったのですね。「息子が自分の妻を犯す——その結果、自分自身も息子に犯される」というような危険があるんだったらともかく、その危険がなくなってしまった以上は、「もう愛することに遠慮をしない」というようなものでしょう。

父に愛された息子は、そのことによって、「息子」というものの存在を大きく意識し、そのことによって、息子を愛するようになる——「光源氏と夕霧の関係」は、これだと思います。

つまり、父親というものは、そのような形でも、息子というものに大きな影響力を投げ与えるものではあるのだと——。

89　桐壺帝という父

「父である光源氏」と、「父である桐壺帝」との差です。

光源氏は、確かに父である桐壺帝に愛されていましたが、しかし桐壺帝は、そんなにも光源氏を愛していたのでしょうか？　光源氏は、息子の夕霧を愛さないようにして、しかしその結果、彼を誰よりも愛するようになってしまいました。桐壺帝は、光源氏をそういう風に愛したでしょうか？

答は「ノー」ですね。

桐壺帝にとって、息子の光源氏は、「大切なオモチャ」のようなものでした。

それは、最愛の女・桐壺の更衣の面影を伝えるような「子」で、しかもそれは、独自に美しかった。「美しいものだから愛する、目をかける」というのは、当時の常識で、「最愛の女の面影を伝える息子だから可愛い」も常識でしょう。

だからこそ桐壺帝は、その大切な息子の将来を考えて、わざわざ臣下に降すということをした。したけれども、もうそうなってしまえば、大切で最愛の息子は、「大切な臣下」の一人です。帝にとってみれば、それは、「美しいからこそ大事にしたい大切なオモチャ」です。桐壺帝はそのように光源氏を愛して、しかしそれ以上に、桐壺帝は、自分の后である藤壺の女御（中宮）を愛していたし、自分自身を愛していた。

『紅葉賀』の巻まで、桐壺帝は、光源氏と藤壺の女御（中宮）を、ほとんど等分に愛していいます。しかしその彼が譲位して、上皇となった途端――それと引き換えに、愛する女性・藤壺を「中宮」とすることを、弘徽殿の女御に呑ませた段階から、彼の光源氏への愛は、ぐっと薄らぎます。桐壺帝が誰よりも愛するのは、「自分の子供を身籠っている（はずの）藤壺の中宮」で、それは、誰の目にも明らかだからです。

桐壺帝は、そのようにして「人間」になった、ということでもありましょう。天皇というものは、朝廷の頂点に立つ「制度的な存在」ですけれども、そこから譲位してなった上皇というものは、「その制度を超えた存在」だからです。それだからこそ、天皇は譲位して、人間としての素顔を剝き出しにするのです。

『葵』の巻で、「譲位した桐壺院は、藤壺の中宮とばかり暮らして、他の一切は顧みなくなった」とあります。新帝の母となった弘徽殿の女御は「大后《おおきさき》」と呼ばれる存在となって、桐壺院とは別居状態です。

弘徽殿の大后は、息子の朱雀帝と宮中にいて、桐壺院は藤壺の中宮と共に、上皇の御所にいる。「熟年の二人は、別居からやっと念願の〝離婚状態〟になり、新たに若い妻との同居を始めた夫は落ち着いて、その結果、古い妻との関係も円満になった」というようなものです。

それ以前に、弘徽殿の女御と桐壺帝が歩調を揃えて源氏に向かって来たことなどは一度もなかったのだけれども、この御代が替わった『葵』の巻では、桐壺院と弘徽殿の大后は、二人の間に出来た皇女のために、源氏の起用を考える。葵の上と六条の御息所が「車争い」を起こす賀茂の祭に、斎院《さいいん》となった皇女の列を供奉する随員として源氏が起用されるのは、そのためです。

現役を引退して「別居した二人」になっても、桐壺院と弘徽殿の大后は、二人の間に出来た愛する娘のためには朝廷を動かし、美しい近衛の大将＝光源氏を働かせる。それ以前のこの二人の仲を考えれば、これは一種の「激変」というべきものでしょう。

同じ『葵』の巻で、源氏の愛情を信じられなくなった六条の御息所は、「伊勢に下りたい」と口にして、これが桐壺院の耳に入る。桐壺院は怒って源氏を呼び、意見をする――。

〝「故宮の、いとやむごとなく思しときめかし給ひしものを、軽々しうおしなべたる様にもてなすなるが、いとほしきこと――」〟

（「今は亡き前《さき》の春宮が大層大切に思われて御寵愛になられた者を、軽々しく他の女と同列に扱っているというが、気の毒なこと――」）

このことは以前にも申し上げましたけれども、ここで桐壺院が最も重要視しているのは、自分の弟に当たる「故宮（死んだ前の春宮）」の名誉ですね。

桐壺院は、その以前からも源氏に対して、「つまらない女と関わりを持って、人の噂の種になるな」という趣旨の意見をしてはいますが、この『葵』の巻でのそれは、以前のものとは違います。六条の御息所の夫であった「前の春宮」は、桐壺院の弟で、だからこそ、桐壺院の意見をよく読むと、桐壺院が嘆いているのは、「お前があの女を粗末にすると、死んだ私の弟の名誉にかかわるから、やめろ」ということだというのが分かるんですね。

譲位して「人間」となった桐壺院は、もう源氏とは「他人」です。

源氏は、「源」という姓を賜った、天皇家とは別の家筋の人間で、それに対して「天皇」という制度的役割を降りてしまった桐壺院は、もう「自分とその一族」のことしか考えていません。源氏は、その桐壺院の大切な「自分とその一族の名誉」を守るための、とても便利で役に立つ「臣下」なんです。

譲位して上皇になった桐壺院にとって、源氏はもう「別の一族に属する他人」であり、しかも「上皇によく仕えて働く臣下」なんです。

光源氏は、こういう冷たい仕打ちを、自分の息子である夕霧に対しては、していません。「御代の光」ともいう息子・光源氏を愛した桐壺院は、結果としてこのように冷たく、しかし、夕霧という息子を、その初めの内は決して愛そうとはしなかった光源氏は、そうはならなかった。これが、「光源氏という父」「桐壺院という父」の、二人の父親の「差」なんですね。

その父に「愛された」という実感を持っていればこそ、光源氏は、この父・桐壺院の「変化」を、きっと敏感に感じ取っていたことでしょう。敏感に感じ取って、そして「どうにもならない……」と、歯噛みをしていたことでしょう。

父親というものは、結構重要な「意味」を持つもので、それもやはり、父親というものも「人間」だからなのでしょう。

その三十二

90 光源氏が愛した人、そして、愛するということ

「光源氏が最も愛したのは冷泉帝だ」ということは、何度も申しました。その理由をお話しします。

それは、光源氏が、冷泉帝との間でだけ「一人の女性の共有」を図ったからです。「二人の男の間で一人の女性の共有が図られる」——これこそが当時の男達の「愛し合っている」という状態なんですから、「光源氏が誰を最も愛したか?」の答は、「光源氏が誰と女性の共有を考えたか?」を考えれば出るのです。

当時の男にとって、「女性を愛する」ということは、「その女性の所有を万全にすることが出来るまで」に限ってのことです。

遠い所に御簾に覆われて存在している神秘的なものを、なんとかして手に入れたい——恋の情熱とはこういうもので、それを手に入れてしまったなら、それは「一件落着」の終わりです。

自分の邸に移して大切にして、そしてやがては飽きて、他の女への愛情が芽を出して来る。

なにしろ女性というものは、御簾の中にじっと座っているもので、「その先」というものがないんですから。

「さて、これで一件落着か」と男が思ってしまったら、もう先の愛情の「進化」あるいは「深化」はない。先にある選択肢は、「飽きられる」という「変化」だけです。

世の中は平和で、男達のエネルギーには、あまりハケ口というものがない。

余ったエネルギーは、すべて恋に向けられるというようなものなんですから、愛されて妻となった女の平穏は、その男のエネルギーが、なんらかの形で涸《か》れてしまうまで、ない。

だから女は、みんな「愛されて」、その先で「不幸になる」。

紫の上は、「最愛の女性」となって、そしてにもかかわらず、その先に「悲劇」に訪れられた。それは、こうしたことの典型的な表れでしょう。

愛して、その人と一緒に何かをする――共に人生を歩くということになって、女と人生を共に歩くとなったら、「家の中でじっとしている」しかないんです。それが、女性が大切にかしずかれた平安時代という美しい時代の常識です。

女性というものは、「家の中でじっとしているもの」で、その「じっとしている」間の退屈を紛らわすために、様々な「文化的嗜み」というものがあるというのが、この優美な「お姫様達の時代」の、実相なのですから。

女性を愛して、その女性達のために六条の院という理想郷を作って、そして最も美しい文化的営みを演じていた光源氏の全盛期が、結局のところ「家の中でじっとしていた」にしかならないのは、女性を愛して、そしてその人と共に人生を歩むとなったら、それ以外に選択肢がないからなんですね。

六条の院を造営する光源氏は太政大臣で、この位にある彼は、もうほとんど外出というのをしなくなっている。外に出るということは「男の世界と関係を持つ」ということですから、彼は、「男よりも女を選んだ」なんですね。

そして、その閉じ籠った「女の世界」の中で、血の繋がらない「玉鬘」という若い女の養父となった彼・光源氏は、「男達の愛の声」を見たいし、聞きたいと思う。

光源氏が太政大臣から准太上天皇になった時、新しい太政大臣には、かつての頭の中将が任命されます。太政大臣になった光源氏は、まず「朝廷に出仕する」ということをほとんどしなかったようなのですが、しかし同じ太政大臣でも、かつての頭の中将の方は、結構マメに出歩いています。かつての頭の中将は、働き者だったんですね。

ということはつまり――光源氏は、専ら「女の世界」を選んで、頭の中将は、「女の世界」と「男の世界」を等分に選んでいたということにもなりましょう。

その証拠に、若い時の光源氏は、頭の中将との仲はよかったけれども、別に彼を愛してはいなかった――。がしかし、頭の中将は、女をあちこちに作りながら、熱烈に、光源氏を愛してもいた。そういう「事実」もあるのですから。

若い頃の頭の中将は、光源氏を熱烈に愛していた。だから、態々《わざわざ》須磨の地にまでやって来た――やって来て、ほとんど「愛の告白」に近いようなことを言って、去って行った。

彼を愛していればこそ、頭の中将は、末摘花の住む古い常陸の宮の邸にまで後をつけて来た(『末摘花』の巻)。

彼を愛していればこそ、頭の中将は、光源氏が源典侍《げんないしのすけ》という老女と密会する現場にまでやって来た。

『紅葉賀』の巻に書かれている、源典侍を巡る頭の中将と光源氏の三角関係というのは、その仲に入った老女をバカにしながら、二十歳前後の若者二人がお互いの愛情を確認し合うというような、不思議なものです。

源氏は仕方なく、いつまでも若いままのつもりでいる老女・源典侍の待っている所へとやって来る。年老いた女は若い男を積極的に誘って、二人は衣服を脱いで愛し合う。そのところへ、いつも源氏の後ばかりを追いかけている頭の中将がやって来る。

二人の密会現場に侵入して来た頭の中将は、わざと二人を脅かす。それが頭の中将のいたずらだということが分かった光源氏は、源典侍などという老女をそっちのけにして、頭の中将とじゃれ合うことを選んでしまう。

脅かしにやって来た頭の中将を捕まえて、彼があんまり強情だから、源氏はその衣服を脱がせてしまおうとする。

源氏は、頭の中将の直衣《のうし》の帯をほどいて取る。そして、その彼の着ている直衣を、自分と同じように脱がせようとする。しかし着ている直衣を引かれる頭の中将は、「そうはさせじ」と引き返して、遂にその衣は破けてしまう。破けた衣とほどけた帯を材料にして、二人はパロディじみた「恋の歌」の応酬をする。そういうシチュエーションの中で、「二人の公達に争われている」はずの老女は、一人おいてけぼりをくらうだけです。

頭の中将は源氏の「よきライバル」で、源氏が狙った女は、必ず頭の中将も、「負けじ」とばかりに後を追うことになっていますが、しかしこの二人のそうした「恋の争い」は、「美しい一人の女を二人の男が争う」ではないんですね。これは、「さして美しくもない、どうしたって恋の対象にはならないような女を、〝争う〟という形にして、二人の美しい貴公子がじゃれ合っている」でしかないんです。

この構図はどうしたって、「仲のいい二人の男が一人の女を争うのは、その女を媒介にして、男同士の親密さを増すためである」としか解せないものなのです。

若いころの光源氏は、「藤壺の女御の不在」に象徴されるような「心の孤独」を見つめ、それを癒してくれるような女性を求めた。

「名のみことことしう」としか言われなかったその光源氏とは違って、実際的なプレイボーイでもあった頭の中将は、次から次へと女を求めて、その女を得たその先で、「妹の婿」となっていた「義弟」の光源氏――「今の御代に最も優れて最も美しい男」と言われる男との親密を求めた――だからこそ、光源氏は頭の中将を追わなかったけれども、頭の中将は、光源氏の後を追ったのです。

源氏の後を追った頭の中将は、光源氏が関係を持った女と、自分も同じように関係を持とうとした。一般的にそれを「恋の好敵手」とは言うのですけれども、この二人が「一人の女を挟んで憎み合う」というようなことをしなかった以上、この「恋の好敵手」は、「共に愛情を分かち合う二人」でしかないんですね。但し、まァこれは、「光源氏にとって、頭の中将は、〝いつまでもよいお友達でいましょうね〟という相手でしかなかった」というような、頭の中将の「片思い」に近い関係ではありますけれども。

男達は、「女」というものを使って、仲よく睦み合っていた。こうした男達にとっての「女」というものは、つまり、「人の形をした愛情のパイプ」なんですね。「恋」という言葉の中には、結構無残な実態もあります。

91　「父の妻」か、「帝の妃」か

さて、光源氏に於ける「女性の共有」ということになると、最も問題になるのは、桐壺帝との間に於ける、藤壺の女御の存在でしょう。

というよりも、「藤壺の女御との関係に於ける桐壺帝の存在」ですね。

光源氏は、父帝の妃である藤壺の女御と関係を持ちました。光源氏にとって、藤壺の女御というものが、「母」ではなく、「失われた過去の輝きの象徴」であって、だからこそ、彼は彼女を求めたのだということも、何度も繰り返してお話しして来ました。しかし、その藤壺の女御が「母」ではなくとも、彼女が「父の妻」であることには変わりがないのです。

一体、光源氏は、「そのこと」をどう考えていたのでしょうか？

原文にはどうとも書いてありませんので、これは、勝手に推察するしかありません。

「光源氏は、藤壺の女御が〝父帝の妻＝妃〟であったということを、どのように考えていたのでしょうか？」

ここで重要なのは、光源氏の父が「普通の人間」ではなくて、「普通の人間であることを越えてしまっている帝」であったということです。

光源氏は、「父の子」であると同時に、この「帝の臣下」なのですね。

ただの「父と息子」なら、「やがて息子は成長して父になる」ということは可能です。子が春宮で、その父が帝なら、「やがて子の春宮が成長して、父と同じように帝になる」ということも、可能です。

しかし、臣籍降下をして「臣下＝普通の人間」となってしまった者は、どうあがいても、「普通の人間であることを越えてしまっている帝」になることは出来ないのです。

つまりどういうことかというと、「光源氏の中には、〝父と子〟〝帝と臣下〟という二つの要素が、それぞれに分離されてある」ということです。

たとえば、もしも光源氏が、「権勢家である大臣の嫡男」であったなら、話はこうもややこしくなりません。

そうであれば、事態は、「父の妻と関係を持った息子」であるだけです。がしかし、光源氏は、「臣下に降ろされてしまった帝の子」です。そうであるがために、「光源氏と藤壺の女御の密通」というものの中には、「帝の妃と関係を持った臣下」と、「父の妻と関係を持った子」という二つの要素が、分裂してあるのだということです。

光源氏は、果たして、「父の妻」と関係を持ったのでしょうか？　それとも、彼は、「帝の妃」と関係を持ったのでしょうか？

この当時の「帝と臣下の関係」というものは、「父と子の関係」よりもずっと大きく、ずっと離れているものだと思います。かつては「父と子」であったにしろ、臣籍降下をしてしまった後の光源氏にとっては、時の帝である桐壺帝は、どうあっても「父」とは思いにくい存在です。

光源氏は、子である以前に、桐壺帝の「最も寵愛深い臣下」でした。既にその元服以前に「源」姓を与えられて臣下となってしまっていた彼は、父帝から、「親が子に注ぐ愛情」ではなく、「偉大なる帝が愛すべき臣下に注ぐ愛情」を受けていたんですね。

大人にとって、この二つの愛情は、大きく違う種類のものです。しかし子供には、こんな複雑な「愛情の違い」などというものは、分からないものです。違いがあろうとなかろうと、彼がその人に愛されていることだけは変わらないのですから、そんな違いを問題にする必要なんかありません。そのことの方が、子供にとっては、ずっと重要なことなのです。

はっきりしているのは、元服以前の光源氏に、「自分は何故帝に愛されているのか？」ということを、考える必要なんかなかったということです。なにしろ、既に帝は、誰よりも彼を愛しているのですから。

彼は、父帝の愛によって、藤壺の女御と一つになっていた。元服以前の少年の彼は、帝に連れられて、藤壺の女御の御簾内にまで入って行くことが出来たんですから。

彼は、元服することによって、まず「藤壺の女御」から引き離されます。元服と同時に左大臣家の婿となり、気がついたらもう、藤壺の女御の住む御簾の内側へと入って行くことは、出来なくなっていた。

元服をして「成人」になっても、彼が「帝の寵愛深い臣下」であることに変わりはなかった。しかしけれども、気がついたら、もうその時には、「一番大切な人」との関係は、遠いものになってしまっていた。

そういう彼にとって、御簾の外から遠く眺める、声ばかりが聞こえて来る「藤壺の女御」というものは、「懐かしく思い出される帝の妃」なんでしょうか？　それとも「遠ざけられてしまった父の妻」なんでしょうか？

答ははっきりしていると、思いますね。

光源氏は、「父の妻」に恋をしたのではないんです。「懐かしく思い出される帝の妃」に恋をしたんです。

だから、藤壺の女御と関係した光源氏に、「父の妻を奪った」という感覚はないでしょう。あるんだとしたら、「帝の妃を奪うということはとても恐ろしいことだけれども、しかし、その帝は、私のことを非常に愛してくださる〝父〟でもあるのだから、きっとお許しくださるのではないか……」という、そういう甘えの感覚だけがあるでしょう。

そのような形でしか、帝というものを父に持ってしまった――そしてその帝に愛されてしまった「臣下」の心情というものは、ありえないのだと思います。

だから当然、「光源氏は、父帝との間で、藤壺の女御という女性の共有を図ろうとした」などということは、決して言えないことだと思います。

そんな「恐ろしいこと」が、考えられるはずはないからです。

そんな「恐ろしいこと」は絶対に考えられない——がしかし、光源氏は、「それをしても、帝はお許しくださるかもしれない……」と思っていただろうとは、十分に言えることなのだろうと思うのです。

光源氏は、父帝を十分に愛していた。そして光源氏は、それ以上に、「父帝に愛されたい」と思っていた。そして更に、それと同時に、光源氏は、藤壺の女御も愛してしまっていた。

藤壺の女御を愛してしまえば、そのことによって光源氏は、「父帝も、私を更に愛してくださっている」と考えることは、可能になります。「人の心」とは、そのような働き方をするものだからです。

その人が「帝」である以上、「臣下」である源氏の彼には、とても「一人の女性の共有を図りたい」などという考えは生まれて来ない。だから、その結果として、「源氏は、何も分からないまま、ただ藤壺の女御との恋の中に没入して行くことになった」ということになるのだと思います。

「父帝の妃と関係を持ってしまったが、しかし光源氏の中には、まだ〝その人と女の共有を図って愛情関係を成り立たせよう〟などという発想は生まれなかった」――それこそが、若い光源氏の落ちてしまった「最初の恋」なのであろうと――。

92　冷泉帝と光源氏

ところで、冷泉帝と光源氏の関係は違います。

桐壺帝と光源氏の関係が、「愛する父と愛される子」「君臨する帝と仕える臣下」であったのに対して、冷泉帝と光源氏の関係は、「父に仕えたい子と隠された父」「庇護される帝と庇護する臣下」、そして「人であることを越えた帝と、その師範ともなるような太政大臣」という関係なのです。

はっきり言ってしまえば、この二人の関係は、「お互いに尊敬し合えるような等分の関係」で、だからこそこの二人は、「帝と、上皇に准ずるもの」にもなるんですね。

光源氏にとって冷泉帝とは、その栄華の先でやっと巡り会えた、かつての頭の中将のような、「自分と対等になってくれる唯一の人」だったのです。

彼＝冷泉帝は、「十分な尊敬に価する若い人」で、しかもその人は、臣下でありさえすれば誰でも、「この帝から愛されたい」と思うような帝だったのです。

母である藤壺の女院を失った冷泉帝は、源氏が父であることを知って、「愛したい」と思います。これは、「父であればこそ愛したい」ですが、しかし源氏の冷泉帝に対する感情は、「子であるからこそ愛したい」ではないでしょう。

源氏の冷泉帝に対する感情は、「それが敬愛に価する帝であるからこそ愛したい」のだし、「愛されたい」になるはずです。そして、その後に、「この帝は、実は〝自分の子〟なのだから、それを〝愛したい〟と思い、〝愛されたい〟と思っても、間違いとはなるまい」ということになるのだと思います。

桐壺帝の場合にも冷泉帝の場合にも、「父と子」という要素は、まず第一に挙げられるようなものではなくて、最後に、「そういえば〝親子〟なのだから――」という形で、こっそりと浮上して来る要素なのです。

人からは、「位人臣を極めた」と言われる太政大臣になった光源氏は、女達と共に六条の院にいます。女達は、既に光源氏によって所有されてしまって、光源氏には、もう「愛情の対象」がありません。「愛すべきもの」がもうどこにもないのですから、この時期の光源氏には、浮気の余地もありません。

浮気の余地がなくて、しかもエネルギーだけはまだ残っている——だからどうなるのかというと、「だから彼は、新たなる愛情の対象を必死になって探した」になるのですね。その彼の前に、たった一人だけ、「愛するに価する人」がいた。それこそが時の帝である冷泉帝だった、ということです。

六条の院には、養女として引き取られた夕顔の忘れ形見・玉鬘がいます。後に入内をして「春宮の女御」となるはずの「明石の姫」はまだ幼くて、源氏の全盛の象徴である六条の院には、人の心を浮き立たせるような「年頃の若い姫君」がいません。

既に中年になってしまった妻達を、この世の楽園とも思える六条の院に住まわせたのはいいけれども、しかしそこに「花やぎの核」ともなるような若い姫君がいないのは、源氏にとってはとても寂しいことです。だからこそ源氏は、血の繋がっていない、「頭の中将と夕顔の間に出来た娘」を、強引にも「娘」として引き取ってしまうのですね。

源氏にとってこの玉鬘は、まず最初、美しい邸を更に美しく輝かせる見事な調度品のようなものだったのでしょう。それは恐らく、美しくてしかも聡明で、亡き母・桐壺の更衣の面影を偲《しの》ばせる幼い皇子を寵愛した桐壺帝の愛情と、同じ質のものだったでしょう。

だからこそ源氏は、「その娘」が「美しい娘」であることを祈ります。「自分の娘だから美しい」のではなく、「全盛の太政大臣家にいて、都中の男達の気をそぞろにさせるような姫君」だからこそ、彼女は「美しくなければならない」のです。

源氏の期待や危惧をおしのけて、その筑紫の地で育った若い娘・玉鬘は、十分に「美しい娘」でした。

娘というものを一人しか持たない源氏は、この新しく手に入れた「美しい養女」を、大層に可愛がる。そして当然、「これで、邸にやって来る若い男達の心を騒がせることも出来るな……」と、彼のいたずら心も騒ぎます。

そして案の定、都の貴公子達は、この六条の院に住む御代最大の権力者たる太政大臣の「娘」を手に入れようとして、大騒ぎになる。

何人かの有力な求婚者が現れて、しかしと同時に、源氏の心は、若くて美しい娘・玉鬘へと傾いて行く。

源氏は、玉鬘を自分の邸に住まわせたまま、それが「娘」であるのか「愛人」であるのかが、よく分からなくなってしまっている。がしかし、それであっても確かなことはたったひとつだけあって、それは、源氏が「玉鬘を、他人には渡したくない」と思い始めてしまっているということ――。

源氏は、「玉鬘を他人に渡したくない」と思っている。「それが〝愛人〟であろうと〝娘〟であろうと、関係はない。私はただ玉鬘を他人に渡したくはない」と思っていて、しかしその玉鬘は、「源氏の娘」という触れ込みで通ってしまっているのです。

それを「娘」と言ってしまった以上、源氏はその娘を、人に渡さなければならない。仕方がないので源氏は、その「渡したくない娘」を、「誰になら渡せるのか？　誰になら渡したいと思うのか……？」と、考え始めます。

「誰にその娘を渡すか？」と考えることは、「誰になら、その大切なものを渡しても惜しくないと思うか？」を考えることで、それは、「自分がそれを渡すことによって〝愛したい〟と思うのは誰か？」を考えることなのです。

そうなった時、その答は、一つしかありませんでした。「時の帝にだけなら差し上げたい」と――。

源氏は既に、その冷泉帝の後宮に斎宮の女御（秋好む中宮）を入内させています。秋好む中宮は六条の御息所の忘れ形見で、その死に際して、六条の御息所は、源氏に娘の後見を頼んだのです――「どうか、娘にだけは手を出さないでほしい」という条件を付けて。

源氏はその娘を、自分の勢力安定の道具とするために、まず「養女」とした。そして、まだ幼かった冷泉帝の後宮に入れることを考えた。

入内した斎宮の女御は、十三歳の冷泉帝よりも九歳年上の女性だったけれども、源氏は、そんな「不似合い」を、一向に考慮しませんでした。

源氏の後押しを得た斎宮の女御は、「絵合」に勝ち、後宮での確かな位置を占め、そして中宮となった。源氏の「養女」でもある秋好む中宮は、六条の院の「秋の町」を自分の実家として住むようになって、しかし源氏と秋好む中宮の関係は、なんだか少しギクシャクしてはいる。秋好む中宮は、源氏の中にある「好色の気配」というのが、好きになれないで、ついつい警戒してしまうのですね。

がしかし、もしかしたら、形の上では彼女の「養母」となってしまっている紫の上とは非常に仲のいい秋好む中宮は、「男というものが嫌いな女性」であるのかもしれません。

それはともかく、源氏には既に、入内して中宮となっている「養女」がいるのです。だから、玉鬘を「養女」として引き取ったのはいいけれども、しかし「時の太政大臣」という大権力者の源氏には、その「もう一人の娘」という新しいカードの使い道がなかった。「次代の帝」となるべき春宮は、まだ幼くて、そこの後宮に玉鬘を入内させるわけには行かない。だからそのまず初めには、源氏の胸の中にも、「玉鬘を入内させよう」という発想はなかったのです。

がしかし、その玉鬘の噂を聞いた冷泉帝が、「是非に彼女を――」とお望みになったところから、状況というものは変わって来てしまう。

既に自分の「養女」が中宮になっている帝の後宮へ、もう一人の娘を妃として送り込むことは、いかにしても出来ない。たとえその「養女」が、「養父」である自分の心を無視する、冷淡な女であったにしろ、やはり「中宮」というものの意向を無視するわけにはいかない。

そう考えて源氏は、「帝の後宮には、〝尚侍《ないしのかみ》〟という、〝妃ではない女官〟のポストがある」ということに気づきます。

かつて、朱雀帝の御代に、朧月夜の尚侍を「奪う」ということをしてしまった――「朱雀帝と朧月夜の尚侍を〝共有した〟」ではありませんね――源氏は、そのことを思い出します。

尚侍は、ほとんどの場合が「帝の女」ではあっても、正式な「帝の妃」ではありません。「それが尚侍であるならば、たとえ同じ邸から二人の女を送っても、それで秋好む中宮の寵を奪うことにはならない」——そのことに気がついた源氏は、「帝との間で、玉鬘の共有を図ればよいのだ」という結論を出すんですね。しかもそれが「尚侍」であるのなら、それをしても決して、「帝の妃を奪う」ということにはならないのです。

玉鬘は、帝のお側で尚侍の役を果たしながら、帝の寵を得る。そして、宮中から退出したその時には、「実家」である六条の院で、「養父」である源氏の寵を受ける。源氏と冷泉帝という、二人の男による、見事な「一人の女の共有」です。

そのことに気がついた時、源氏は多分、「自分が最も愛している人は、冷泉帝だ」という、そんな気のつき方をしたのだろうと思います。「愛する」というのは、そんなことです。

そして、「愛する」という抽象的な行為を実現させるには、そのための「具体的な方法」というものが必要なのです。「同性愛」という発想のない時代に二人の男が愛し合うには、そこに「女性を共有する」という方法がなければならなかったはずなのです。あるいはこれは、今から少し前の時代まで、平然と行われていたことなのかもしれません。

秋好む中宮との仲がそんなにもよくなかった源氏は、玉鬘という「愛すべき対象」を得て、そしてその「対象を愛する〝方法〟」を発見して、そしてその先に、自分がどれほど冷泉帝を愛していたのかを「発見」したのだろうと、私なんかは思うのです。

源氏が他の男との間で仲よく一人の女性の共有を図った――図ろうとした例というのは、これ以外にありません。それ以前に源氏は、女の「独占」とか「奪取」は考えても、「共有」などということは考えてもみなかったのです。しかし、彼はそれを、遂にやってしまった。

「その人とだったら、この女の共有を考えてもいい。その人とだったら、この女の共有を考えたい」――源氏がそう思った「その人」とは、冷泉帝ただ一人です。

つまり、源氏が最も愛した人、自分から進んで愛そうとした人間は、「時の帝」である冷泉帝だった、と――。

その三十三

93 「至高のもの」と「人間」と

男というものは、自分の「身内」であるような妻よりも、愛せるんだったら、「神」だとか「帝」だとかいうような、抽象的な「至高のもの」を愛したい、愛されたいと思うものでしょう。

男とは、既に「自分の内側」になってしまっているようなものなどを「愛したい」とは思わずに、まだ「自分のもの」となってはいない、「自分の外側」にあるようなものを、「愛したい」とか「手に入れたい」と思うようなものなのです。その点が、「愛されること」を役割としてしまった女と、「愛すること」を役割としてしまった男との差なのではないかと思います。

「愛されることは女の役割、愛することは男の役割」と決めてしまって、そう決めてしまった男には、自分の内側にあるはずの「愛されたいと思う自分」というものの存在が見えなくなってしまった。

「自分」の中にあって、そして孤独に喘《あえ》いでいるはずの「見えない自分」──そういう、「確かに存在していながらも、その存在が具体的には確認出来ないようなもの」を愛せるのは、それと同じような、「存在していながらもその存在が具体的には見えないようなもの」──つまり「神」などというような「至高のもの」だけなのです。

男は、そのようなものにこそ「愛されたい」と思うし、「そのようなものにしか、自分というものは愛されない」と思う。そして、そのようなものと匹敵するだけの力を持って、そのようなものを愛したい──つまり「独占したい」と思う。男というものは、多分、そういう生き物なのだと思います。

だからこそ男は、そうなってしまっている自分の「孤独」に気がつかない。「自分の中には、確かに〝自分の核となるようなもの〟があるのだから、それが、つまらない他人の目に触れようと触れまいとかまわない」と思っていて、「他人から愛される」ということを理解出来ないでいる自分に気がつかない。「孤独でありながら、その自分の孤独に気がつかない」というのは、恐らくそういうことでしょう。

源氏は、自分がほとんど「至高のもの」となってしまいながらも、まだそのことには気がつかない。源氏は、自分が「至高のものでもありうる」とは思っても、やはり「自分はまだまだ〝人〟なのだ」と思っているのでしょう。だからこそ、その「〝人〟である間には必須のもの」である「孤独」という隙間を埋めるために、「至高のものから愛される」ということを求めてしまった。

「自分は、まだまだ人から愛されうるものだ」と思って、「一体自分を具体的に〝愛する〟などということが出来る人間はどれだけいるのだろう？」などということは考えない。男というものはそういうもので、それはそれで、仕方のないことなのかもしれません。

「それをどう解決するか？」と言っても、まだまだ男自身が、自分自身の中にある、そういう矛盾に満ち満ちた構造に気がついてはいないのですから、ここでそれをとやかく言っても仕方がありません。

「孤独という隙間を埋めるものは〝人〟である」と言われて、なかなかそれにうなずけない人間だっています。

「人との関係」の重要さに、まだまだピンと来ない人は、いくらでもいます。

「孤独を癒すものは〝人〟ではない、もっと大きな〝至高のもの〟だ」という考え方をした方が安心する人だっていくらでもいて、そのために「人との関係」という言葉は、大きな誤解にさらされます。

どうしてかと言えば、人というものは「人を愛する」という行為をして、その行為の中で、うっかりとその相手の中に、「至高」というものを発見してしまうものだからです。

いつの間にか、「愛情」という言葉が、「幻想」と「錯覚」と「誤解」という言葉によって危うくされ、とっても寂しいものになりかかってしまいました。それは恐らく、「人が愛するものの中に見るべきものは、〝その人〟なのか、あるいはそれとも、〝自分を癒してくれる神のようなもの〟なのか」という問いが登場してしまったからでしょう。

しかし、この答は、はっきりしています。

つまり、「その人は、あくまでも〝その人〟であって、その〝人〟でしかないようなものが、〝愛情〟というシチュエーションの中で、時としては〝人を超えたもの〟のようにも見えてしまう――そういう見方をしてしまうものが〝人の愛情〟というものなのだ」ということだけは、もうはっきりしてしまっているからです。

光源氏に愛されてしまった女達は、うっかりと、光源氏の中に「人を超えてしまった特別なもの」を見て、しかしそうなってしまった時、もっと大事なことを忘れてしまうのです。

それはつまり、「恋」というのは、人間同士の等分の関係で、だからこそ、すべての恋は「お互いさま」なのだということ。「自分が相手に関してへんな錯覚に陥った時、自分の恋の相棒も、必ずや同じような錯覚に陥っているのだ――だからこそその相手は、自分という人間の〝恋の相棒〟なのだ」ということです。

光源氏に愛されてしまった女達は、うっかりと、光源氏が「人を超えてしまった特別なもの」だと思い、彼に対して、あまりにも過剰な要求をしようとしてしまう。それはほとんど、光源氏が女達に対して、あまりにも過剰な要求をしすぎていて、そしてすぐにそのことに飽きて、忘れて、女遍歴を繰り返してしまうということに似ています。

「恋」というものは、すべてにわたって「お互いさま」であるようなものなのですけれども、しかし残念ながら、「恋物語は女の夢、女漁りは男の現実」という断絶の歴史は、結構長いものなのですね。

ある意味で、男達は、まだ「恋という自分自身の感情」を操るのに慣れてはいない。女達は、「恋という感情」にだけ慣れすぎて、それを一方で演じてくれている「男という現実」には慣れていない。ただそれだけであるのかもしれません。

「ただそれだけ」ということになってしまえば、もうこれ以上「男達の話」をしても仕方がありません。どうも私は、「女の物語」である源氏物語を、あまりにも「男の物語」として語りすぎてしまったような気がします。

「男はそうなのだ」として、やはり私は、もう少し「源氏物語の中の女達」について語らなければならないでしょう。源氏物語はやはり、「女によって書かれた女のための物語」ではあるのですから。

「そういう〝男〟というものがいて、そして、女というものはどうするのか？」というのが、紫式部という女性が女性達のために書いた物語である、源氏物語ではあるはずなのですから。


というところで、話は、「玉鬘のエピソードから、紫の上の少女時代へさかのぼる」という形を取ります。

まずは、「不思議な養父を持たされてしまった玉鬘の困惑を書く、紫式部」というところからです——。

94　壮麗なる六条の院の主

玉鬘を六条の院に養女として引き取った光源氏は、当時の「娘を持つ男達」のすべてが考えたように、「婿取り」のことを考えます。ただ、その光源氏の考える婿取りは、「頼もしい婿を得て、自分の地位を確固としたものにしよう」とか、「娘を出世の手蔓《てづる》にしよう」とかいうことではないんですね。

筑紫の地で育った玉鬘が、大層美しい女であることを見極めた源氏は、それを紫の上に語ります。

〝「さる山がつの中に年経《へ》たれば、如何《いか》にいとほしげならむと侮《あなづ》りしを、かへりて心恥づかしきまでなむ、見ゆる。斯《か》かる者ありと、いかで人に知らせて、兵部卿の宮などの、この籬《まがき》の内好ましうし給ふ心乱りにしがな。好き者どものいと麗《うるは》しだちてのみ此《こ》の辺《わた》りに見ゆるも、斯《か》かる物の種《くさはひ》のなきほどなり。いたうもてなしてしがな。なほうちあらぬ人の気色《けしき》、見集めむ」〟

（「筑紫などという田舎者の中で育ったから、どんなにみっともない娘になっているかと思ったら、かえってこっちが気恥ずかしくなるほどの美しさだ。こうなっては、なんとかしてこの娘の存在を知らせてやりたいものだな。螢兵部卿の宮などが、この邸の様子ばかりを感心して眺めている。その心を乱してやりたい。世間で色好みと評判になる男達が、みんなこの邸に来ると、真面目腐った顔ばかりしている。それというのも、この邸に、男の心を騒がせるような若い娘がいないからだ。あの娘を、大事にしてやらねばならないな。そして、そんな風に大事にされている娘がこの邸にいて、それで果たして男達が平気でいられるかどうか、それを見定めてやろう」)

紫の上の答は、こうです――。

〝「あやしの人の親や。まづ人の心励まさむことを、先に思すよ。けしからず」〟
(「そんな人の親がありますの？　まず殿方の心を夢中にさせることをお考えになるなんて、へんな方」)

玉鬘の婿取りを考える源氏の中にあるものは、「その娘に言い寄って来る男達の心が見たい、世の男達の心を騒がせてみたい」と言うような、「危険ないたずら心」です。

ある意味で源氏は、自分自身の心に気がついて、自分自身の心に気がついてはいません。紫の上に向かって、「さる山がつの中に――」と語り始める源氏は、「あなたは、私が玉鬘に手をつけてしまうのではないかと思っているのかもしれないが、私の中にはもうそんな気はないのですよ」と語っているのに等しいのです。

「美しい娘だった。それは確かだった。でも、今の私が演じたいのは、〝その娘の夫〟ではなくて、〝その娘の父〟なのですよ」と、源氏は語っていて、どうやらその源氏の心に、嘘はないらしい。だから紫の上も、「若い娘を引き取るなんて、どうせろくなことは考えていないだろう」とは思いながらも、正面切って怒るわけにはいかない。ただ、「どういう〝人の親〟ですの?」と、「親としてのヘンテコリンさ」を問題にしている。ひょっとしたら紫の上は、「彼はもう、そういう年頃なのかしら?」と考えているのかもしれない。「そういう年頃」というのは、「〝女〟という個人的な事柄よりも、〝男〟という社会的な事柄の方に関心のある年頃」ということです。

源氏の言うことは、「私はもう女には興味がない。私の興味があるのは男なのだ」というのに等しくて、それは、「私には、もう浮ついた心はない。世にある権力者に相応な影響力を男達の上に及ぼしてみたい。それこそが今の私にとっての最大の快楽である」と言うことと同じだからですね。

源氏が気がついている「自分自身の心」とは、そういうものです。そして、どうやらそれは、世間一般で「功なり名遂げた」と言われるような男達に共通するような考え方であるのかもしれません。

「功なり名遂げた」と言われる権力者になってしまえば、それをいい幸いとして、浮気心を満開にする男は多い。別にそれは男だけじゃなくて、女にも多い。しかし、と同時に、自分が社会の中で確固とした地位を占めたということを自覚した途端、それまでとは一転して、急に「聖人君子」を演じたがるようになる人間も、同じように多い。

だから源氏は、「若い娘を囲う好色な権力者」ではなく、男達の住む社会というものに対して、「婿取りを考える豊かな父」を演じようとする。

源氏は、自分にはもう浮気心がないものだと思っていて、「自分はもう、女に対しては、〝男〟であるよりも、〝親〟でありたいのだ」と、そのように思っている。それこそが自分の本心だと思ってはいるのだけれど、しかしそう思い、彼女＝玉鬘の「父」となって、源氏はやはり、玉鬘に対して、いつの間にか、「男女の関係」を求めるようになってしまっている。

「私には、もう浮ついた心はない。世にある権力者に相応な影響力を男達の上に及ぼしてみたい」と思って、それこそが今の自分自身の本心だと思って、だからこそ偉大なる快楽主義者光源氏の心は、ウキウキとする。「ウキウキとしている以上、これこそが自分自身の本心だ」と思って、しかし光源氏は、自分自身の中に、やはりまだ「玉鬘を〝女〟として求めたい〝男〟」の部分が残っていることを忘れている。

権力者になると同時に「聖人君子」になりたがる男や女は一杯いて、しかしそうなってかえって惨めな思いを味わう人間だって一杯いる。人間というものは、自分の中にある、自分一人ではどうにもならないような「厄介な思い」をなんとか処理したいと思って、ある時が来ると急にそれを切り捨てようとして、かえってその「厄介な思い」に復讐されてしまうこともある生き物ですから。

「あなたは〝もう若くない〟と言って、それは本当なのか？」と、切って捨てたはずの「若さ」が、その時になって初めて「未練」という正体を現しても来る。「もう若くない」と思って若さを諦められる時というのは、往々にして、「今ならまだ諦められる」という、未練の心が一番強い時でもあるのですからね。

光源氏は「何か」を諦めて、六条の院というものを建設して、そしてまだ「何かが足りない」と思っていたからこそ、若い頃の「夕顔の思い出」などというものを求めた。「夕顔の思い出」は、彼女の忘れ形見という「若い娘」の形になって六条の院を訪れた。玉鬘は、光源氏がまだ求めている「足りない何か」で、実のところ源氏には、その「足りない何か」の正体がなんなのかは分からない――分からないからこそ源氏は、玉鬘という娘を目の前にして、「ああしたものか……、こうしたものか……」と考える。

玉鬘という女の扱い方が分かるということは、今に至ってもまだ自分の中では足りないままになっている「何か」の正体が分かることだと思う源氏は、今までとは違う「女の扱い方」を考えて、「親になる」という答を出す。

源氏は、自分がその娘を育てればいいのだと思う。そうすれば、世の男達も、この六条の院を世間の権力者の邸と同じようなものと考えるであろう。そうすれば、自分の中にあって不思議なざわめき方をする「足りない何か」は消えてしまうだろうと、源氏は思う。

思ってそして、光源氏は失敗してしまう。

気がついたら、光源氏は玉鬘を「女」としても求めていた。女を「女」として求めている以上、彼の根本はなにも変わっていないことになるのですから、そうなると、今まで

「あるのだかないのだかよく分からないが、もしかしたら何かが足りないのかもしれない」と思っていた「足りない何か」が、更にはっきりした疼《うず》き方をするようになってしまう。だからこそ彼は、そのことによって、未来の「悲劇の種」ともなるようなものを、改めて自分自身の中に育てて行くことになるのですね。

「足りない何か」というのは「足りない何か」で、それは別の言葉で言ってしまえば、「不満感」であったり「寂しさ」であったりします。

御代の太政大臣となって、帝の信任も集めて、御代の権力を一手に握って、他に類を見ないような壮麗な邸も建てて、そこに美しい妻達も集めて、そこに一体なんの不満があるのかと言ったら、不満などというもののありようはない。そこに足りないものは、強《い》いて言えば、「世の男達を惹きつけるような、年頃の若い姫君」だけなのだけれども、それは一体「何」を意味するのか？　ということになると、ここには恐ろしい答しか待ってはいない。

「世の男達を惹きつけるような、年頃の若い姫君」とは、それを持つ父なる男にとっては、「世の男と自分自身とを繋ぐパイプ」です。それを「持っている」ということは、だから、

「自分と外部の男とを繋ぐパイプを持つ」ということで、それを「持たない」ということは、「外との繋がりを直接には持てない」ということなのです。

源氏はそれを、持っていない。

ということはどういうことかというと、すべてを持っている絶世の美男である御代の太政大臣には、「人を惹きつけるような個人的魅力がない」ということなんですね。源氏の言う、〝兵部卿の宮などの、この籬《まがき》の内好ましうし給ふ心乱りにしがな。好き者どもの、いと麗《うるは》しだちてのみ此の辺《わた》りに見ゆる〟(兵部卿の宮などが、この邸の造りばかりを好ましいと思っている、その心の平安を破ってやろうか。好き者と言われる男達がこの邸へ来ると、真面目腐ってばかりいる)という不満は、存外本当で切実な不満なのかもしれないということです。

男達は、源氏の邸へとやって来る。来るけれども、しかし源氏は「何かが違う」と感じている。趣味人である異母弟の螢兵部卿の宮は、その源氏の設計になる邸の趣向ばかりを感心しているようだし、よその邸ではもっとザックバランな顔をしているはずの男達も、まるで風雅な趣味人になったように、真面目腐った顔ばかりしている。「それは、この邸に、まだ未婚の若い娘がいないからだ」と源氏は思うけれども、しかしそれは、実は、その邸の主である源氏に、個人的な魅力がないからなんです。女達にとってどうかは知らない。しかし男達にとってはそうなんです。だからこそ男達は、一切を超えた御代の「天才」でもあるような源氏の前で、平気でおとなしくしていられる。おとなしくして、栄華というものを一手に握りしめてしまった源氏のおこぼれに与《あずか》ろうとしている。

　だからこそ、玉鬘という「世の男達を惹きつけるような、年頃の若く美しい姫君」を遂に手に入れてしまった源氏は、その婿選びの最中の『螢』の巻で、こうぼやかなければならない――。


〝「おどろかしき光見えば、宮も覗き給ひなむ。我が女《むすめ》と思《おぼ》すばかりの覚えに、斯《か》くまで宣《のたま》ふなめり。人ざま容貌《かたち》など、いと斯《か》くしも具《ぐ》したらむとは、え推《お》し量《はか》り給はじ。いとよく好き給ひぬべき心、惑はさむ」と、構へ歩《あり》き給ふなりけり〟

（「まばゆいばかりの光が見えれば、宮もお覗きになるだろう。どうせ宮は、この私の娘だという理由ばかりで、こうも熱心に口説かれるのだ。まさかこの娘が、顔かたちから心柄から、すべてを備えた美しさの持ち主だとは思ってもおいでになるまい。〝女なら誰でもいい〟という程度の好き心で近づいて来られたそのお心を、惑わせてしまおう」というお心から、源氏の大臣はあれこれとなさるのでした）源氏は、「男達が玉鬘に騒ぐのは、彼女が美しい娘だからではなくて、彼女が私＝御代の太政大臣の大切にする娘だからだ」ということを知っているのです。知っているのか、あるいは、そう邪推しなければならないほど、源氏は切実に「何か」を求めているのです。立派な邸とこの上もない地位と人望があって、しかしこの太政大臣になってしまった光源氏には、かつてそうであったような、「人の心をただ騒がせるだけの、個人的な魅力」がない。それこそが、光源氏の中にある、「あるのだかないのだかよく分からないのだけれども、あると思えば確かにあるような気がする、足りない何か」の正体なんです。

彼の中には、確かに「何か」が足りない。そして源氏は、まだそれを、そんなに切実に感じてはいない。その正体を突き止めるよりも、「若い娘の父となって、世の男達の心を騒がせてやる」という新しいいたずらを発見して、子供のようにウキウキとしている。

それがそうではなくて、彼の中には、まだ玉鬘を「女」として求めなければいけない「何か」が、空白のまま残っていた。そのことを発見した彼は、「こんな大切なものを、とてもうかつな人間には渡せない」と、最も愛するに価する「至高の存在」――冷泉帝との共有を図る。

彼は、そのように帝を愛していた。あるいは、彼は、そのようにして、帝を愛さなければならなくなっていた。そして結局、その玉鬘という「大切なもの」は、髭黒《ひげくろ》という男によって、奪い去られてしまう。

玉鬘は、予期せぬ男によって奪われる（『真木柱』の巻）。実の娘である明石の姫は、紫の上と明石の女という二人の母のものになって、春宮の後宮に入内してしまう（『梅枝』の巻）。

残る一人息子の夕霧は、内大臣家の婿となって、源氏の許を去って行き、そしてそうなった彼の上には、更なる「栄華」だけが訪れる（『藤裏葉』の巻）。

源氏は壮麗な六条の院の中で、准太上天皇として、より大切に人々から遇されて、そしてそうなった時の彼をじっと見ている、彼と同じような存在の男が一人だけいた――。

孤独な朱雀院は出家を願い、彼は、彼自身の分身でもあるような最愛の娘を、源氏に預けようとした。その娘「女三の宮」は、とうの昔にこの世の人ではなくなっていた――だから従って、とうの昔に「思っても仕方のない存在」になっていた――藤壺の女御の血を引く姪だった。

朱雀院は、女三の宮によって源氏を求め、源氏は朱雀院の娘によって藤壺を求めた。求めても意味のないものを求めた二人の男がいて、そこからは自動的に、「誰からも求められない女三の宮」という悲劇は生まれるようになっていた。

源氏の中にあった、「悲劇を生みそうな欠落」は、『真木柱』『梅枝』『藤裏葉』と、順を追って増大して行って、やがて『若菜上・下』の巻の悲劇へと至る。

壮麗な栄華の頂点に辿り着いていた源氏は、すべてを持っていて、そして彼自身の根本には、もう人を惹きつけるような「個人としての魅力」は、どうやらなくなっていた。

それが、光源氏の悲劇で、それに気がつこうとして気がつけなかったのも光源氏の悲劇で、そして更に言えば、それに気がついても、当面はどうにもならないというのが、「至高のもの」を夢に見てしまうような男達によって作られてしまった「世の中」の悲劇なのでしょう。

「玉鬘という一人の女を巡る男達の物語」を書いて、紫式部は、どうやら「こういう光源氏の物語」を書いてしまったようです――。

95「関係」の錯綜

紫式部は、こういう光源氏を書きました。彼女が書く光源氏は、「源氏は、自分が何故彼女を求めるのかよく分からないまま、玉鬘を求めた」というような存在です。

光源氏は、美しい彼女を養女として引き取って、これに対する「親」になろうとして、うっかりと道を踏みはずしてしまった。「父親」でありながら、と同時に、うっかりとこれに性的な接触を求める「男」にもなってしまった。自分の邸に「女」がいるとして、その「女」と、どういう距離をおいてどういう関係を結んだらよいのかが分からない男の錯綜は、これです。

つまり、「光源氏と玉鬘の関係」の中には、「父娘」と「夫婦」と、二つの関係が同時に錯綜してある、ということですね。

さてそれでは、これが果たして「関係の錯綜」なのかどうか？　その点で「当時」というものを見てみましょう。

「家の中にいる女」というのは、母や娘あるいは姉妹に代表されるような「血縁の女」か、妻に代表されるような「性的関係にある女」か、使用人であるような「雇用の関係にある女」の三つだけです。そして、この時代には、「妻」とか「正妻」というような、一夫一婦制を前提にしたような言葉は存在しませんでした。

たとえば、「源氏の正妻は誰か?」ということになると、それは「葵の上」であり「紫の上」であり「女三の宮」であるということにもなるのですが、「葵の上の死後〝正妻〟と呼ばれるべき存在は誰か?」というような議論は、そもそも存在しないのです。女三の宮の降嫁後、六条の院の春の町には、紫の上と女三の宮という二人の「正妻格の女性」が同時に存在することにはなるのですが、これは、「どちらが正妻か?」というような二人ではないのです。

女三の宮は、「身分の高い妻」で、紫の上は、「最愛の妻」です。ついでに言ってしまえば、冬の町に住む明石の女は、「身分の低い妻」であり、「あまり妻扱いしてもらえないような妻」ということにもなりましょう。

誰を「正妻」とするかは、その時のその人の勢い次第です。そしてしかし、帝に「中宮」や「皇后」という、「正式な唯一人の妻」という制度があっても、それ以外の人間には、そういう「正式な地位」というものはないのです。「正妻」という言葉もないし、「妻」という言葉もない。それは、「婿」という言葉はあっても、この時代に「嫁」という言葉がないのと同じです。

誰かの「妻」ということになったら、それは「――の女」と書かれます。「――の女」という書かれ方をするのは、誰かの「娘」であっても同じです。その名前がなんなのかは一向に知れず、ただ「紫式部」あるいは「藤式部」という女房名が通称として伝わっているだけの源氏物語の作者を、当時の書式で正しく書き表せば、「藤原為時《ためとき》の女」であり、「藤原宣孝《のぶたか》の女」です。

彼女は、「藤原為時の娘」であって、「藤原宣孝の妻」だった。しかしこの当時の書式には、ただ「女」という書き方だけがあって、「妻」という文字も「娘」という文字も見えません。勿論、それを「むすめ」と読むか「つま」と呼ぶかということを区別するようなルビも。

「女」という言葉だけがあって、この中には、「妻」か「娘」かという区別がないんですね。だから、紫式部を「藤原為時の妻」と思ったり、「藤原宣孝の娘」と間違えて記憶していた人だっていたかもしれない。「女」以外の、女性に与えられる男性との関係を表す言葉としては、この他には「母」があるだけです。『蜻蛉日記』の作者が、「右大将道綱の母」とだけ記されるような人であることを思い出していただければいいでしょう。

「母」だけは別格で、その他にはただ「女」という、「男から分けられる」という意味の表記しか与えられなかったのが、この時代の女性です。だから、「家の中」には、「血縁の女」と「性的関係にある女」と、「雇用の関係にある女」の三つがあって、実際にはしかし、そんな区別はなかったということです。

あるのは「母」と、それ以外の「女」という区別だけなんです。男が、「女房」という使用人の女に手を出しても、その女が所詮「使用人」の身分でしかなかったら、それは「使用人の女」。決して「妻」ではない――だから、そこに性的関係があろうとなかろうと、どうでもいいのだということになります。

「――の女」という表記は、「その男の身内である女」という意味で、「使用人」は身内ではない。そして「身内の女」に関しては、それ以上の表記の別はない。つまり、玉鬘を「妻」としようとしたり「娘」としようとした源氏の中には、「関係の錯綜」なんていうのはなかったということです。錯綜もなにも、そもそもこの時代には、そういう区別がなかったのですから。

それが「困ったこと」と言われるような関係になったら、「困ったこと」とは言われるだろうけれども、しかしそれで別に困らなかったら、別になんとも言われない――そのような形で、「娘」と「妻」との間の区別というものは、表向きにはなかったんですね。

源氏は、玉鬘に対して、「父」であり、そして「夫」でもあろうとした男ですが、それと同時に、源氏は「母」でもあろうとした男です。

『胡蝶』の巻で、源氏は、まだ自分に心を開きかねている玉鬘に対して、こうも言います――。

〝斯《か》うざまのことは、親などにもさはやかに、我が思ふさまとて語り出でがたきことなれど、さばかりの御齢《おんよはひ》にもあらず。今は、などか、何ごとをも御心に分《わ》い給はざらむ。まろを昔ざまになずらへて、母君と思ひない給へ。御心に飽かざらむことは、心苦しく〟

(「こうした種類のことは、親などにも簡単には、〝自分の心としてはこう――〟などとは言いにくいことです。しかしもうあなたは、そのようなお年ではない。今のあなたは、何事であってもご自身の分別で判断ができるはずです。私を、亡くなられたお方と同様にお考えになり、母ともお思い下さい。あなたのお心にかなわぬようにしてあるのがつらくてならない」)

男達からの求愛の文を目の前にして、ただ黙っているだけの玉鬘に、源氏はこう言います。娘の養育に心を砕くのは母親の役目であって、娘の縁談に奔走するのは父親の役割でもあるけれども、娘の心配をするのが「親」の役割であるのなら、その親の性別などというものは関係がない。「娘に対して性的な関係を強要しない親」ということになれば、それは男親ではなくて女親の方だということになる。

〝まろを昔ざまになずらへて、母君と思ひない給へ〟（私を昔の方＝夕顔の人になぞらえて、母ともお思いくださいよ）と言う源氏は、だから、「あなたが私を男だと思って恐れているのなら、どうぞ私を女の親だとお思いなさい。私はそのように、ただあなたの〝親〟だけを演じている男なのですからね」と言っているのに等しいんですね。

男にとっての「娘」と「妻」とでは、どうやらその間に一線というものは引きにくいらしい。だからこそ、「私を父だとお思いなさい」だけでは、女というものは安心なんかしない。だからこそ、「私を〝母〟だとお思いなさい」と言う男も出て来るということなのでしょう。源氏がそう言って玉鬘を安心させることが出来たということになると、どうしても「親とは母である、父とは男である」という、不思議な区分が当時にはあったのだということになります。

〝まづ人の心励まさむことを先に思す〟（まず男の気を惹くことを先に考えていらっしゃる）

と言われるような「あやしの人の親（不思議な〝人の親〟）」というのがあって、更には「私を母親だとお思いなさい」と言う父もいる。

こうなると、関係が錯綜しているというよりも、今の我々の考えているのとは違った区分によって、当時の人達は「関係」というものを考えていたということになりそうです。

96　腹違いの姉と弟――柏木と玉鬘

源氏が「娘を育てたい、父親になりたい」と思って、昔の女（夕顔）の忘れ形見を引き取ったのだとすると、「私を母親だとお思いなさい」というのは、奇異にも響くかもしれません。しかし源氏は、別に「父になりたいから」と言って、その娘玉鬘を引き取ったわけじゃないんですね。「源氏は、遠い昔に死んでしまった夕顔の女がまだ忘れられないままにいた」という形で『玉鬘』の巻は始められ、それ以降の物語展開は、その「忘れられなかった」という事実が、まるで水の中に放り込まれた一つの小石のように様々な波紋を呼び起こして行く――その波紋を追うように、紫式部の筆は淡々と、あるいは大胆に進んで行くんですね。

「源氏は、夕顔の女を忘れなかった。夕顔の女には、頭の中将との間に出来た娘が一人いた。そして源氏は、人臣の頂点に立つ太政大臣になって、数多の夫人達と幸福に暮らしていた」——『玉鬘』の巻が始められるための前提はこれだけです。

この設定を使って、紫式部は何を始めたのか？

紫式部は、「それならば、人と人との間には、どれほどの〝関係〟というものが存在しうるのか？」という、そういう実験を描き出し始める。それが、「六条の院に住む光源氏の栄華」を描く『玉鬘』の巻以降の展開なんだと、私は思います。

「人と人との間には、様々な〝関係〟というものがある。しかし現実に〝関係〟を規定するものは、セックスによる〝男と女の関係〟か、血筋による〝親子の関係〟しかなく、しかしその間を規定する言葉には、ただ〝女〟という言葉一つしかない。ただ一つしかない言葉で二つしかない〝関係〟を掌握しようとすれば、そこにはとんでもない歪みが公然と生まれるだろう。だからこそ私は、ここでその〝関係〟の錯綜というものを書いてみたい」——源氏物語の作者紫式部は、どうもそのように言っているみたいです。

六条の院に引き取られた玉鬘を巡る「関係」には、一体どれだけの錯綜があるでしょう？　まず、源氏と玉鬘は、形の上では「父と娘」で、そしてこの中身は「男と女」です。「父と娘」という関係は、容易に「男と女」にもなりうるということでしょう。

次に、「私はあなたの父だ」という源氏は、「もしもそれで安心できないなら、私を母だとお思いなさい」と言います。つまり、娘の養育ということを考える時、父は容易に「母」でもありうるということです。現実にそんなことを言ってしまう父親がいたかどうかは別として、「〝父〟というものは、性別ということを捨ててしまえば、容易に〝母〟でもありうるものだ」という現実は、やはりあったのではないのでしょうか。

次に、玉鬘と柏木という「姉弟」の関係があります。

かつての頭の中将――今は内大臣となった人の息子である柏木は、かつての父親のように女性に対しては積極的で、「六条の院に美しい姫君がいる」と聞いて、すぐに恋文を贈って来ます（『胡蝶』の巻）。

玉鬘は彼の父親と夕顔との間に出来た娘なんですから、柏木とは腹違いの姉弟になります。姉だということを知らずに、男が女の許へ文を贈る――恋の物語によくありがちな「錯綜の喜劇」ですが、しかしこれは、どうやらその程度のものでは収まらないものです。

源氏は、玉鬘を冷泉帝と共有しようとして、彼女の尚侍《ないしのかみ》としての宮仕えを思い立つ。そういうことになると、どうしても「血筋」のことをごまかしたままにしておくわけにはいかないから、ここで源氏は、事実関係をはっきりさせておこうとする。

源氏は、玉鬘と内大臣とを対面させて、「玉鬘はあなたの娘ですよ、でも、彼女は私が育てたのだから、この先もそのようにさせてくださいね」ということを、実の父に対して宣言する（『行幸《みゆき》』の巻）。

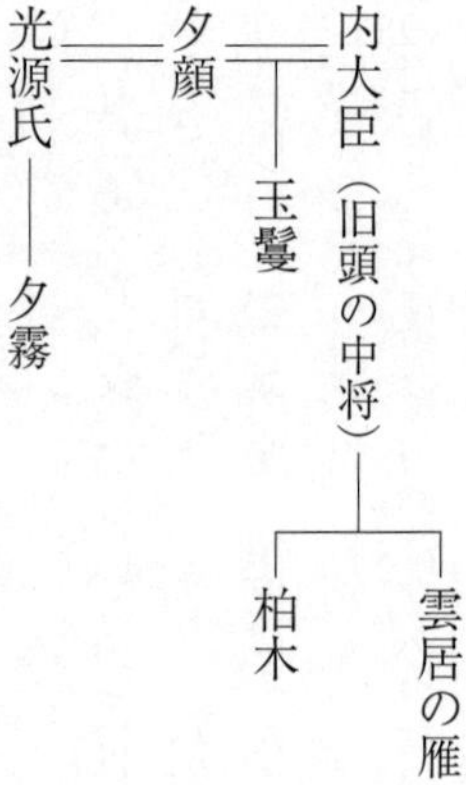

玉鬘が、源氏の邸である六条の院に住んでいることに変わりはないのだけれど、彼女が

内大臣の娘であるということは、はっきりしてしまった。柏木は、彼女が自分の血縁の姉妹だということを知って、彼女の住むところへとやって来る（『藤袴《ふじばかま》』の巻）。

知って彼はどうするのか？

結局彼は、改めて彼女に言い寄るだけなんですね。

玉鬘は尚侍としての出仕が決まり、父である内大臣としては、なにかと彼女にしてやりたいこともあるのだけれど、彼女が源氏の邸にいる以上、どうにもならない。そこで、長男の柏木を、彼女との連絡係として使者に送る。

玉鬘は、六条の院の夏の町の西の対にいます。別に「端近《はしぢか》に進み出た」とも書いてありませんから、彼女はその対《たい》の屋の母屋《もや》の内にいるのでしょう。使者としてやって来た柏木は、その対の屋の縁側（簀子《すのこ》）に席を設けられて座らされます。これは別に冷淡にされたのではなく、「姉弟だということがはっきりしてしまったから、親しくしよう」という種類の扱いです。

〝見聞き入るべくもあらざりしを、名残なく、南の御簾の前に据《す》ゑ奉《たてまつ》る〟

（それまでは見ようとも声を聞こうともしなかったのが、すっかり扱いが変わって、玉鬘は兄弟の中将を南の御簾の前にお通し申し上げた）

自分は対の屋の奥深くに座って、やって来た男は、外の縁側の上にいます。玉鬘のいるところは、その縁側とは廂《ひさし》の間一つを隔てた母屋の内――つまり、柏木と玉鬘の間には、簀子と廂の間を隔てる御簾と、廂の間と母屋とを隔てる御簾との、二重の御簾の隔てがあって、奥の御簾ならば半分は上げてあるのかもしれないけれど、その代わりそこにはちゃんと几帳が立てられているということです。

姉弟でありながらも、この二人はこの時が初対面で、それにしては随分な扱いだとお思いになるかもしれませんが、これは紫式部が書くように、「今までとは打って変わった扱い」なんですね――〝名残なく〟は〝今までとは打って変わった〟という意味です。

ということはどういうことかと言えば、なんの関係もない、好きでもない男がやって来たとしても、縁側にさえも座らせてもらうことは出来ないということです。〝見聞き入るべくもあらざりし〟（見ようともしなかった聞こうともしなかった）とは、そういう状態をさします。

女にこれをされて、「無礼だ」と怒ることが出来るのは、相当に身分の高い人だけで、もしもやって来た相手がそういう身分の人だったら、お側にいる女房が、「お相手をしないと失礼になりますよ」と言う。そして、その身分の高い人は、縁側に席を作ってもらえることになる。

玉鬘は、形としては「太政大臣（源氏）の娘」なんですから、これに近寄って追い返されて、「無礼だ」と言える人間はまずいない。源氏がわざわざ招待をして、「螢を放つ」といういたずらを仕掛けた、異母弟の螢兵部卿の宮という親王ぐらいが、この例外となります。

今まで、ほとんど「近くに寄らないでくださいまし！」というような扱いしか受けていなかった柏木が、〝南の御簾の前に据ゑ奉る〟という扱いを受けたのは、だから「打って変わって（名残なく）丁寧な扱いを受けた」ということです。

柏木は、この処遇にはなんの文句も言わず、黙って席に着きます。

席に着いて話を始めようとして、すると、二重の御簾と几帳に隔てられている主の玉鬘は、彼に対して直接に言葉を返そうとはしない。玉鬘は、女房の「宰相《さいしよう》」を取り次ぎに立てて、直接「弟」の柏木と口をきこうとはしない。

「それは他人行儀ではないですか、直接にお話を承りたい、父上が私をお使者に立てたのも、この話を直接にお耳に入れろというお心からだと思うのですが」と、柏木は初めて「姉」に抗議をして、しかし玉鬘は、この言葉に従おうとはしないのです。

〝「なにがしを選びて奉り給へるは、人づてならぬ御消息にこそはべらめ。斯《か》くもの遠くては、如何《いか》が聞こえさすべからむ。自《みづか》らこそ数にもはべらねど、絶えぬ例《たとひ》もはべなるは。如何《いか》にぞや、古代のことなれど、頼もしくぞ思ひたまへける」とて、ものしと思ひ給へり。

「げに、年頃の積もりも取り添へて聞こえまほしけれど、日頃あやしく悩ましくはべれば、起き上がりなどもえしはべらでなむ。斯《か》くまで咎《とが》め給ふも、なかなかうとうとしき心地なむしはべりける」と、いとまめだちて聞こえ出だし給へり〟

(「私をお選びになってこちらへお使者としてお出しになられたのは、それが人づてにしてはならないお話だからでしょう。このような遠ざけられ方では、どうにも申し上げにくくございます。私などは、人の数にも入らぬようなものではございますが、兄弟の仲は切っても切れぬということわざもございます。我ながら古風なことを言っているとは思いますが、お心ばかりを頼りと思ってまいりましたのに……」とおっしゃって、不愉快そうにしていらっしゃる。

「まことに、長い間のご無沙汰、お懐かしさもございますので、お話はしたいとは存じますけれども、このところの幾日か、不思議に気分がすぐれませぬものでございますから、起き上がることさえも出来ずにおりますのでございます。それをそのようにお責めになりますのは、かえって他人のようなよそよそしさでいらっしゃると存じますのですけれども」と、とりつくしまもないぐらいの事務的なご様子で、宰相を通じてお伝えさせになった）

玉鬘の言っていることには、当然「嘘」がありますね。

〝斯《か》くまで咎《とが》め給ふも、なかなかうとうとしき心地なむしはべりける〟（そのようにお責めになりますのは、かえって他人のようなよそよそしさでいらっしゃると存じますのですけれども）――つまり、「あなたは私を、他人のようによそよそしいとおっしゃるけれども、気分の悪い私に無理強いをすることこそが他人行儀のよそよそしさでしょう」と、玉鬘は言っています。しかし、そんなことが当然「嘘」だというのは、その前にある、〝日頃あやしく悩ましくはべれば〟（このところの幾日か、不思議に気分がすぐれませぬものでございますから）とか〝起き上がりなどもえしはべらで〟（起き上がることさえも出来ずにおります）というのが、この時代の、「会いたくない男を斥《しりぞ》けるためのもっともポピュラーな女の口実」でしかないからです。

これを男が言われてしまったら、「理由はなんであれ、ともかく彼女は会いたくないのだな」と、思うしかないし、これを言われるような男は、「相手の都合を考えずに、うるさく恋を言い立てる男」でしかないのです。

ということは当然、それを玉鬘に言われてしまうような柏木の発言の中には、彼女をうるさがらせる「恋」があるということなんですね。

具体的にそれは、〝如何《いか》にぞや、古代のことなれど、頼もしくぞ思ひたまへける〟（我ながら古風なことを言っているとは思いますが、お心ばかりを頼りと思ってまいりましたのに……）というところでしょうね。

男が女に、「頼もしく思う」などという期待を述べたら、それは〝恋に対する期待〟でしかありません。そういうことを言って、言った男は「不機嫌にしている（ものしと思ひ給へり）」のだから、それを言う男の「胸の内」なんかは、分かりきったようなものです。

それ――即ち「頼もしく思う」ということを言う柏木の「胸の内」とは、なんでしょう？

要するに彼は、「〝姉弟〟ということを口実にして、恋を仕掛けている男」でしかないということなんですね。

「姉弟あるいは兄妹だから、恋が禁忌になる」というのではないのです。これは、「二人は〝絶えぬ例《たとひ》〟（切っても切れぬ仲）なのだから、恋という、〝見知らぬ二人による不安なこと〟を始めるのには、いたって格好な安心の出来る糸口である」ということなのです。そういう口実によって、この柏木という腹違いの弟は、今までそれとは知らぬままに口説いていた腹違いの姉（＝玉鬘）を、改めて口説いているんですね。

これは結構、とんでもない世界です。

その三十四

97 存在しえない近親相姦——玉鬘と夕霧と

六条の院の奥で、源氏と玉鬘は、到底「親子」とは言いにくい関係になります。それをうっかりと目撃してしまったのが、息子の夕霧です（『野分《のわき》』の巻）。

六条の院を嵐が襲い一夜明けた朝、源氏は息子の夕霧以下の家来達を引き連れて、各町の女達を見舞いに訪れます。そういう設定にしておいて、紫の上以下の各町の女達の様子を夕霧の目から眺めさせるという、至って豊かな趣向を凝らしたのがこの『野分』の巻なのですが、勿論、夕霧に直接源氏の囲っている妻達の姿を見ることが出来るわけはないので、女達の姿は、「覗き見られる」という形を取ります。

つまり、『野分』の巻に描かれるものは、「各町に住む源氏の妻という女達の生態」であると同時に、「そういう女達を〝見る〟として、そこにはどういうシチュエーションの別があるか」という、当時の男達の女への接近ぶりを語るものでもあります。大切にされて御簾の奥深くに住まっている女達の姿を、男達はなかなか見ることが出来ない。そうである以上、そういう男達が女の姿を見てしまったらどうなるか？——ということもここには描かれていて、だから、この巻で遂に紫の上の姿を直接垣間見てしまった夕霧は、紫の上恋しさに身を焦がすことにもなります。

嵐の中で紫の上の姿を覗き見てしまった夕霧は、その人の美しさにポーッとなってしまい、その翌朝、源氏の後に従って夏の町を訪れます。そこの主である花散里が、どんな人かということは、彼女に育てられている夕霧には周知の事実で、それはどうでもいいことです。関心があるのだとしたら、それは「自分の姉」として夏の町に引き取られている、西の対に住む玉鬘です。

夕霧は、まだ玉鬘を「自分の姉」だと思い込んでいます。

嵐の名残の風の吹く中、夕霧は、玉鬘とそれを見舞いに入って行った源氏の二人がいるはずの対の屋の御簾を、ちょっとばかり引き上げてしまいます。

嵐の到来を恐れて、前日に調度類が一方に寄せ集められてしまっている部屋の中は、とてもよく見通すことが出来ました。

〝やをら引き上げて見るに、紛るる物どもも取りやりたれば、いとよく見ゆ〟とあって、こう続きます――。

〝斯《か》く戯《たはぶ》れ給ふ気色《けしき》の顕《しる》きを、「あやしのわざや、親子と聞こえながら、斯《か》く懐《ふところ》離れず、もの近かべきほどかは」と、目留まりぬ。

「見やつけ給はむ」と恐ろしけれど、あやしきに心も驚きて、なほ見れば、柱隠れに少しそばみ給へりつるを引き寄せ給へるに、御髪《おんぐし》の並《な》み寄りてはらはらとこぼれかかりたるほど、女も「いとむつかしく苦し」と思ひたまへる気色ながら、さすがにいとなごやかなるさまして、寄りかかり給へるは、「ことと馴れ馴れしきにこそあめれ。いで、あなうたて。いかなることにかあらむ。思ひ寄らぬ隈《くま》なくおはしける御心にて、もとより見馴れ生《お》ほし立て給はぬは、斯《か》かる御思ひ添ひ給へるなめり。むべなりけりや。あな疎《うと》まし」と思ふ心も恥づかし。

女の御さま、「げに姉弟《はらから》と言ふとも、少し立ち退きて、異腹《ことはら》ぞかしなど思はむは、などか心あやまりもせざらむ」と覚ゆ。

「昨日見し御気配《けはい》には、け劣りたれど、見るに笑《ゑ》まるるさまは、立ちも並びぬべく見ゆる――」〟

（源氏と玉鬘が戯れておいでのご様子がありありと見えて、「何をなさっておいでなのだろう？　親子とは申し上げながら、このように胸元近く抱き寄せられてベタベタなさっていてもよいのだろうか？」と、夕霧の視線は吸い寄せられてしまった。

「もしも父君がお見つけになったらどうしよう……」と、ドキドキはするのだけれど、あまりにも訝《いぶか》しいその場の様子にびっくりしてしまって覗き続けていると、玉鬘が柱の陰で少し横を向いていたのを、源氏は引き寄せられた。女も「大層迷惑でいやだ」と思ってはいる様子なのだけれども、結局は抗《あらが》う様子も見せず、源氏に寄りかかっておいでだ。

「完全に親密な仲と申し上げてもよいご関係なのだろうが、しかしなんということだろう。いやらしい……。どうしてこのようなことになっておいでなのだろう？　父君は、女のこととなっては抜け目のないお方ではある。お側に置いてご養育なさるということがなかったので、こういうお心も生まれてしまうのだろうな。無理もないことだが、なんだかとてもいやな気がする」と夕霧が考えるのも、なんだかこの場の様子としては気恥ずかしいものです。

肝腎の女の様子は、その夕霧が「なるほど、姉弟と言っても腹違いの間柄なのだから、その気になって少し距離を置いて冷静になってしまえば、過ちを冒しても不思議はないような美しさだな」と思うほどのものです。

「昨日見た紫の上のご様子よりは些か劣るところはあるけれども、見ていると自然に笑みが浮かんで来るような気がするところは、どうやら紫の上と同じだ——」）

この時の夕霧は、まだ十五歳の年齢ですから、「いやな気がする（あな疎《うと》まし）」も「いやらしい（あなうたて）」も当然の感情でしょう。他人の上に性行為を見るということがまだとても憚《はばか》られる年頃の少年がそう思うのは当然なのですけれども、しかし意外なことに、ここにはそれ以外の「忌避」がないのですね。

「潔癖な少年は、お父さんがいやらしいことをしているのを見ていやだと思った」はあって、しかしここには、「なんと恐ろしい、お父さんがお姉さんと……！」というような、近親相姦に関するタブーがないんです。へたをすれば、「お父さんがそうしているんだから、僕も——」ということになりかねないようなものが、夕霧の中にはあります。だから紫式部も、〝げに姉弟《はらから》と言ふとも、少し立ち退きて、異腹《ことはら》ぞかしなど思はむは、などか心あやまりもせざらむ〟（なるほど、姉弟と言っても腹違いの間柄なのだから、その気になって少し距離を置いて冷静になってしまえば、彼女と私とは深い関係になっても不思議はない）という、危険な感慨を彼に持たせているんですね。

既にお話ししてしまった柏木と玉鬘の間にも、「姉と弟でなんということを言うのですか！」という拒絶はありませんでした。

実の姉と弟（玉鬘と柏木）の仲にも、「近親相姦への禁忌」はない。だから、「実の姉と弟」だと思っている夕霧と玉鬘の間にもそれはないし、「実の父と娘」であることになっている源氏と玉鬘の間にも、そういう忌避は存在しないんですね。

「ああ、いやらしい」はあっても、「ああ、恐ろしい」はない。それが、この源氏物語が書かれた当時の、同じ家の中にいる、「血筋」というものを共有している、「身内」と言われるような男女の中にある「関係」なんですね。

彼等が、平気で姉や妹を口説くのは、彼等が特別にタガのはずれた色好みではなくて、それが当時の当たり前の「馴れ馴れしさ」だったからというわけです。

それであればこそ、「実の父と娘」であるはずの二人が抱き合っているのを見て、その「父の息子」であり「姉の弟」であるような人間が、〝ことと馴れ馴れしきにこそあめれ〟（すっかり親密な関係ではあるようだ）などという、とんでもなく悠長な感想を漏らすのですね。

98　「親しさ」というもの

十五歳の夕霧は、一年経って十六歳になり、その六条の院の夏の町の西の対に住む人が、実は「自分の姉」ではないのだということを知ります。すると、どういうことになるのでしょう？

当然、十六歳になった夕霧は、「かつては自分の姉だった人」を、口説くのです。『藤袴』の巻です。

父である内大臣の使いとして玉鬘のところへやって来た柏木と同様、夕霧も父源氏の使いとして、「かつての姉」のところへやって来ます。この「かつての弟＝今では他人」であるような夕霧に対する玉鬘の扱いは、こうです――。

〝初めよりものまめやかに心寄せきこえ給へば、もて離れてうとうとしきさまにはもてなし給はざりしならひに、今「あらざりけり」とてこよなく変わらむもうたてあれば、なほ御簾に几帳添へたる御対面は、人づてならでありけり〟

（夕霧の中将は初めから細やかな心づかいをなさっておいでの方ではあったので、玉鬘もそれまで、他人行儀でよそよそしい扱いをしてお迎えするなどということはなかった。それが今になって、「実は違っておりました」などと言って、突然に応対を変えることも出来ないので、やはり御簾を降ろし几帳を立てた御対面には取り次ぎの者を介さずに、直接にお話をなさるのだった）

「はらから」ではあっても、性の違う二人ですから、この二人が会う時には、御簾を降ろし几帳を立てて、直接に顔が見えないようにはしていた。それは、「実は姉弟ではなかった」ということが明らかになった今でも変わらない。そしてこれまでの二人は、御簾越しで几帳の隔てを持つ対面をしてはいたのだけれども、会話だけは、取り次ぎの女房を使わずに直接のやりとりをしていたので、そのことも変わらぬままにしておいた——ということです。

「姉弟ではない他人だ」ということになったら、本来だったらこの「直接の会話」をするべきではないのですけれども、しかし今になってそれをやめるというのもへんなので、玉鬘は今まで通り、この夕霧に対してだけは、直接に話をするようにしていたということです。

さて、それでは、この夕霧がやって来た時、玉鬘はどこにいたのでしょうか？

原文にはこうあります――。

〝夕暮の空あはれげなる気色《けしき》を、端近《はしちか》くて見出だし給へる様、いとをかし〟

時は秋です。秋の夕暮の風情が美しいと思って、玉鬘は「端近」と言われるようなところにまで進み出ていた――そこに夕霧が、源氏の使者としてやって来たということになります。おなじ『藤袴』の巻で柏木がやって来た時とは違って、この時の玉鬘は、奥の母屋《もや》から出て、簀子《すのこ》に近い廂《ひさし》の間《ま》にいるんですね。

夕霧がやって来たからといって、玉鬘が慌てて奥に入り込んだという記述は、どこにもありません。玉鬘は廂の間に、夕霧はそれとは御簾一つを隔てただけの簀子にいます。勿論、夕霧と玉鬘の間を隔てる御簾のすぐ後ろには几帳が立ててあるのですけれども、この二人の間の距離というものは、男が手を伸ばせば、すぐに女の袖口や手をつかまえられるような距離です。

玉鬘は、少なくとも、「実は姉弟ではない、ということがはっきりしてしまったのだから、今まで通りのようにはしない方がいいのかもしれない」とだけ、思ってはいます。思ってはいて、「でも、突然〝他人扱い〟に変えるのもへんだし」と思って、「今まで通り」にしていたんですね。それは、原文に書いてある通りです――〝こよなく変わらむもうたてあれば〟（すっかり変えてしまうのも失礼ではあるので）。

しかし、やっぱりこれは、「嘘」でしょう。

玉鬘は、「実は姉弟ではないということがはっきりしてしまったのだから、今まで通りのようにしていてはいけないのかもしれない」と思ってはいただろうけれども、しかし、「突然〝他人扱い〟に変えるのはへんだ」とは、思っていなかったでしょう。

玉鬘の心理を正確に辿れば、「今まで通りのようにしていてはいけないのだろうけれども、でも私は、やはりこの君に対しては今まで通りにしていたい。だから、〝突然の他人扱いはへんだ〟ということにして、今まで通りのままにしておこう」が本当だと思います。

だからこそ玉鬘は、「端近」の廂の間から母屋に入ろうとはしなかったのだし、直接に口をきくのをやめようとはしなかったのです。

「その人が実の姉ではない」ということを知ったのは、夕霧だけです。玉鬘は、初めからそのことを知っている。「なんで実の父でもない方の邸に、私は引き取られて行かねばならないのだろう?」と思って、この六条の院に来た玉鬘です。だから当然、彼女は、この夕霧が「自分の実の弟」でないことぐらいは知っている。知らないでいたのは、たとえその相手が自分の身内であっても、女性の姿を垣間見るだけでドキドキしてしまうような、初心《うぶ》な夕霧だけです。

「姉と弟」であっても「兄と妹」であっても、性を異にする「はらから」の二人は、年頃になると、隔離されてしまいます。それが当時の「普通」で、隔離されると同時に、男の方は女の方に対して、「仕える」とか「かしずく」というような「奉仕の関係」を背負わされるようになります。

女は御簾の内でじっとしていて、男は御簾の外で自由に動き回っているのだから、どうしたって、男の方が、「何かご用はありませんか?」と尋ねて回るような関係にはなってしまう。それが普通の、「性を異にする身内の関係」なんですね。

「姉と弟」、あるいは「兄と妹」は、「男が女に仕える」ということを当然とする、「主と臣下の関係」に近いものです。その相手が「お客様」であったのなら、几帳を立て簾を下げて簀子の上に席を設《しつら》えるような、「丁重に距離を置いて接する」というようなことをしますけれども、その相手が身近く召し使っている「家来」だったら、平気で御簾の近くにまで呼び寄せるということをします。「姉弟」あるいは「兄妹」は、その「主従」のような「近しい関係」で、今の我々の知っているような「姉弟（兄妹）は近い関係」というのとは、ちょっと違うのです。

だからどうなのかというと、夕霧は、その相手が姉であろうとなかろうと、父が自分の邸に引き取って大切にしている女性であったならば、その人に対して、家来のように仕えていただろうということです。

夕霧にとって、玉鬘は、「親しく仕えなければならない相手」で、それは彼女が「姉」であろうと、「父の女」であろうと、「自分の母」であろうと、ただ「その建物の女主」であろうとも変わらないことです。

夕霧にとって、「玉鬘」はそういう存在なのですが、しかしそれでは、玉鬘にとって「夕霧」とは、一体どういう存在だったんでしょうか？

玉鬘にとって夕霧は、「この邸でただ一人の安心出来る男性」だったんですね。

夕霧は、玉鬘のことを「自分の姉」だと信じ込んでいる。だから、この真面目な源氏の長男は、「自分の身内である人だから、大切に接しよう」と思って、〝初めよりものまめやかに心寄せきこえ給へば〟（初めから細やかな心づかいをなさっておいでの方ではあったので）ということになるんです。

玉鬘にとって、夕霧は、「この邸で唯一安全で心の許せる男」でもあった。だからこそ、玉鬘としては、「この人との安全な関係だけは崩したくない」と思って、「実の姉弟ではないけれども、だからといって突然にその関係を別のものに変えてしまいたくない」という発想をするのでしょうね。

つまり、玉鬘という身寄りのない女性にとって、「血は繋がっていなくて、そしてなおかつ自分の〝身内〟ではいてくれて、そして自分に親切にしてくれる男性」というのは、この初心で真面目な十代半ばの青年だけだったということです。

「身内」だといったって、その「身内」であることを「口説き寄るためのきっかけ」にしてしまう男達がうようよいる時代です。「血が繋がっている」ということは、女性にとってそうそう安心出来る条件ではない。それよりも、いざとなったら、「あなたと私とはアカの他人ですから」と、いつでも拒絶出来てしまうような、「血は繋がっていないが、〝身内〟と見做《な》しうる」関係というものの方が、女にとっては、ずーっと安心だということですね。

「男と女」ということになれば、それですぐさま「肉体関係」「恋愛関係」ということになってしまうような「優雅な恋の時代」の中で、男と女がただ「親しい」ということは、相当に難しいことであったのだということを、私達は知らなければならないのです。

99　女の安心

玉鬘は、源氏の邸にいます。ここは、「実の父の邸」ではない、「他人の邸」です。そして、この時代に、女が「他人の邸にいる」ということは、そうそう珍しいことではなかったのです。

親が死んで身寄りがなくなって、誰かの邸に引き取られるということになれば、それはそのまま「他人の邸にいる」です。

親が死んで、当時の相続法としては、「邸の相続権はまず女子の方へ」というのが常識でしたから、そうなると、「未婚の娘が、一人で大きな邸に住んでいる」ということも、結構当たり前にあります。これも、「他人の邸に住む」のと同じように、警備ということを考えたら、かなり不用心なことではあります。「女が一人で住む邸」ということになったら、そこが直接朝廷の庇護下にあるような、特別に高貴な人の邸でない限り、そこを警備するためのしっかりした男というものは、まず存在しないようなものだからです。それを可能にするためには、まずその邸の女主人は、確かな男の愛人というものを持たなければならなかった――それをしなければ、男というものは、おとなしい女の言うことなんかは、ろくに聞きもしなかったからです。

そして、この当時は、女が当たり前に「宮仕えに出る」ということをしました。「宮仕えに出る」ということは、「他人の邸に住み込んで働く」ということです。つまりこれだって、「他人の邸にいる」ということなのですね。

「女が他人の邸にいる」ということがどういうことなのかというと、いつでも「男」という侵入者の心配をしなければならないということなんです。現に玉鬘は、源氏という他人の邸に引き取られて、その邸の主である――触れ込みとしては「優しい父」であるはずの源氏から、「いやな関係」を迫られている。

「そこに美しい女がいる」ということを聞きつけたら、いつでも、「色好み」を当然の義務なり美学なりと心得る男達が、外からやって来る。外からもやって来るし、「内にいる男」だって、公然と言い寄って来る。「自分が女である」ということが人に知られてしまったら、もうそれだけでおちおち安心してはいられないというのが、「女性にとっての平安時代」なんですね。

平安時代というのは平和な時代で、それだからこそ平安時代なんですが、この時代に果たして、「戸締まり」ということは、どれくらいの意味を持ったのでしょうか？

当時に「鍵」というものがあったのかと言えば、ありました。

寝殿造りの建物の内部は、基本的には「間仕切りなし」です。それをするのなら、中に「障子を立てる」ということをします。この「障子」は現在の「襖《ふすま》」で、広い寝殿造りの建物の内部にこれをはめ込んで、各部屋（局）の間仕切りをしたわけですね。この「障子」には、鍵がかかります。障子の両面には「掛金」があって、これを下ろせば、各部屋の戸締まりは出来たわけです。

『帚木』の巻で、方違《かたたが》えに紀伊《き》の守の邸にやって来た源氏は、障子で隔てられた自分の居室の隣に、女達の声を聞きます。源氏は、この邸に「中の品の女」を漁りにやって来たのですから、「これは好都合」とばかりに、隣の様子を聞きます。

〝皆静まりたる気配なれば、掛金を試みに引き上げ給へれば、あなたよりは鎖《さ》さざりけり〟

隣が寝静まっていることを確認した源氏は、こちら側の掛金を上げて障子に手を掛けます。すると、障子の向こう側では掛金を下ろすということをしなかったもんだから、これが簡単に開いてしまう。そうして、隣に寝ていた空蟬は、源氏に犯されてしまうわけですね。

障子の両側に掛金がついているものを、どうして空蟬付きの女房達は「戸締まり」ということをしなかったんでしょう？

それは恐らく、隣に寝ているのが「源氏の君」という高貴な男だったからですね。「高貴な人」をお泊めしているのだから、「用心」ということになったら、それは「自分達のため」ではなくて、「高貴なお客様」に対してのものになる。だから、源氏の部屋には、内から掛金が下ろされていたけれども、女達の部屋には掛金が下りていなかった。「鍵」というものはあるけれども、最大の用心は、「心に鍵を下ろすこと」だったんですね。

空蟬とその女房達は心に鍵を下ろして、「高貴なお客様」でいらっしゃる源氏の君だって、同じようなものだと思っていた——でも、実際はそうではなかった、ということです。

部屋の内部を仕切る障子には掛金がかかる。寝殿造りの「雨戸」でもあり「壁」でもあり「窓」でもあるような「格子《こうし》」——細い角材を十文字に組んでその後ろに板を打ち付けてあるもの——も、同様に鍵がかかります。その格子と共にあって、外との出入りに使う「妻戸《つまと》」（押して開けるドア）「遣戸《やりと》」（引き戸）にも鍵はかかります。

ただ、この程度の「鍵」なら、大の男が体当たりでもしてしまえば、これは簡単に開いてしまうようなものでしょう。がしかし、この当時の最大のタブーが、「世間の外聞の悪さ」だということになれば、「戸を押し破る」などというような悪評判の立つ乱暴をしでかす男は、まず絶対と言っていいほど、いないでしょうね。

ただしかし、こういうこともありますけれども——。

〝何心もなくうちとけてゐたりけるを、斯《か》うもの覚えぬに、いとわりなくて、近かりける曹司《ざうし》の内に入りて、如何《いか》で固めけるにか、いと強きを、強《し》ひても押し立ち給はぬさまなり。されど、さのみも如何でかはあらむ〟

（女はなんの警戒心も持たずに、ただのんびりとしていた。そこに思いもよらぬことが起こってしまったものだから、女は大層困って、近くにあった部屋の中に逃げ込んでしまった。どう戸締まりをしたものか、戸は一向に開かない。源氏の君は、それを強いて開けようともなさらなかったのだけれども、そのままにしておかれるわけもなかった）

『明石』の巻です。

源氏は、明石の入道に導かれて、その娘の住む岡《おか》の辺《べ》の屋形《やかた》を訪れた。娘（明石の女）は強情で、なんと言われても源氏に答えようとはしない。娘は逃げ出して、源氏は後を追って、結局どうしたのか？

〝如何で固めけるにか、いと強きを、強ひても押し立ち給はぬさまなり〟とは言うものの、〝されど、さのみも如何でかはあらむ〟（けれども、そのままにしておかれるわけもなかった）だった。そこで源氏がどうしたのかはまったく書かれてはいないのですけれども、〝されど、さのみも如何でかはあらむ〟に続く文章では、もう既に「契りを結んでしまった」ということになってしまっている。

結局、源氏は戸を押し破ってしまったんでしょうね。そんな外聞の悪いことはあからさまには書けないけれども、そこが都を遠く離れた「田舎」であるような明石の地で、都を離れて以来、女とはまったく縁を持たずにいた源氏であるとするならば、十分にそれだけのことは、やってしまっていたでしょう。

ドアに鍵がかかろうとかかるまいと、部屋の境に簾のかかっていた当時は、すべてが「開けっ放しも同然」です。この状況の中での最大の戸締まりは「モラル」という「心の鍵」だったということですね。

家の内部の戸締まり状況というのは、以上のようなものです。それでは、家の外部への戸締まりはどうなんでしょう？

寝殿造りの家の周りには、ぐるりと築地塀《ついじ》（土で塗り固めてある塀）が巡らせてあって、そこには立派な門もあって、その門にはちゃんと鍵もかかるようになっていました。

牛車《くるま》でやって来た人は、門番を呼んで、この門を開けさせた。その点で戸締まりというものはちゃんとあったんですが、「頭隠して尻隠さず」というのは、この時代の邸の戸締まりのことですね。

女のところに忍び込んで、「ちゃんと表に牛車で乗りつけられるような正式な関係」に持ち込みたいと思う男は、まず適当な所に開いている「築地塀の崩れ」というものを探して、そこからさっさと入り込んでしまう。正式な訪問のためには門というものもあって、何故か知らないけれども、そこには「戸締まり」というものもちゃんとあって、しかし非公式な訪問をしたい人間は、どこからでもその邸の中に入り込むことは出来た。『蓬生《よもぎう》』の巻では、塀がぼろぼろに崩れてしまって草ぼうぼうになってしまっている末摘花の邸に、牛飼いや馬飼いの少年が勝手にやって来て、そこを牛馬の放牧場にしてしまっているという光景が描かれます。つまり、外と邸とを仕切る「塀」というものは、その程度のものでしかなかったのですね。

寝殿造りの庭に立派な木が植えてあるとして、しかしその立派な立ち木を、一体当時の人はどこから持って来たのでしょう？

この当時に、「植木屋」というものはないんですね。深山幽谷に生えている木を掘って来て移し植えたということもありますが、園芸植物というものは、人の丹精によって、立派な花を咲かせたりもするものです。そういう種類の立派な樹木や草木を、一体人は、どこから持って来たのでしょうか？

答は、「他人の邸から」です。「あれがいいや」ということになったら、昼日中平気で、黙って他人の邸に入り込んで、無断で掘り出して来ちゃうんですね。

清少納言は『枕草子』の中で、「男達が勝手に庭に入って来て、見事な前栽《せんざい》の木や草を掘り出して持って行ってしまった。それを御簾の中で見ている女達には、狼藉《ろうぜき》だということが分かるのだけれども、どうすることも出来なかった——ああ悔しい」という風に書いています。

同じ清少納言は、「女が一人で住む邸は、塀が崩れていた方が風情がある。あまりにもちゃんとしすぎていると可愛げがない」ということも書いていますが、「塀が崩れている」ということは、「いつでもどうぞ」と、その邸の主が、外に向かって言っているようなものなんです。当時の庶民というものは、それをまた、見過ごしにはしないものなんです。庶民ばかりではない、身分の高い貴公子達だって、「塀の崩れ」があれば、「これこそは格好の手引き」とばかりに、そこを平気で入って来るものなんです。これをしも「世の無常」というべきものなのでしょうか？

「泥棒に命を取られる」というようなことは、まずないと言ってもいい平安な時代ではあったけれども、侵入者や泥棒というものは、日常茶飯のような状態でいた。そして、その「侵入者」なるものの中には、「恋の貴公子」という種類の侵入者も、当然のごとく含まれていたということです。

夜になって、見知らぬ女の部屋の中に男が入り込んだら、現在ではこれは「犯罪行為」

ですが、紫式部が源氏物語を書いた当時には、これは「雅《みやび》な恋の出来事」です。「強姦」というのは、当然のことながら、これは「恋の形態」の一種で、「これを犯罪行為には含まない」というのが、平安時代の常識なんですね。

邸の主人が、夜になって女房の部屋を訪れる。コンコンと彼がドアを叩いたら、それはもう「優雅な恋の訪れ」で、訪れられた女に、気の利いた歌を詠んで男を追い返すという才覚がなかったなら、困ったことになる。そのまんま男を迎え入れて、「色好みの女」というレッテルを貼られるか、黙って震えていて、「恋の情趣を解さない愚かな女」と思われるかの、どちらかです。

「和歌の才覚を評価されて立派な邸に宮仕えに上がった女房」というのが、ある種の名誉であったことに代わりはないでしょう。がしかし、「和歌を詠む」ということは、今の感覚でいけば、「護身術を身につけている」ということと同じことになるんですね。『帚木』の巻や『空蟬』の巻のように、もしもその相手が「和歌を詠む」とか「声を掛ける」ということをしないで、いきなりその部屋の中に入って来てしまったら、もう女としては、逃げようがない。

平安時代は、「安全で優雅な恋の時代」ではあるけれども、それは「男にとって」という限定がかかったことで、女にとっては、全然関係がないんです。

なにしろ、「恋しい」を言い立てる男は、その相手の女のことを、なんにも知らないまでやって来る。顔も知らない、声も聞いたこともない、それであるにもかかわらず、「ゆかしい」という言葉だけはある。

「ゆかしい」は、「そこへ行きたい」という意味がそのそもそもで、「心が惹かれること」――そして「懐かしい」という意味をも持つ言葉です。

なんで「心が惹かれる」のかといったら、それは「ゆかしいから」で、なんで「ゆかしい」のかと言ったら、それは、「もうなんだか既に知っているような気がして懐かしいから」です。つまり、「ゆかしい」という言葉は、使いようによっては、ほとんど「既視感《デジャヴュ》」とおんなじ意味になってしまう言葉なんです。

もしも「ゆかしい」と言って来る相手が「素敵な人」であるのならいいですけれども、この当時には、どんな男にも、いやな男にも「ゆかしい」を囁く権利はあったんですね。

「なんであんな男に、私は〝懐かしい〟なんてことを言われなくちゃいけないのよ？　私は、あの男に会ったこともないし、あんな男に姿を見られたなんていう覚えもないのよ！」という怒り方をしていた女性は、きっと一千年前の平安時代にだって一杯いたでしょう。

そういう女性の「抵抗」を無意味にしてしまうような言葉が「ゆかしい」で、平安時代は、その「ゆかしい」という言葉が当たり前に囁かれる、いたって優雅な「恋の時代」だったんです。

男は勝手に、会ったこともない女に、「ゆかしい」と言う。言ってだめなら、またさっさと別の女の所へ行って、それを言う。

男にはそれを言う権利があって、しかしそれを言われる女には、「ああッ、うっとうしい！　近くに寄らないで！」と、不法侵入者を拒む権利なんかは、全然なかった。それをすれば、「無粋な女」になる。それをし続ければ、世間というものから取り残されて、「どうやって食べて行ったらいいんだろう？」という、生活不安に悩まされる。「しょうがないから」と、ケース・バイ・ケースで割り切って、好きでもない男が言い寄って来るのを、適当にあしらって澄ましていれば、「なんという見事なあしらい方をする女性だろう。こういう方とは是非とも――」という、女三の宮の部屋に侵入して来てしまった柏木のような、「情熱ばかりが取り柄の男」の不法侵入を、きっと受けることになったでしょう。

玉鬘は、「実の姉ではない」ということを知ってしまった夕霧に迫られて、そしてこれを断ってしまう。「彼とは姉弟の関係のままでいたい」と思う玉鬘は、アカの他人であるような夕霧を、あくまでも「弟」のままで扱うのですね。「姉」と知って迫って来る柏木を撥《は》ねつけ、「姉ではない」ということを知って迫って来る夕霧も、「姉と弟なのだ」として撥ねつけてしまう。

玉鬘のように、女がアカの他人を「兄弟」にしてしまうことの理由は、もうお分かりですね。それが「一番安全な関係」だからです。アカの他人を兄弟のように遇して我が身の安心を考えようとするのは、この時代、ある意味では、至って当然の防衛策だったりもしたのです。

その三十五

100　男と女の「なんでもない関係」

それが実の姉ではないと知って、夕霧は玉鬘に言い寄ります。

玉鬘は勿論、それを拒みます。

しかし相手の夕霧は「実の弟」ではないのですから、玉鬘には彼を拒む理由というものはありません——「私はあなたが好きではないのだから、私はあなたとはつきあいたくない」ということ以外には。

美しい女性を見てしまえば、それだけでポーッとなってしまうような十六歳の夕霧は、しかしそんな玉鬘を、一生懸命になって口説こうとします。彼が手を伸ばせばすぐに捕まえられてしまうような端近《はしぢか》にいて、玉鬘は、「なんだか厄介なことになって来た……」ということにだけは気づきます。

夕霧は、簾の下から藤袴の花を差し出し、それを取ろうとした彼女の袖を摑んでしまう。そのまま、「彼の心」を歌にして詠んで、玉鬘も仕方がないので、その歌にだけは答える。しかし玉鬘には、夕霧の「心」に応える気はない。

夕霧が彼女を口説きたてる言葉の内、彼女は徐々に奥の方へと引き下がって行く。その彼女の様子を知って、夕霧は、「冷たいなされようですね。間違いなど起こすはずもない私の気性ぐらいは、既にご存じでおいでだと思いますものを――」と恨む。

玉鬘は、そういう彼の言葉を、どのようにしてシャットアウトしてしまったのでしょう?

玉鬘はこう言います――〝あやしく悩ましくなむ〟と。

〝あやしく悩ましくなむ〟(不思議に気分が悪くて)と言うのは、柏木の接近を拒んだ時の彼女の言葉と同じですね。彼女は、夕霧にも同じように言って、そのまま対の屋の奥に入って行ってしまう。夕霧の求愛は、これでジ・エンドです。

〝あやしく悩ましくなむ〟で、すべては終わってしまうのです。あるいは、すべては保留のままにされて、そのまま現実生活だけは続いて行くというか——。

男に言い寄られて、女の答は、「イエス」か「ノー」かです。

男にとって、「言い寄る」ということは、その相手を手に入れられるかどうかの、二つに一つだから、それでいいのです。「好き」か「嫌い」かは、実のところ、その相手を手に入れてから決めればいいことなのですから、男にとっての二者択一は、別に不都合でもなんでもありません。

侵入者の論理は勝手ですが、しかしその侵入を受ける側は、そうもいきません。だから、男に言い寄られる側の女は、いきなり押しつけられてしまった、理不尽な二者択一の答を、必死になって考えなければならない。

「相手が好き」ということがはっきりしているのなら、簡単です。「相手が嫌い」ということがはっきりしていても、簡単です。しかし、いきなりやって来られた男を、どうしてそう簡単に、「好き」だの「嫌い」だのと決められるでしょうか？

二者択一を迫られる女の最大の答は、だから、「まだなんとも決められない」です。

「まだなんとも決められない」であり、その次には、「別に好きでもないし、嫌いでもないし」という答さえもあります。

「好き」だの「嫌い」だのという感情は、実はある程度以上の時間をかけて、その人間の中で発酵《はっこう》され生まれてくるようなものです。勝手にその女を思って、一方的に「手に入れたい」という感情を発酵させてしまったのが男で、だから、「求愛の言葉」を口にするその時点で、男の心は「もう待ちきれない」というところにまで来てしまっています。

男は「待ちきれない」と思い、女の心は、そこからスタートします。「まだなんとも決められないし、別に、好きでも嫌いでもないし……」と。

それで答が出るようなら、まだましです。人間というものは、別にすべての他人に対して、「好き」とか「嫌い」とかいう感情をはっきりさせて持つというものではないからです。ごく少数の相手に対してだけ、「好き」と思い、「嫌い」と思う。残りの大多数の人間に関しては、「好きでもないし嫌いでもない」という感情のままです。

「その人間と肉体関係を持ってもいいかどうか」という選択の答は、それこそ、人によります。「自分とかなりの部分の一致点を持てるような人でなければ絶対にいやだ」から、「とりあえず他人とは関係を持ってみたい」まで、この答には、種々様々があります。

女に言い寄ることを「義務」のように考える平安時代の色好みの男達の多くは、「とり

あえず他人とは関係を持ってみたい」なのでしょうが、しかし実のところ、この

「種々様々」には、男女差というものがありません。「誰でもいいわけではない。私は、私の心を受け入れてくれるような人でなければいやだ」というような悩み方をする男というのが、光源氏死後の物語の主人公となる薫なのですから。

玉鬘は、別に夕霧を嫌いではない。はっきり言ってしまえば、夕霧に好意を持ってさえいる。しかしそれだからといって、彼との「肉体的な一致」をはかりたいかといったら、別にそんなことはない。

「他人を受け入れる」ということは、けっこう面倒なことで、これを面倒と思うことに関しても、やはり男女差はないでしょう。その差があるとしたら、「女は最初に面倒がり、男は後になって面倒がる」という、その程度の違いでしょう。

「姉と弟」という設定になっていて、それでけっこう「いい関係」を作っていたと思う玉鬘には、もう「それ以上の関係」は、なくともよいのです。彼女は、「このままでいられればよい」と思って、源氏の使者としてやって来た夕霧を、従来通りの待遇で迎える。夕霧の気持はともかく、彼女の心は、それ以上には動かない。動かないけれどもしかし、もう現実には、彼女と彼とは「実の姉弟」ではない。

「実の姉弟」ではないような二人の関係がこの先どうなるのか、それは彼女には分からない。「彼女を養女とした源氏が、この先にも彼女を養女として扱うのか？　彼女が源氏の実の娘ではないということを知った人も既に何人かいて、その秘密は、果たして守られたままになるのか？　それとも、それを秘密とする必要はないのか？　そうなった時、一体世の中は、彼女を〝源氏の娘〟だと思うのか？　思わないのか？」――こういう問題は、すべて彼女一人の思惑を超えたところにあります。

だから、この問題の答は、「分からない」です。

どうなるのか分からない以上、「今まで〝姉と弟〟という関係にあった男女が、この先どういう関係を持てばいいのか？」という問いの答も、分からない。

「分かるようになるのか？　それとも、分からないままでいいのか？」それさえも分からない。分からないままで、それに対して急に答を出すなどということは、出来るはずがない。

だから、玉鬘は、夕霧に対して、何も言わない。

〝あやしく悩ましくなむ〟とだけ言って、問題を回避して、そのまま彼の前から姿を消してしまう。

そして、結局、夕霧と玉鬘はどうなったのか？

この答は、「どうともならず、ただそのままだった」です。

それは、「源氏と玉鬘が、実の父子でもなく、また男女の関係を持ったわけでもないのに、その後も不思議と仲のよい関係が続いた」というのと、まったく同じです。「別に血が繫がっているわけでもないのに、夕霧と玉鬘の仲はよかった」ということは、『藤袴』の巻のずっと後――源氏の死後の物語である『竹河』の巻に、ちゃんと書かれています。

「血縁でもない、肉体関係があるわけでもない、しかし二人の男女の間に〝親密〟という関係は続いた」ということが、この「関係の錯綜」に満ち満ちた「玉鬘の物語」を書こうとした作者の、意図したことなのではないでしょうか？

なにしろ、女と見たら口説かずにはいられない。それを「礼儀」のように男達が思い込んでいる、恋愛に関しては一種強迫神経症的な様相を呈してしまっているのが、「優雅な恋の時代」である平安時代です。

男と女の間に、「御簾」だの「几帳」だのという神秘のヴェールが下ろされてしまっていて、相手の顔を見ることさえも容易に出来ない時代には、どうしたってそうなるでしょう。

チラッと相手の着物の袖の端を見ただけで、ポーッとなってしまう。それだけで、「もうあの人が忘れられなくなってしまった……」という熱病のような状態に、男は簡単に陥ってしまう。そういう時代に、男と女の間がそうそう簡単に「親密」になんかなれるはずがない。

そもそも「親密な関係」であるような姉弟・兄妹の関係でさえ、男が年頃になって、女が「美しい」と言われるような状態になってしまったら、簡単に「恋愛関係」へと移行してしまうようなものです。

「それをするべきではない」という、近親相姦に関する歯止めが、一向にないままの時代なんですから、男とは関係がなく、「とりあえず〝自分〟というものを持ちたい、〝自分〟というものを持ってしまった以上、この〝自分〟を育てて行きたい」というようになってしまった女性にとっては、落ち着かないこと限りのない時代ではあるのですね。

朝顔の斎院に象徴されるような「拒む女」を書き続けて来た紫式部の本音というのは、そういうところにあったのではないでしょうか?

それは、「お願いだから、少し静かにしてほしい」というような――。

「お願いだから、少し私を放っておいてほしい。私だって、なにも、〝人〟というものが嫌いなわけではないのだから。私だって、どこかで誰かを待っているのかもしれないのだから……」というようなことがなければ、「拒む女の登場があまりにも多すぎる恋の物語」などというものは、書かれはしなかったはずなのですから。

101 玉鬘の物語

源氏の計らいによって、実の父との対面も終えた玉鬘は、尚侍《ないしのかみ》として宮中に出仕することが決まります。「ということは、彼女が帝の女になったことだ」ぐらいのことは、当時の人間にだったら、誰にでも分かることです。にもかかわらず、「玉鬘を妻にしたい」と思う男達は、玉鬘のことを諦めようとはしません。

尚侍としての出仕は決まっていて、そうなるともう彼女を口説きにくくなるから、「そうなる前に、なんとしてでも色よい返事を」と、螢兵部卿の宮を初めとする求婚者達は、競って文を贈って来るのです。つまり、「結婚してしまえば、もううるさい男達の声を聞かなくてもすむようになる」という安らぎも、この世界にはないんですね。

父も「男」、兄も「男」、弟も「男」、男はみんな「女」の前では「男」となるようなこの時代に書かれたのが源氏物語で、その中にあるのが、この『玉鬘』の巻から『真木柱』の巻まで続く、「玉鬘の物語」です。

この「玉鬘の物語」は、明らかに、〝物語の出《い》で来はじめの祖《おや》なる竹取の翁〟の物語の、いたって現実的なパロディですね。

竹の中から生まれたという正体不明の美しい娘が、都中の男達の心を騒がせ、最後には帝の思し召しさえも受けて、しかし結局彼女は「月の世界」へと帰って行ってしまう。〝物語の出《い》で来はじめの祖《おや》なる竹取の翁〟というのは、『絵合』の巻で、紫式部自身が書いたことです。当時の人にとっても、『竹取物語』というのが、最も典型的な物語であるということだけは認識されていたことでしょう。

「竹の中から生まれ出た美しい姫君」が、都を遠く離れた筑紫の地で育った「田舎者の娘」になり、「その姫君を育てる子のない老人」のかわりに、「栄華の絶頂に立ちながら若く美しい姫君を欠く美貌の太政大臣・光源氏」を配して、このいたって当代的な『竹取物語』は進行します。

『夕顔』の巻や『末摘花』の巻で、「男達は、〝人里離れた寂れた邸の中に美しい姫君がひっそりと恋の情趣を育てて男達の訪れを待っている〟などという幻想を持ってはいるけれど、しかし〝現実〟というのはこういうものではないの？」というような物語を書いてしまった紫式部です。

「〝蓬生《よもぎう》に住まう美女〟というのは幻想で、私達のヒロインとは、むさ苦しい五条の民家に住むこういう女だ」として、「夕顔」なるヒロインを作り出してしまった紫式部は、その夕顔の娘の玉鬘には、自分達の時代にふさわしい『竹取物語』を演じさせたのだと、私は思うのです。いかがでしょう？

現代の女性の読者で、「玉鬘は利口すぎるから嫌いだ」と言う人が結構います。玉鬘は、「恋の生臭さを上手に回避する」というところで、あまりにも現実的であり過ぎる女性だから、物語の中に「現実とは違う危険」を見たい人にとって、このヒロインは、「あまりにも自分みたいでつまらない」ということになるのでしょう。

ということは、「玉鬘の物語」を書いた紫式部の意図は、物の見事に成功したということでしょうね。

玉鬘という存在は、当時の女性にとっては、『竹取物語』のヒロインと同じように、「ありえないヒロイン」です。

田舎育ちの、そしてあまり確かな身分というものを持たない母から生まれた娘が都をさすらって、当時の栄華第一の太政大臣家に養女として引き取られる。その娘は美しく、太政大臣を初めとする男達の心を騒がせ、あまつさえ頭もよくて、宮中の尚侍という職にさえもピタリとはまる。尚侍というのは、官位で言えば「従三位《じゅさんみ》」という、大層に高い位です。「従三位」は、男なら「上達部《かんだちめ》」と言われる上層貴族で、近衛の大将や中納言というところです。

筑紫の田舎から出て来た女が、二年の間にそんな地位に就いてしまう――「いくら太政大臣の後ろ盾があるからといって、そんなことになって世間というものが黙っているだろうか?」というような設定でもあるのですが、玉鬘は、そういう「ありえないヒロイン」でもあります。

と同時に、このヒロインは、「物語の中でなら、絶対にこういうハラハラするような危険な目にも遭ってもらいたい」というような、リアルなヒロインでもあったはずなのです。「彼女が引き取られた太政大臣のお邸はとても素晴らしいところで、この世の極楽とでも言えるようなところではあったけれども、しかしそこの主である太政大臣という人は――」という、六条の院の内部で繰り広げられる「性的アドヴェンチャー」が、「玉鬘の物語」でもあります。

中年になってしまった源氏は、見事な「セクハラ親父」に変貌してしまって、あの手この手で、「養女」となった若い娘にしなだれかかって来る。「この人が素敵な人であることに間違いはないのだけれど、でも……」という若い娘の困惑を描いて、「玉鬘の物語」は、見事に「当時の現代小説」になっていたはずです。

今の女性にとって、「自分が一人でいて、誰からも侵されないままでいる」というのは、別に不可能なことではありません。がしかし、それはついつい最近になって、やっと可能になったようなことなのです。

女と見れば、それだけで男というものの目の色が変わった――だからこそ「男と女の間に友情なんてありえない」という状態がズーッと続いていて、「そんなことを望むなんてへんだ」ということにさえもなっていた。

父親と娘、あるいは兄弟と姉妹の間に、当たり前に「男女の関係」が想定出来てしまうような玉鬘の時代と今の時代とは、十分に違います。今の女性は、長い歴史の蓄積の結果、性的には十分に勇敢になっていて、その目で、玉鬘に襲いかかる「災難」を、「たいしたものじゃない」と見ても仕方がないでしょう。六条の院内での彼女の物語は、十分に「ハラハラドキドキのサスペンス」だったんですから。

彼女は、男達が優雅で、そしてその男達が十分に生臭い時代に、「美しい物語のヒロイン」となった。そしてそれが、「あまりにも現実的でお利口さんだから、なんだかつまらない」と言われるようにもなった。

その時点で、まだその物語は十分にアンリアルだったけれども、後の時点になって、その物語は、十分にリアル過ぎる「日常的な物語」にもなってしまった。

つまり物語というものは、そのようにして、「まだ存在しえない現実を模索する」ような働きをするものでもあるのですね。

その以前では、竹の中から生まれたお姫様の話が、十分にリアリティと空想性を満足させた物語であった。それがいつの間にか「クラシックなおとぎ話」へと変わり、そして新しい物語を待望するような時代となった。

その時代に書かれた「新しい物語」も、やがて「クラシックだけど当たり前で日常的な物語」へと変わって行く――人間の社会というものは、そのような変わり方をするようなものでもあるのです。

社会が変わると同時に、その社会に住む人間の認識も変わって行き、それにつれて、物語の構想だって変わって行く――。

102　若紫の物語

さて、源氏物語を書き進めて来た紫式部は、藤壺の女院が死に、その藤壺の女院に対する源氏の恋が死んでしまった『薄雲』から『朝顔』の巻の物語を書いて、その後に「源氏の息子夕霧の物語」と「六条の院の建設」を語る『乙女』の巻を続け、そしてその設定を使って、長い「玉鬘の物語」を書き出します。

「玉鬘の物語」とは、その当時の家庭内の近親相姦的状況を反映したものではあろうと思うのですが、その「玉鬘の物語」が『真木柱《まきばしら》』の巻で一段落した後に、源氏の実の娘である明石の姫の入内を巡る『梅枝《うめがえ》』の巻を続けます。

『梅枝』の巻で、実の娘である明石の姫に対する源氏の関心（あるいは愛情）が薄れてしまっているということは、既に申し上げましたが、それは何故でしょう？

もうお分かりだと思います。寄る辺ない娘を引き取る父が、実はその娘に性的ないやがらせを仕掛ける父でもあるということをはっきり書いてしまった作者には、もう「素直に娘の幸福を喜ぶ素晴らしい父」というものが書けなくなってしまっていたからですね。だから、「『梅枝』の巻で、源氏は娘に対して冷淡になった」ではないんですね。これは逆で、「『梅枝』の巻になって、〝父親〟というものに対する作者の幻想が破れてしまった」が本当なんだと思います。ここで作者は、こっそりと、「そんな父親に娘を渡すわけには行かない」と言っているようなのです。

だからこそ、この『梅枝』の巻になって、明石の姫の実母である明石の女が、「後見の役」を持って登場する。明石の女と紫の上という「二人の母」が、やっと和解をする。そして更にこっそりと、紫式部は、「私は、後宮に入って出世をする女というものが好きではない」ということさえも白状する。「だから、それをして、一人で喜んでいる、源氏という当時最大の権力者となってしまった男が、嫌いだ」と。

明石の姫君は、源氏の後ろ盾を得て順調に春宮の寵愛を集め、しかしこの春宮は、決して「素晴らしい方」という書かれ方をしてはいません。そういう春宮の後宮に入ったのが「桐壺の更衣」ならぬ「桐壺の女御」で、この新しい「桐壺の人」には、二人も母がいたという新しい展開をして、源氏物語は改めて始められるようなものです。

源氏の母・桐壺の更衣は、当時の人々が「悲願」とも考えた後宮の后争いに敗れて、「悲劇のヒロイン」ともなった。しかしその人の息子の娘である新しい桐壺の女御（明石の姫）に、そういう悲劇の色彩はなかった。そこには絢爛《けんらん》たる輝きがあって、そして「魅力」というものがなかった。当時の人々が「出世」と考えるような道を歩んで行った姫君と、それにまつわる人々のドラマには、どこかに作者の「冷淡な視線」というものが窺えて、そしてその先、作者の紫式部は、「光源氏の無残」とも言うべき新しいドラマへの熱中を開始する。「光源氏の無残」から、そして「その死」まで。そして更には、その死後の、「もう一切は関係ない」という『夢浮橋』の「拒絶」まで。

「玉鬘の物語」を通して、「父なるものの実相」を見てしまった紫式部は、この『梅枝』の巻で、大きく物語の筆を変えていたというのは、どうでしょう？

これは、実に、大きな変化だと思うのですけれどもね。

ずっと以前にお話ししました――「実は、源氏物語には〝三つの始まり〟がある」と（上巻・その四）。

「もしかしたら、源氏物語は『若紫』の巻から書かれ始めたのかもしれない」と。

『末摘花』の巻の冒頭は、『夕顔』の巻の最後を直接に受けていて、『夕顔』〜『若紫』〜『末摘花』と続くよりも、『夕顔』から『末摘花』へと続いた方が自然だと。

初めに『若紫』の巻が書かれ、そしてそれとは別に、『帚木』〜『空蟬』〜『夕顔』〜『末摘花』と続いて行く物語が書かれたのではないか、と。

紫式部は、まず『若紫』の巻を最初に書いたのだと、とりあえずは断定します。そして、「一体、紫式部は、何故この〝若紫の物語〟を書きたかったのか？」というお話をします――。

紫式部は、何故この「若紫の物語」を書いたのでしょう？

この人は、後に「玉鬘の物語」を書くことになる人です。

紫式部が「若紫の物語」を書いた理由は、「少女を育てる父」がほしかったからでしょう。

物語の主人公は、藤壺の女御という高貴な人との恋に苦しんでいます。その主人公が瘧病《わらわやみ》を病んで、北山にやって来ます。

時は春の終わりで、都の花は散ってしまったけれども、北山の桜は今が盛りです。そしてその晩《おそ》い春の盛りの花の中で、美貌の貴公子である主人公は、一人の少女を見るのです。その少女は、彼が恋慕う人と瓜二つで、そして彼女は、その恋慕う人の「姪《めい》」に当たる少女だったと――。

少女に母はなく、彼女は出家した祖母の手によって育てられています。少女の父は健在で、その人は高貴な親王ではあるけれども、その人には「少女の母」とは違う「正妻」がいた。少女の継母に当たるようなその「正妻」は、少女の母に嫉妬をして憎んでいた。だから、その将来が不安でもあるような少女を、父たる親王は引き取って育てるわけにはいかなかった。ここに、「その死んでしまった少女の父は按察使《あぜち》の大納言だった」という一条を引き合いに出すまでもなく、この少女はそのまま、「光源氏の女版」です。

按察使の大納言は、娘を帝の後宮に入れることを願ったまま死んでしまった。その妻は、頑張って娘を育て、帝の後宮に入れた——。

光源氏の母である桐壺の更衣は、その幼い少女である紫の上の、「死んでしまった母」

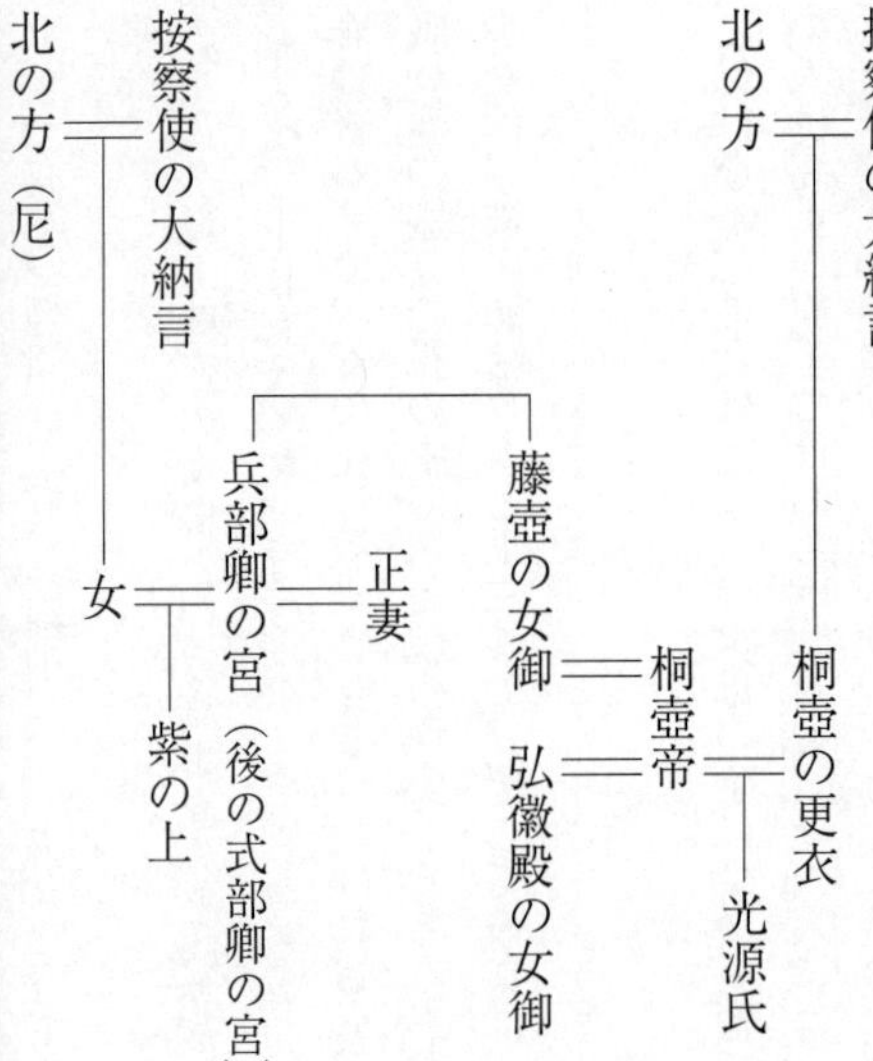

に対応します。「健在である紫の上の父」は、光源氏の父である桐壺帝。

その「恐ろしい父の妻」は、源氏における弘徽殿の女御。

「父が娘を引き取らずにいる状態」は、弘徽殿の女御を恐れた帝が、その皇子を臣下に降してしまうその状態と同じ――。

つまり、幼い紫の上は、その設定としては、まったく源氏の幼い時と同じなんですね。違うところは、源氏の父帝が源氏を大層に愛したということと、紫の上の父である兵部卿の宮（後に式部卿の宮）があまり娘を愛さないという、そのことだけです。

父親に無視された少女はやがて祖母を亡くし、さして娘を愛そうともしない父に引き取られることになります。その、確かな身寄りというものを持てない哀れな少女を、父から奪い取るようにして育ててしまうのが、光源氏です。

幼い頃に母を亡くしてしまった紫式部の姿が、この紫の上に重なるというのは勿論でしょう。しかしそれともう一つ、この幼い紫の上は、当時の女性一般の姿とも重なるものなのではないかと、私は思うのです。

父親というものは、結局、「娘の結婚」というものを「有力な婿を得ること」としか解さないものかもしれません。そのような「路線」に添って、娘の教育というものはなされるのだけれども、「しかし本当に少女のためを思うような教育というものが、この世の中に存在しているのだろうか?」ということになると、かなりの疑問があります。

それよりもなによりも、「まだ〝女〟になる以前の段階で心細い思いをしている少女のためを考えてくれる人というのは、一体どこにいるのだろうか?」という、少女の胸の内が、光源氏という「王子様の形をした理想の父」を呼び出したと言った方がいいでしょう。

幼い紫の上の前に現れた光源氏は、無責任な父親を追い払って、彼女に少女としての素晴らしい夢を見させてくれる王子様です。

少女は、素晴らしく、そして若くて美しい、「父のような王子様」に育てられて、そしてやがてその王子様と結ばれる。『若紫』の巻で書かれる、「将来をほぼ約束されて、そして光源氏に育てられている幼い紫の上」というものは、ある意味で「少女達の夢」なのでしょう。

少女は、その少女のためを思う優れて美しい人に育てられ、そして、些かの「衝撃」を伴いながらも、「女」になって行った。

　その人が、そのような目的に従って彼女を育てたのだから、当然のことながら、その彼女こそが、その人にとっての「最愛の女性」となる。

「紫の上の物語」は、ある意味で、「物語を読む少女」や「物語を読んで育ってしまった元少女達」の理想ともなるような物語でしょう。

　紫式部は、そんな少女達のために、まず「若紫の物語」を書いた――『若紫』という物語の中に登場する「少女」を設定したのだと、私は思うのです。

　まずそれを書いて、あるいはそれを想定して、そして彼女・紫式部は、様々なエピソードを含む源氏物語という大長編小説を、書き継いで行った。

　書き継いで行って、そして、現実というものはそんなにも甘くはないのだということを知った――あるいは、既に知っていたことと、正面から向き合わざるをえなくなった。その結果が、今から一千年前に書かれた源氏物語という、壮大にして美しい、苦い物語なのです。私は、そのように思います。

　幼い彼女を救うものは、美しさと知性とを兼ね備え、そして人の世の矛盾というものをも我が身に背負って知っていた「帝の皇子」だった。そして、その素晴らしいヒーローは、結局は「人」であった――。

それが、「〝父〟というものは、娘に性的いやがらせを仕掛けるような存在でもある」という「玉鬘の物語」に続くような源氏物語を書いてしまった作者・紫式部の、「知ってしまったこと」ですね。

そして、考えてみれば、それは、初めから明らかなことでもあった。

何故ならば、幼い紫の上は、「なんていやなことをするのだろう」と思いながら、源氏に抱かれ、そうやって「女」になってしまった女性だったからです。

源氏は、二条の院に引き取った紫の上を西の対に住まわせて、自由に遊ばせるようにして育てていた。彼女は利発な愛らしい少女でもあって、ただの遊びの内にも、はっとするような魅力を感じさせた。源氏はそのことに満足もしていたのだけれども、ある時、もうそれだけでは我慢が出来なくなって、彼女と肉体関係を持ってしまう（『葵』の巻）。

この時に紫の上が何歳だったのかは、はっきりしません。紫式部の書く原文の中で、紫の上は、源氏より「八歳年下」だったり「十歳年下」だったりして、その年齢設定がはっきりしないからです。『葵』の巻で、源氏は二十二歳、それより八歳年下なら、紫の上は十四歳、十歳年下なら紫の上は十二歳です。いずれも「数え」の年齢ですから、現在の年齢に換算するなら、一か二をこの年齢から引かなければなりません。

紫の上は、最低十二歳で源氏と肉体の関係を持った。ずいぶん幼い「妻」ではありますが、しかし源氏の実の娘である明石の姫は、十一歳で春宮の後宮に入り、十二歳で出産をしています。十二歳の紫の上の初体験を、ある種の「痛ましさ」を籠めて書いた作者は、十一歳の少女の初体験と十二歳での出産を、どのような思いで構想したのでしょうか？

源氏の邸に引き取られて、幼い紫の上は、まだ少女のまま遊んではいるけれども、彼女に仕える女房達は、その幼い女主がもう源氏のものになってしまったと思い込んでいる。まだ「実行為」はなくとも、源氏は幼い紫の上の寝床の中に入って、一緒に眠るという生活をしているのですから、それに仕える女房達が、「もうこの二人の間に関係は出来ているに違いない」と思っても当然です。

しかし源氏は、まだそのことに至らず、ある時になって、それをする。

ある朝、いつもなら一緒に床から出て来るはずの二人が、珍しく源氏だけ先に起きて来るということになった。

女達は、源氏が一人で起きて来たということにさして深い意味があるとも思わず、幼い女主が一向に起きて来ないことを、「ご気分が悪くていらっしゃいますの？」などと心配をする。

彼女は一向に起きようともせず、女房達に答えようともせずにいて、源氏は、そんな彼女をそのままにして、彼女の枕許に文だけを置いて、出て行ってしまう。

源氏の文は「結び文《むすぶみ》」になっていて、これは恋文の形です。「初めての夜」が明けて、男は女の許に文を贈って、女はそれに返しを贈るという、「結婚の儀式」はさりげなく始められているのだけれども、側の女房達には、それが気づけない。

源氏が出て行って、女房達が送りに立って行って、側に誰もいなくなった時、床の中にいる紫の上は、そっとその源氏の置いて行った結び文を開いて見る。

〝何心もなく引き開けて見給へば、

あやなくも隔てけるかな夜《よ》を重ね

さすがに馴れし夜《よる》の衣を

と、書きすさび給へるやうなり。

かかる御心おはすらむとは、かけても思《おぼ》し寄らざりしかば、「などて、斯《か》う心憂《う》かりける御心を、うらなく頼もしきものに思ひきこえけむ」と、あさましう思《おぼ》さる〟
(なにげなく引き開けてご覧になると、ざっと書き流されたような筆跡で、お歌があった。「いく夜もいく夜も夜を重ね　不思議に昨夜妻となる人」とあって、「まさかそんなおつもりで私をお育てになっていたのか」とは少女の方でも思わなかったものだから、「あんないやらしいことをなさるお心とも知らず、私はただただ、頼もしいお方だとばかりに思っていたのだ……」と、情けなくなってしまわれた)

昼になると、源氏は再びやって来て、しかし紫の上は、まだ寝床の中から出ようとはしない。二人に遠慮した女房達が近くに寄らないでいると、源氏は夜具をかぶったままでいる紫の上に、そっと囁く——。

〝「など斯《か》くいぶせき御もてなしぞ。思ひの外に心憂くこそおはしけれな。人も如何《いか》にあやしと思ふらむ」とて、御衾《おんふすま》を引きやり給へれば、汗におし浸して、額髪《ひたひがみ》もいたう濡れ給へり〟

(「どうしてこのように心外なお扱いをなさいます？　思いの外に冷たいお方だったのですね。お側の女房達もあやしいと思いますよ」と、少女のかぶっている夜着をおしの

けられてしまわれた。すると、少女は汗でびっしょりになっていて、額髪もぐっしょりと濡れていた)

幼い紫の上は、恐らく不安に震えて、涙さえも流していたのでしょうね。源氏は彼女をあやして、しかし彼女は口をきかない。源氏が置いて行った歌の返事などは、もちろん書いてもいない。「子供なのだな」と源氏は思って、叱りもせずに、その日は一日、彼女の側にいてあやしていた。

紫の上は、口をきかぬまま、結婚の儀式である「三日」を過ごして、その三日目の晩に、源氏は「結婚成就の儀式の品」である「三日夜《みかよ》の餅」をこっそりと運び込ませる。

新床で、新しく夫婦となった二人はこの餅を食べて、結婚の式は終わる。

三日の夜が開けて、それまでは何も知らなかった女房達も、二人の枕許に「餅を盛った器」があるのを発見して、事態の進展をやっと知る。

女房達は、その源氏の処置を〝あはれにかたじけなく、思《おぼ》し至らぬことなき御心ばへ〟と、感謝の涙をこぼす。

自分の邸に引き取って、もう「自分のもの」になってしまっている少女です。本来だったら、なにもそんなに丁寧なことをしなくてもよいのに、しかしこの源氏という人は、ちゃんと正式な段取りを踏んで、この幼い少女を「自分のものにする」ということをしてくれた——女房達は、その男の心遣いに感動して、涙を流すのですね。

既に事態は、「その処置を巡る周囲の反応」へと移ってしまっている。女房達は「なんというお心の籠ったなされ方」と感動してはいるけれども、しかし物語の筆は、「その幼い少女がそれでどう思ったか」ということは置き去りにしたままです。

つまり、「男は、世間的な処置に関しては、十分に心を尽くした。しかし、少女の心は、それとは関係がなかった」ということです。


既に、「左大臣家の姫君」である葵の上を亡くしてしまっている源氏には、うるさく言うような「妻」はない。源氏は自由で、新しい自分の妻ともなるべき少女を、晴れて手に入れた。源氏の心は晴れ晴れと爽やかで、しかしその相手の紫の上の心は、〝こよなう疎みきこえ給ひて〟（大層お嫌いになられて）というようなままだった。

幼い少女だった紫の上は成長して、いつの間にか〝こよなう疎みきこえ給ひて〟というような心はなくなってしまう。しかし、紫式部が、その「最愛の女性と光源氏との初めての夜」を、「少女はそれをいやがって、そのことによってその関係は始まった」と書いてしまっていたことだけは、消えようのないことです。

ある意味で源氏物語は――そしてそこに書かれるような「男と女の仲」は、その初めから、崩壊の危険を孕《はら》んでもいるようなものだった。

すべては、「なんといういやらしいことをする人なのだろう」という、「父でもあるような男の邸に引き取られた少女」の、胸の内から始まった。

「若紫の物語」は、「いやだと思ったが、しかしいやだとは思わなくなっていた」という形で解消して、やがてそれは、「いやだから、いやなものはいやなままだった」という、「玉鬘の物語」へと至る。

そして、だからこそ、その「行く末」というものは、「浮舟という女性の拒絶の物語」へと至る――薫という、「当代の貴公子ではあるけれども、肝腎なことは何も分からないままでいる男」が、浮舟という女を迎えに来て、そしてそれを、彼女は黙って拒絶する。

「すべての物語を締め括《くく》る」という役割を担った、浮舟の最後の言葉というのはなんでしょう？

薫からの文を持って来た弟の小君《こぎみ》への返事を迫られて、浮舟は、結局こうです――。

〝心地のかき乱るやうにしはべるほど、躊《ためら》ひて、今聞こえむ――〟
(気分がかき乱されるように悪うございます。このことが落ち着きましてから、やがて改めてお答えいたします――)

そして浮舟は、「なにも分からない」という心を述べます――。

〝「昔のこと思ひ出づれど、更に覚ゆることもなく、あやしう、如何《いか》なりける夢にかとのみ、心も得ずなむ。少し静まりてや、この御文なども、見知らるることもあらむ。今《け》日《ふ》は、なほ持《も》て参り給ひね。所違《ところたが》へにもあらむに、いとかたはらいたかるべし」〟
(「昔のことを思い出そうとしても、なにも浮かんでは参りません。不思議な、一体どんな夢を見ていたのだろうと思われるばかりで、私にはなにも分からないのです。少し落ち着きました後には、このお文だとて思い当たるところがあるのだと知られるかもしれませんが、今日のところは、お持ち帰り願いたく存じます。宛て先違いかもしれません。もしそうであったなら、なんとも不都合ではございますし……」)

浮舟は結局、「気分が悪いから」と言って、すべての結論を先送りにした。

すべては先送りにされて、そして物語は終わる。

すべては先送りにされて、結局は「拒絶」だけがあって、そして物語は終わる。

その「破局」は、初めから明らかであったのかもしれない。

けれども、そうして、この物語は書かれて、終えられてしまった——今から一千年の昔に。


源氏物語は、「すべては破局に終わる」という形で終わって、しかしすべては「先送り」という形で不問にされて、そしてそれが書かれたのは、今から一千年の昔だった——源氏物語とは、こういうような「意味」を持って、今に伝わっている物語なのです。

103　一千年という時間

人間には、「男」と「女」という二つの種類があって、その二つの間には「恋うる」という接点があります。

その接点を含んで、「男」と「女」という二つの種類の人間達が作る「社会」というものはあります。その「社会」という舞台の上で、「恋うる」という接点を抱えたまま、「男」

と「女」という二つの種類の人間は、ギクシャクと動き回っている――もっとはっきり言ってしまえば、その「接点」というものを前にして、「男」と「女」という二種類の人間は、結局、背を向けて離れざるをえなくなってしまっています。

それは、今から一千年の昔に書かれてしまった物語の中に、もうはっきりと書き記されていて、そしてそれは、今に至ってもほとんど変わらぬままであるようなものです。

ということはつまり、男と女のすべては、結局「絶望」というものの中にしかないということなのですが、しかしそれはそれとして、源氏物語という、今から一千年も前に書かれてしまった大長編小説の最後は、そのような暗い絶望感に満たされているというわけでもないのです。

行くところまで行ってしまった人間の認識の爽やかさというようなものが、ここにはあります。それは絶望とは違った種類のもので、あえて言ってしまえば、それは「希望」に近いようなものです。

それは一体、何故なんでしょう？

何故、私達は、ここに「希望」というようなものを、見てしまうのでしょう？

ここで私達は、この源氏物語が書かれた、今から一千年前の世の中を包んでいたある「認識」を知らなければなりません。それを知って、あるいは初めて、この物語と我々との間にある、「一千年」という時の質を知ることが出来るのかもしれないのです。

『葵』の巻で、衰弱して病床に横たわっている妻に向かい、源氏はこう言いました。

〝「何事もいと斯《か》うな思《おぼ》し入れそ。さりとも怪《け》しうはおはせじ。如何《いか》なりとも必ず逢ふ瀬あなれば、対面はありなむ。大臣《おとど》、宮なども、深き契りある仲は巡りても絶えざなれば、相ひ見るほどありなむと思《おぼ》せ」〟

(「何事もそのように思い詰めなさいますな。お考えの程にはお悪くもないのですから。どのようなことになろうとも必ずその機会はあるのですから、お目にかかることは出来ましょう。大臣や宮にしましても、深い関係のある間柄というものは幾度生まれ変わっても絶えないものだと申しますから、再びお目にかかることも出来るのだとお思いなさい」)

出産を間近にした左大臣家の姫君、源氏の「正妻」である葵の上は、六条の御息所の生霊に祟《たた》られて、瀕死の状態に陥っています。それを見舞う源氏は、「あなたの病状はそんなに悪くもないし、たとえ死んでもまた逢うことは出来る」と言って励まします。この部分は以前にもお話ししました（上巻、その十六）。

この当時の人の考え方でいけば、「〝この世〟というのは〝仮の世〟で、人というものは、そのいくつもの〝仮の世〟を生まれ変わって、〝悟り〟という究極の幸福に近づいて行くものである」ということになりますから、「今この人生がだめでも大丈夫、また次の人生があるのですからね」という励まし方も可能になるのだということです。

だから源氏は、そのようにして妻を励ます。結局その励まされた妻は死んでしまって、源氏は、あまりにも長すぎた彼女との不仲状態を、後悔の念で思い返さなければならなくなる。

彼女は死んで、妻の死に遭ってしまった源氏は、その実家である左大臣家に籠って、喪に服している。冬になって雨が降り、その夕暮の時に源氏は、高欄にもたれ、外を眺めながら、物思いにふけっています。頰杖をついたままの源氏の口から漏れる言葉は、こうです——。

〝「雨となり、雲とやなりにけむ、今は知らず」〟

（「雨となり、雲にでもなってしまったのだろうか？　今となっては、その行方も知りようがない」）


「雨となり、あるいは雲にでもなってしまった」と言われるような「主体」は、なんでしょう？

それはもちろん、死んでしまった妻・葵の上ですね。

「死んでしまった人の魂は、どこへ行くのだろう？　雲にでもなってどこかへ行ったのか？　あるいは雨にでもなって、どこかへ行くのだろうか？　今となっては、もうそんなことは知りようがない」と、当時に有名だった漢詩の一節を念頭に置いて、紫式部は、光源氏につぶやかせるのですね。

人は死んで、その魂は、再び輪廻転生を繰り返すために、どこかへ行く。だから、光源氏もそれを思って、「彼女はどこへ行ってしまったのだろう……」と考えているのですね。

源氏物語の中の登場人物達の多くは、この物語の中で死んで、そしてその多くの人達の死は、とても「幸福な人生を終えた」とは言い難いような状態です。
一体、その彼等や彼女等は、その後どこへ行ってどうしているのでしょうか？
なんとも不思議な疑問のはずですが、しかしこれは、源氏物語が書かれた当時の常識に従えば、不思議でもなんでもない発想なんですね。

桐壺の更衣が死んで、その死を嘆く年若い帝は、「彼女の行方を知りたい」と口にします。

〝尋ね行く幻もがな伝《つ》てにても
魂《たま》のありかをそこと知るべく〟

(尋ねて行く幻術士はいないのだろうか？　たとえ人伝てであっても、彼女の魂がどこに住んでいるのかを知りたい)

その嘆きを口にした桐壺帝も譲位して上皇となり、死んでどこかへ行ってしまいます。
どこかへ行ってしまっていた桐壺院は、須磨の浦に身を退けて来た源氏の苦難を見かね、折からの嵐の中、そのどこかからやって来て、こう言います――。

〝「これは、ただ些かなる物の報いなり。我は位にありし時、過《あやま》つことなかりしかど、自《おの》づから犯《をか》しありければ、その罪を終《お》ふるほど暇《いとま》なくて、この世を顧《かへり》みざりつれど、いみじき愁《うれ》へに沈むを見るに堪へがたくて、海に入り渚に上り、いたく極《ごう》じにたれど、かかるついでに内裏《だいり》に奏《そう》すべきことあるによりなむ、急ぎ上りぬる」〟

（「この嵐は、些細な罪の報いというようなものである。私が帝位にあった時、私は過ちと言われるようなものを格別に冒したことはなかった。しかし生きることに必須の罪というものは、やはり犯していた。その罪の償いをするのに忙しく、この世の様子を見る暇もなかったが、お前の嘆きがあまりにも深いのを見るに見かね、海を渡り、この渚に上陸して来たのだ。大層疲れはしたけれども、この機会を捉えて宮中の帝に奏上したいこともあったから、それで急いでやって来たのだ」）

桐壺院は、どうやら「地獄」というようなところにいたようです。在位期間に「失政」というような過ちを冒すことはしなかった桐壺院も、「人間には必須の罪」というような過ちばかりは冒したようです。そのために、桐壺院は、その罪を償うのに忙しくて、この世の事件に目を向けることが出来なかった。

この源氏物語の時代に「地獄」という観念は、まだ後の中世のようには、強く定着してはいませんでした。だから、「この世で罪を犯した者は必ず地獄に落ちるぞ」というような脅しよりも、「人間が死ぬということは生まれ変わるということで、それは、どこかへ行ってしまうという感覚に近い」という方が支配的だったようです。だから、このどこかからやって来た桐壺院も、「地獄で苦しんでいた人」というよりは、「どこかで何かをやって忙しくしていた人」というニュアンスが強いのですね。

人は死ぬと、どこかへ行ってしまう。その「どこか」の中には、「罪の償い」というような、「ある一つの仮の世」の残務整理をするところである「地獄」というものもあった――ということになるのでしょう。

だから、死んでしまった人を慕う人間達は、「地獄というのはどこにあるのだろう？　そこへ行って、罪に苦しむ人を助けてあげたい」というような発想はしません。「彼や彼女は、どこかへ行ってしまった。それはどういう世界なのだろう」という疑問だけを呈して、「それはどこにあるのだろう？」とは思わないのでしょう。

その死に際して、「彼女は御代の人々に対して大いなる功績を残した」と、作者の紫式部から称えられる藤壺の女院も、どうやら源氏との密通の咎《とが》を受けて、地獄のようなところへ行ってしまっているようです。

その死後に源氏の夢の中に現れて、「どうして私のことを人にお洩らしになりました」と、藤壺の女院は恨みごとを言います。

その夢を見て、源氏はさめざめと泣き、どこかへ行ってしまった彼女のことを思います。

〃なに業《わざ》をして、知る人なき世界におはすらむを、訪《とぶら》ひきこえにまうでて、罪にも代はりきこえばや〃

（どんなことをしてでも、誰一人として知る人もいない世界に住んでおいでのあの方を、お見舞いに行きたい。その罪も、私が代わって受けたい）

源氏の思うことは、「藤壺の女院がいる地獄の恐ろしさ」ではありませんね。「この世とは違う世界に行ってしまって、誰一人として親しい人がいない世界で苦しんでいる彼女を救いたい」と思う源氏にとって、「地獄の恐ろしさ」は、遠いものなのです。

それは、たとえば、源氏が逃げて行った須磨の浦のような所なのです。「そこには、誰一人として知る人がいない――そのことはとてもつらいことだ」というのは、まだ須磨や明石の放浪の記憶が薄れていない時期に藤壺の女院を亡くしてしまった源氏には、とてもリアルな実感だったはずです。

「つらい」ということは、地獄に落ちることではない。「つらい」ということは、「ここと は違うところへ行って、誰一人として知る人もない世界で暮らすこと」なんですね。

源氏物語に登場して来た様々な人物達は、その源氏物語という「仮の世」の中で、読者に対して、「人の生き方に関するあること」を教えます。教えてそして、その「仮の世」での命を終えて、どこかへと行ってしまいます。

人が輪廻転生を繰り返すものであるのなら、必ずやそういうことになるのです。

「都を遠く離れた田舎のような、誰一人として知る人のない世界に行くことはつらい。でも、そのどこかへ行ってしまった人は、そこで生きているのだ」と、昔の人達は思ったのですね。

だからこそ、「どこかへ行ってしまった」という発想をする。

それならば、その、どこかへ行ってしまった彼等や彼女等は、今どこにいるのでしょう？

源氏物語を書いた当時の紫式部や読者達なら、「彼や彼女達は、きっとどこかへ行く」

と、信じることは出来たのです。それを信じることが出来て、そして人は、そのような輪廻転生を繰り返すものだと信じていた。

それならばそれは、具体的にどれくらい繰り返されるものだと信じていたのでしょうか？

〝なに業《わざ》をして、知る人なき世界におはすらむを、訪《とぶら》ひきこえにまうでて、罪にも代はりきこえばや〟と思う源氏は、また「いつか彼女（藤壺の女院）と、同じ極楽浄土の蓮の上に住みたい」と思います。

「人が死ねばすぐに極楽に行く」というのは、やはり中世になっての発想で、この平安時代では、まだ「人は死ぬと、この〝仮の世〟とは違うどこかへ行く。どこかへは行くのだけれど、それがどこなのかは、まだよく分からない」という風に考えていました。

仏教の開祖であるゴータマ・ブッダを生んだインドでは、「人は何度も輪廻転生を繰り返して、その最後の段階では、自分の力で悟りを開き、〝もう生まれ変わらなくともよい〟という境地に達する」という風に考えていました。だから、仏教の開祖となったゴータマ・ブッダも、「遂に悟りを開いた」と実感した段階で、「これが私の最後の生である！」という、輪廻転生からの離脱宣言をします。

仏教で言うところの「解脱《げだつ》」とはこういうことで、仏教の最終目的は、別に極楽浄土に生まれ変わることではないんですね。最終目的は、「悟りを開いて、輪廻転生からの離脱をはかること」にあるんです。

まァ、それはともかくとして、もしも光源氏が、藤壺の女院と共に同じ極楽浄土の蓮の花の上に生まれ変わるのだとしたら、それが「いつの世」のことになるのかは、よく分からないんです。

何度も何度も輪廻転生を繰り返して、そしてそのいくつもの「仮の世」の中には、「藤壺の女院と光源氏が、同じ蓮の花の上で仲よく暮らす」というものもあるのかもしれない。がしかし、それがいつのことかは分からない。後いくつ輪廻転生を繰り返せばそうなるのかは、まだ誰にも分からない。分かっていることは、ただ、「人は、輪廻転生を繰り返す」という、そのことだけです。

それでは、一体人は、どれだけの輪廻転生を繰り返すのでしょうか？

一千年の間に、人はどれだけの輪廻転生を繰り返しうるのでしょうか？

一千年前の人には、きっと、その「一千年」という時間の持つ長さというものが、具体的にはよく分からなかったでしょう。
「一千年の長きにわたって輪廻転生を繰り返す」と言われたら、それはもう「未来永劫《えいごう》、終わることのない苦しみを繰り返す」と言われているのと、同じようなものだったでしょう。

今から一千年の昔、紫式部は、「一千年先の未来」というものを、一体どのようにとらえていたでしょう？

恐らくは、ほとんど「絶望」に近いような思いで、「動きようのない、変わりようのない人の世」というものを考えるしかなかったことでしょう。
でも、もうその一千年は、経ってしまいました。

今から一千年前に、「この苦しい人生を苦しいままに終わって、そして私はどうなるのだろう？」と思い悩み死んで行った——ということは、「一つの〝仮の世〟を終えて次の〝仮の世〟へと進んで行った」ということですが——そんな人達は、きっと一杯いたでしょう。でも、もうそんな人達も一千年という時の長さを経験して、きっと、いくつもの「仮の世」を経験して来たはずです。

いくつもの「仮の世」で、いくつもの「人のあり方」を経験して来て、きっと人は、賢くなったはずです。「この〝仮の自分〟とは別の自分も、世の中にはいくらでもいて、そして、その人達はまた、それぞれ別に、色んな思惑を抱えて生きているのだ」ということぐらいは、この一千年の間の経験で、様々な人達が、もう知ってはいるでしょう。

「源氏物語を読む」ということは、それの書かれた時代を覆っていた、そういう「時間に関する認識」を引き受けることです。

その時代から一千年も経って、我々は、その時代よりも少しは賢くなって、その時代よりももう少し確かに、「人の立場」というものを思いやるということが出来るようになっている——そうでなければ、やってられませんね。

今から一千年前に書かれた、「物語」という形をした認識の書を読むということは、恐らく、そういうことを知ることなんです。

我々はそれを読んで、我々はそれを知った。

そして、それを知る以前に、我々の生きて住む世界では、「女は深い御簾の奥に閉じ込められていなければならない」という前提が、もうなくなってしまっていた。

女はもう、「神秘」というヴェールをかぶったままじっとしていなければならない存在ではなくなっている。


一千年の時というのは、それくらいの変化をもたらしています。

もう女は、紫式部が長い長い物語を書くということによってやっと得ることが出来た結論――「女だって、自分の足で自由に歩き出してもいい」というところから、スタートしてもいいのです。それは「ゴール」ではなくて、もう「スタートライン」になってしまった。


『若紫』の巻で、幼い紫の上が初めて読者の前に登場するシーンを思い浮かべてください。この時幼い紫の上は、「走って来る」のです。大切にして可愛がっていた雀の子が逃げてしまったと言って、小学校の高学年であるような少女が、泣きながら走って出て来るのです。

紫の上は、どこかに少年のようなニュアンスを残した少女です。二条の院に引き取られて、「初めての夜」が来るその時まで、わがまま一杯に育てられます。源氏も、そんな彼女の様子を、目を細めて見ています。紫の上は、「子供として、わがまま一杯に育つことを許された少女期」を持つ少女なのです。
美しい紫の上は嫉妬深く、源氏の浮気に対して、公然と抗議の声を上げます。嫉妬深いなら、六条の御息所も同じですが、しかし源氏は六条の御息所の時とは違って、紫の上の嫉妬をあまりいやがりません。それほど彼が紫の上を愛しているということでもありましょうが、もう一つ、紫の上の「嫉妬」あるいは「抗議」が、どこかきっぱりとしていて、あまり陰湿に響かないということもあります。
須磨の地へ流れて行った源氏は、明石の地で、遂に浮気をしてしまいます。そのことをそれとなく紫の上にはほのめかして、紫の上はそれに対して、痛々しいほどきっぱりとした「抗議の声」を上げます。

〝うらなくも思ひけるかな契りしを
　松より波は越えじものぞと〟

「疑う気など全然なく、ただ信じていたのに」という、紫の上の歌です。「うらなくも思ひけるかな（疑う気など全然なく、ただ信じていたのに）」の後に、更に「契りしを（約束していたのに、あるいは、そのつもりであなたと深い関係になったのに）」と重ねるのは、ある意味でくどく、そしてある意味で新鮮です。こんなことが出来るのは、「自分はあなたの最も近い人間であるはずなのだから」と、信じきっている人間にしか出来ないことだと思うからです。

紫の上の「嫉妬の歌」は、六条の御息所のそれとは違って、少年のようにきっぱりとしていて、大胆です。大胆で、そしてそのままますんなりと受け入れたくなってしまうような、清新さに溢れています。どうしてそうなるのかというと、それは紫の上が、「わがままであることを完全に許された少女」だったからでしょう。それは、「男と女の愛情」以前に、それよりももっと根本的な信頼関係が、源氏と紫の上の間には出来上がっていた、ということです。

それが「男と女の愛情」だけだったら、紫の上だって、少しは遠慮というものをしたでしょう。それをして、嫉妬につきものの「陰湿さ」を、まとわりつかせてしまっていたでしょう。

「嫉妬をする」ということは、それをすることによって「相手にすがる」ということだからです。でも、紫の上の歌には、そういうものがありません。「すがる」とか「すがらない」ということになる以前、源氏と紫の上との間には、「私達は、もう切っても切れない仲になってしまっている」という、一体感が出来上がっているからなんです。

　源氏と紫の上の間にあるものは、「嘘」を前提にして成り立つ、大人の男と女による「美しい恋」ではなく、無邪気な男の子と女の子であることによって成立してしまった、もっと根本的な「一体感」なんですね。

　紫の上は、後に「最も色っぽい美女」のようになってしまう女性です。そのことによって、紫の上は、光源氏最愛の女性ともなる。そういう「女の中の女」であるような紫の上は、でもしかし、とても「少年ぽい女性」でもあるのです。源氏は、幼い彼女のわがままをすべて許し、彼女を伸び伸びと育てた。彼女はそのことを当然のことと思い、自分の中にくぐもったものを育てる必要がなかった。

　そして、源氏が彼女にそれをしたのは、その引き取った当時の幼い紫の上が、「そうであるのにふさわしい少女」だったからでしょう。

　そう、なにしろ彼女は、すべての身分ある女性が「御簾の中にじっとしている」のが当然だった時代に、自分の足で「走って出て来た少女」だったのですから。

「少女は少年のようであってもいい」という前提は、この幼い紫の上の出現によって、一番初めからクリアーされているのです。

　彼女は、「走ることを許されていた少女」だった。そしてしかし、その幼い紫の上は、どうなったのでしょう?

その後の彼女には、「走る」などという機会が、一度もなかった。平安時代に、玉鬘や浮舟のような「さまよえる女の話」は書けても、「走る少女の話」などというものは、決して書けなかったでしょう。

紫の上は、男との性交渉をその初めに「いやだ」と思い、しかし後には「いやだ」と思わなくなっていた。あるいはそのことによって、紫の上は、「世にも稀なる美しい女性」となったのです。

「世にも稀なる美しい女性」で、「光源氏の最愛の女性」で、しかし彼女は、不幸になった。「出家させてほしい、一人にさせてほしい」と望みながら、彼女は最愛の人の前で死んで行った。女三の宮との一件があって、そのことが彼女の胸の中に深い傷となって残ってもいたでしょう。でも、彼女の「本当の不幸の原因」というのは、それとは違うところにあったのかもしれません。そしておそらくそのことは、当の紫の上には、決して気づきようのないことだったろうと思います。そして紫式部だって、そのことだけは、書けなかっただろうと。

それは、何でしょう?

「雀の子が逃げたの!」と言って、自分の足で走り出して来た少女には、すべてが許されて、しかしその少女には、「少年のように走り回る自由さ」だけは、なかったのです。

彼女の前にあった「未来」は、男というものの訪れを待つために設けられた、「御簾に囲まれた美しい御殿の一角」だけで、「その足で自由に走り回れる豊かな空間」はなかったのです。

光源氏に引き取られた幼い紫の上には「すべて」があって、しかし「その未来」だけは、断じてなかった。

「雀の子が逃げたの！」と言って走り出す少女の物語――『若紫』の物語を書いて、その作者が、一旦その物語の筆を止めたかもしれないというのは、その時代に、「走る少女の物語」などというものがありえなかったからかもしれません。

その話はそのように書き出されて、そしてそのまま、別の話へと組み込まれて行った――。

「拒絶する女＝浮舟の物語」だけは遂に書けて、しかしその作者には、遂に「走って行く女の物語」だけは書けなかった。その時代、少女はある瞬間だけ走ることを許されて、その後には絶対にそれが許されなくなってしまう。

でも、もうその少女は、自由に走り回ることが出来るのです。紫式部が絶対に選ぶことが出来なかった物語の「その先」は、その時代が一千年経って、もういくらでもあるのです。そのように、「前提」は変わってしまっているのです。

だから、「その前提をどう活かしたらいいのだろう?」ということを考えなければ、この一千年の時の流れというものは、無意味になってしまうということですね。

「結局絶望がある」というのは、まだ様々な「仮の世」を経験する以前の、一千年の昔にやっと辿り着くことが出来た結論で、それから一千年経った現在には、また「違った結論」が用意されなければならないのです。

その「違った結論」がなんなのかは、『夢浮橋』の後に続く「私達の問題」で、源氏物語を書いた紫式部の問題ではありません。

どうやら遂に、源氏物語という長い物語を書いてしまった、紫式部という人の重い役割も終わった。我々はそれを読んで、「そうなのか……」と、ただ前へ歩き出せばいい。

だからこそ我々は、一千年の昔に、たった一人でこんな物語を書き終えてしまった「紫式部」と呼ばれた女性に対して、こう言えばよいのです。

「紫式部さん、どうもご苦労さま」と。

そのつもりで私は、この文章に対して、『源氏供養』という題を与えました。

「紫式部さん、どうもご苦労さま」と、私は多分、この一言が書きたかったのだと思います。

附記

1　源氏物語を創る

この先は「あとがき」です。

私の書いた『窯変源氏物語』という作品が、一体どういう〝種類〟のものかということになると、よく分かりません。少なくとも翻訳ではないし、かと言って、創作でもないものです。

「紫式部の書いた原文に忠実でありたい」とは思いながらも、しかし三人称の語り手によって語り進められるものを、「空洞」としか思えない光源氏のモノローグによって埋め、書き換えてしまうという作業は、どうあっても「原文に忠実」とは言えないものです。

それはそうなのですが、しかし私は、「人がどう言うかは分からないけれども、自分の源氏物語は、原文よりも更に原文に忠実であるようなものにしよう」と思いました。それは、紫式部が書こうとして書けなかった部分まで、「現在」という時間と「男の目」という立場を使えば書けるのではないかと思ったからです。そして、それをしなければ、今から一千年の昔にこういう作品を書いてしまった先輩の女流作家に対して申し訳が立たないと思ったからです。

たとえば、『乙女』の巻にはこういう一節があります。

〝事果てて罷《まか》づる博士《はかせ》、才人《さいじん》ども召して、またまた文《ふみ》作らせ給ふ。上達部《かんだちめ》、殿上人《てんじやうびと》もさるべき限りをば、皆留めさぶらはせ給ふ。博士の人々は四韻《しゐん》、ただの人は大臣《おとど》を初め奉りて、絶句《ぜく》作り給ふ。興《きよう》ある題の文字選《え》りて、文章博士《もんざうはかせ》奉る。短き頃の夜なれば、明け果ててぞ講ずる。左中弁《さちゆうべん》、講師《かうじ》つかうまつる。容貌《かたち》いと清げなる人の、声遣《こわづか》ひものものしく神《かむ》さびて、読み上げたるほど、いとおもしろし。おぼえ心ことなる博士なりけり。

「かかる高き家に生まれ給ひて、世界の栄花《えいぐわ》にのみ戯《たはぶ》れ給ふべき御身をもちて、窓の螢を睦《むつ》び、枝の雪を馴らし給ふ志しのすぐれたる由《よし》」を、万《よろづ》のことによそへなずらへて、心々に作り集めたる、句毎《くごと》におもしろく、唐土《もろこし》にも持て渡り伝へまほしげなる夜の文どもなりとなむ、その頃世に賞《め》でゆすりける。大臣の御《おん》はさらなり。親《おや》めき、あはれなることさへすぐれたるを、涙落として誦《ず》じ騒ぎしかど、「女のえ知らぬことまねぶは憎きことを」と、うたてあれば、漏らしつ〟

祖母・大宮の許で育てられていた息子の夕霧を手許に引き取った源氏は、彼を、普通の下級官僚の息子と同じように、大学寮に入れようとします。大学寮とは、当時の中級官吏養成機関で、ここでは漢学が教えられます。夕霧は、当時の上層貴族の息子としては、かなり異質な教育を受けることになるのですが、大学寮に入ろうとする彼は、まず「字《あざな》をつける」という儀式に臨みます。

「字」というのは、中国の文人達がつけた「私的な名前《プライベート・ネーム》」です。友達同士で名前を呼び合う時には、その人の「字」を呼ぶようにする。

唐の詩人の「白居易《はくきょい》」は、その「字」を「楽天《らくてん》」と言って、だから我々は、この人を普通は「白楽天」と呼んでいるわけですね。この習慣は日本にも古くから導入されていて、「漢学の世界の人間になるのなら、まずそれらしく〝字〟をつけるところから始めなければならない」ということになります。日本の「字」は、普通漢字一字で、姓の次にその一字を添えて相手の名前を呼ぶ。菅原道真の「字」は「三」で、だから彼の「字」による中国風呼び方は「菅三《かんさん》」ということになるんですね。

源氏の息子にどんな「字」がつけられたのかは知りません。なにしろ、この「夕霧」という通称で知られる「源氏の息子」には、原文の中で、いかなる名前も与えられてはいないからです。

名前のない登場人物が「字」が与えられる儀式を演じて、だから当然ここに彼の「字」も登場しないのですが、そんなことをやっていたら、「字」のなんたるかさえも知らない現代人に、ここの一節が分からなくなってしまいます。それで、神をも恐れぬこの私は、源氏の息子に対して「霧」という「字」を与えてしまいました。「なにしろ通称が〝夕霧〟なんだからいいじゃないか」というのが、私の理屈です。だから、私の『窯変源氏物語』では、名前を持たない「光源氏の息子」に、「源霧《げんむ》」という中国風の呼び名が与えられているということになっています。

息子に「字」をつける儀式を行うために、源氏は当時の漢学者達を自邸に招きます。招いて儀式を執り行って、その後には宴会です。ここからが、引用の部分です。漢学者や漢文の教養のある人達ばかりを集めた式の後に行われる宴会なのですから、ここでは、全員が漢詩を作るということになります。

「博士の人々は四韻《しいん》」というのは、「ちゃんとした漢学を修めた文章博士《もんじょうはかせ》達は、一句おきの行末に脚韻を踏んだ〝五言律詩《ごごんりっし》〟を作った」ということです。五言律詩には難しいルールがあるので、普通の人には作れない。だからそちらは博士達にまかせて、他の人達は〝五言絶句《ごごんぜっく》〟を作ります。

その漢詩の「題」となるべき言葉を文章博士が選んで、一座の人間達は、一晩がかりでこれを作ります。まだ夜の短い夏のころなので、出来上がった詩を読み上げる頃には、もう夜が明けていた。

読み上げる役は、左中弁です。「整った容貌をしている人で声の調子も堂々としている。そういう人がおごそかに漢詩を読み上げて行くのは、大変に興のあることだ」と、原文は言います。

その作られた詩の内容は、「世の中の栄華と共におもしろおかしく暮らしていられる身分の人が、螢の光や窓の雪を明かりとして学問に精を出される志しというのは、素晴らしい」というようなことです。その内容を一座の人達が詩にした――それがまことに優れたものであって、「これは本場の中国へ持って行って伝えたいほどだ」と、後には世間の評判にもなった、とあります。

親である源氏の作はことに素晴らしくて、人々は涙さえ流して聞き、それを朗唱もしたが、しかし女が知らないでいいことを口にすることは、人から「生意気だ」と言われることでもあるから、私はここにそれを書き出すということはしない（「女のえ知らぬことまねぶは憎きことを」と、うたてあれば、漏らしつ）。

「男にしたいくらいだ」と言われるほどに漢文の素養のある女の人が、漢詩の宴会を書いて、これが普通の和歌が詠まれるような宴であったならば、必ずやその作例が引用されている——つまり、作中人物の詠歌を作者が作るということをしているはずなのに、「漢詩漢文は男の領域だ」という一項がある以上、それが出来ない。〝女のえ知らぬことまねぶは憎きことを」と、うたてあれば、漏らしつ〟と書いて、紫式部は、どれほど悔しい思いをしただろうかと、私は思います。そこで、話は初めに戻るのです。

〝紫式部が書こうとして書けなかった部分まで、「現在」という時間と「男の目」という立場を使えば書けるのではないか〟というものはここです。

一千年の昔、紫式部は、多分それを書こうとして書けなかった。それを、光源氏という男を語り手にしてしまったのですから、今や出来ます。出来るどころか、それを積極的にしない方が嘘だということになります。

〝それ〟とは何かと言ったら、「漢詩を積極的に登場させる」ということです。

源氏物語の文章は、和歌や漢詩漢文の断片を積極的に引用してちりばめながら作られた文章です。その引用の断片には、結構重要な意味が隠されていることが多いので、私は、極力その意味が分かるような形で、引用部分を積極的に登場させました。そうやって、「歌物語」でもある源氏物語に「韻文の要素」を十分に盛り込みたかったのですが、そこにこの『乙女』の巻です。

ここは、本来ならば、その場で読み上げられた漢詩が、バン！　と登場しているところです。「女だから――」という理由で、一千年前にはそれがやれなかったけれど、一千年後の『窯変源氏物語』は、語り手が男なんですから、そういうタブーはありません。

だからどうしたのか、ということになります。

仕方がないので、私は、〝かかる高き家に生まれ給ひて、世界の栄花《えいぐわ》にのみ戯《たはぶ》れ給ふべき御身をもちて、窓の螢を睦《むつ》び、枝の雪を馴らし給ふ志しのすぐれたる由〟を、漢詩に作りました。

「源氏物語を〝男の物〟にするとなると、ひょっとしたらこれは、漢詩の一つも作らなきゃならないかもしれないな……」とは思っていたのですが、まさか、それが本当になるとは思ってもみませんでした。

『窯変源氏物語』の中に登場する、「源氏物語の中には存在するはずのない五言律詩」は、この私が、一晩徹夜して作りました。

それまでに漢詩なんかを作ったことのない人間が、漢和辞典だけを頼りに漢詩を作るという作業は、とんでもなく大変で、私はこの夜、「一晩に四十字」しか書くことが出来ませんでした。

幸い時は夏の短夜ではなかったので、もう少し時間はありましたが、おかげで私は、王朝の貴族達がした「一晩かけて漢詩を作る」ということを実際に経験が出来たというわけです。

あまり本場に持って行ってもらいたいようなものではないので、ここでそれを引用することはしませんが、「源氏物語を創る」というのは、そういうことです。

2 「歌物語」ということ

「源氏物語の文章は、和歌や漢詩漢文の引用がちりばめられていて独特だ」と申しました。しかしこれは、別に源氏物語だけの特徴ではなくて、近代以前の日本の文章すべてに共通して言えることです。そして、「文章の背後に歌がある」というのは、別に日本語だけの特徴でもないでしょう。言葉というものは、そんなものだと思います。

たとえば、「彼はまだ若く、壊れそうなものばかりを集めてしまうような年頃だった」という文章があるとします。この文章の「彼」は「いくつ」なんでしょう？

「いくつ」かは分からないけれども、彼が「十代」であることだけは確かですね。なぜかというと、この文章の背後には、「こわれそうなものばかり　集めてしまうよ」という、光GENJI歌うところの、『ガラスの十代』という曲が隠れているからです。

「文章の中に歌がある」というのは、存外当たり前のことで、こういう習慣をなくしてしまうと、文章そのものが衰弱してしまうのだと、私は思います。だから、ここをいい幸いと思う私は、『窯変源氏物語』の中にも、そういう文章を採用することにしました。

『東屋《あずまや》』の巻の書き出しは、こうです——。

〝筑波山《つくばやま》を分け見まほしき御心はありながら、端山《はやま》の繁りまであながちに思ひ入らむも、いと人聞き軽々しう、かたはらいたかるべきほどなれば、思《おぼ》し憚《はばか》りて、御消息《せうそこ》をだにえ伝へさせ給はず〟

宇治の八の宮の娘・大君《おおいきみ》に死なれてしまった薫は、彼女のことが忘れられません。彼女の妹である中の君に言い寄り、それをうるさがる中の君は、薫に対して、「実は大君によく似た腹違いの妹がいる」と、ほのめかします。そして薫は、その大君の異母妹である浮舟に会うのです。

宇治の邸で彼女の姿を隙間見してしまった薫は、ポーッとなって、しかし薫には、その彼女が「受領の継娘」という低い身分の女でしかないことが引っかかって、なかなか求愛にまで踏み切ることが出来ません。この『東屋』の冒頭の文章は、その薫のはっきりしない心境を語るものでもありますが、ここにはあるレトリックが隠されています。

宇治の八の宮と契って浮舟を生んだ「浮舟の母」は、その後八の宮に疎んじられて、受領の後妻になります。その受領の任地が「常陸の国」だった。『東屋』の巻冒頭の〝筑波山――〟というのは、そのところを織り込んだものです。

源《みなもとの》重之《しげゆき》という王朝の歌人の作に、こういう歌があります。

〝筑波山《つくばやま》端山《はやま》繁山《しげやま》繁けれど

思ひ入るにはさはらざりけり〟
(筑波山、その山の麓の山、木の繁った山、入って行くのが厄介ではあるけれど、でも恋の心に厄介はない)

『東屋』の巻の冒頭は、この歌を流用して(引歌《ひきうた》と言います)、元の歌では「恋の勇敢」であるようなものを、薫の「恋の臆病」に変えてしまっているのですね。

この冒頭をただ散文的な現代語に訳しても、あまりおもしろくない。「筑波山」「端山の繁り」「思ひ入らむ」と、ここまで元歌のニュアンスを活かしているものが、ただ訳せば、くだくだしくなるだけなのですから。

なんとかして、「ここには〝歌〟が隠されている」ということを私は伝えたいのですが、困ったことに、普通の人は、この源重之の元歌なんか知らない。「光GENJIの『ガラスの十代』」という歌の存在を知らない人に「壊れそうなもの云々」を言っても仕方がないのと、これは同じです。

そう思う私は、「えーと、〝筑波山の歌〟はなんかなかったたっけか?」と考えています。もしも、普通の人が知っている「筑波山の歌」というのが他にあれば、その歌を使って、この紫式部の書いた原文のニュアンスを伝える「別の文章」を作ることが出来るからです。

「とりあえず、百人一首なら、普通の人は知っているだろう。〝どっかで聞いたことがある……〟程度のことは分かるだろう」と思う私は、源重之の歌と同じ、「筑波山──」で始まる百人一首の歌を頭に思い浮かべます。

「筑波山──」ではなく、「筑波嶺《つくばね》の──」で始まる歌なら、百人一首にはあります。

〝筑波嶺《つくばね》の峰より落つるみなの川
　恋ぞつもりて淵となりぬる〟

紫式部より以前の時代の人である陽成院《ようぜいいん》の歌です。「筑波嶺」も「筑波山」も同じことで、歌の趣旨は全然違いますが、陽成院の歌も源重之の歌も「恋の歌」であることに変わりはありません。そこで、「この歌なら、まだ知ってる人は多いだろう」と思う私は、やはり神をも恐れず、『東屋』の巻の冒頭を、こう変えてしまいました──。

〝筑波嶺《つくばね》の峰より落つる水無川《みなのがわ》は、やがて深い思いの淵となると申します。その淵の深みをお虞《おそ》れになりましたか、峰の彼方《あなた》の常陸《ひたち》の方へは充分な思し召しをお持ちになりながらも、「所詮は〝受領の娘〟でしかない人へ、過分《かぶん》とも言える思いを懸けるのは如何《いかが》

――」と、外聞の悪さばかりをお気になさいます右大将殿は、直接にお文をお遣わしになることもなさいませずと何やら愚図愚図《ぐずぐず》なさってばかりでおいでてございました〟

背後にある歌は違いますが、文章のもつ意味自体は、ほとんど原文と同じだと思います。「源氏物語は、〝男の光源氏の物語〟から〝女の浮舟の物語〟へと変わる」と思っている私は、光源氏の死後、『雲隠』の巻から後は、語り手を「光源氏」から「紫式部自身」へと変えてしまうという大胆なことをやっているのですが、その、あるいは「原文よりもずっと〝丁寧〟という敬語が多いような文章」にするためには、こういう「歌」のニュアンスは、欠かすことが出来ないのですね。

3　神をも恐れないこと――

源氏物語は、文章の中に歌の隠れている文章によって書かれ、そして同時に、登場人物の多くが、実際に「和歌を詠む」ということをします。源氏物語に和歌は欠かすことが出来ないのです。

それは十分に分かっているのですが、しかし困ったことが一つあります。それは、「物語の展開」ばかりを追い求める現代の読者達は、その和歌を読んではくれないのです。

そこに和歌が出て来ると、平気で飛ばして読みます。私自身も、面倒臭くなってくるとそうしていた人間ですから、そのことはよく分かります。しかし、源氏物語という歌物語では、それをされると、登場人物達が何を考えているのかが、分からなくなってしまうのです。

作者の成熟というのもあるとは思うのですが、源氏物語は、巻を追うに従って、描写が精密になり、長くなって来ます。

初めの内はろくに「会話」というものがないのに、宇治十帖の辺りになって来ると、心理描写と会話が延々と続いて行くようにもなります。でも、それが初めの内は、〝さまざまに御物語りありて〟だけだったりもするのです。

本当だったらそこに「なにがしかの会話」があったはずなのに、それが省略されて、〝さまざまに御物語りありて〟とだけ書かれている——そしてすぐに登場人物の詠んだ和歌が並べられるということになっている。ということになると、そこで和歌を飛ばして読んでしまったら、登場人物達が何を話したのかがまったく分からないままになってしまうということですね。

ともかく、そこに登場する和歌を読んでもらいたいと、私は読者に対して思います。

「細かい語句の詮索はともかく、ここでこの人はこういう感じのことを言った」ということだけは、理解してほしいのです。

どうすれば、現代の読者に和歌を読ませられるのか？

地の文で、その和歌の内容を説明して、いやでも、「この和歌には、語られるべき内実があるのだ」ということだけは叩き込む。初めはそうしておいて、次に、一千年前に書かれた和歌を、現代人が読んで「なんとなく、こんな感じか……」と分かる程度のものに変えてしまう――。

だから、やはりこの神をも恐れない私は、紫式部の作った原文の和歌を、敢えて改変してしまいました。

例えば、『葵』の巻で、源氏が初めて紫の上と関係を持ってしまった時の和歌です。

〝あやなくも隔てけるかな夜《よ》を重ね

さすがに馴れし夜《よる》の衣を〟

〝あやなく（あやなし）〟という言葉の意味だけは分からなくて、その他にはなにも「分からない言葉」というものはありません。しかしそうではあっても、この歌がどういうことを詠んだのかということになると、さっぱり分からない。

「不思議にも距離を置いてしまったな。夜を重ねて、さすがに馴れてしまった夜の衣を――なんのこと？」です。

〝あやなくも隔てけるかな〟が最後の〝夜の衣を〟に続くのだということが分かって、これを解釈し直すと、「不思議にも距離を置いてしまったな」です。夜を重ねて、さすがに馴れてしまった夜の衣を、不思議にも遠くに置いてしまったな」です。やはりなんだか分かりません。これは、「今まで一緒の夜着の中で寝ていたけれども、不思議に体だけは一つにしなかった」という意味なのですが、これをその通りに解釈してくれる人は、そうそういないでしょう。表現があまりにも婉曲《えんきょく》すぎて、なんのことだかよく分からないからです。

これを「どういう意味だ？」と考える前に、普通の人は、読み飛ばすか本を閉じるか、そのどちらかになってしまいます。

「えっと……」と二回読んで、それまでの状況と重なるような意味が発見できなかったら、もう読者は和歌なんか読んではくれないと思います。だから私は、この歌をこう変えてしまいました——。

〝小夜衣《さよごろも》重ねし夜のその中に
　あやなく胸を隔てけるかな〟

相手が「幼い少女」だから、その「夜の衣」も「小さい」んです。〝あやなく〟はなんだか分からないけれども、「心を隔てていた」ということだけは分かると思います。(実際は「心」ではなく、「体」を隔てていたのですけれども、それくらいの婉曲は許してほしいと思います)

紫式部がどう思うかは別として、現代の人間に「和歌も、心理描写であり状況描写」だということを分からせるとなると、こういうことをしなければならないのではないかと思います。

そう思うから、私は、そのように変えました。初めの内は、出て来る和歌のほとんどに手を入れて、そうしておいて、読者が和歌というものの存在に抵抗感を持たなくなって来るのに従って、和歌は原典のままに留めるようにしました。そのようにして、私は、日本人のレトリックの原点である「三十一文字《みそひともじ》」に馴れてほしかったのです。

和歌の改変はともかく、私は更に、神をも恐れぬことをしてしまいました。それは、源氏物語の中で、和歌を創ってしまったからです。

「一体、こんな和歌はどこから出て来たのだろう？」と、突然の見たことも聞いたこともない和歌の登場を目の前にしてびっくりするのは、私の原稿をチェックする校正者です。

こんな仕事をさせられる校正者は、「災難」以外のなにものでもないのですが、そうやって、和歌を排除せずに源氏物語を創って行くと、困ったことに、和歌が足りなくなってしまうのです。

その典型的な例が、『若菜下』の巻に於ける「柏木の手紙」です。

源氏は、女三の宮の部屋で、女三の宮がうっかりと置き忘れたままの「柏木からの手紙」を発見します。このことによって源氏は、「柏木と女三の宮の密通」を知るのですから、これは、とても重要な意味を持つ手紙です。

ところが、これが原文には、「どんな手紙だったのか」という説明がまったくないのです。「浅緑の薄い紙に書かれた文を源氏は見た。見て顔色を変えた」とあるばかりで、その文言というのが一つも紹介されてはいない。

「重要なのは、源氏が手紙を発見したということで、その手紙の内容はどうでもいい」と言われてしまえばそれまでですが、しかし「自分の勝手な情熱に浮かされてしまった若い男の内容のない手紙」というものを、私はまじまじと見たいと思ったのです。源氏がそれをまじまじと見ている様子を、読者だって見たかろうと思ったのです。俗な言い方をしてしまえば、「ここまで来てそれをやらなかったら、お客さんが承知しないだろう」と、私は思ったのです。

だから私は、原文にない、「柏木からの手紙」というものを、創作してしまいました。

それ以前の〝さまざまに御物語りありて〟というところに関しては、ほとんど全部、「ありうべき登場人物達の会話」として創作をしてしまっていた私は、これも恐れずにやりました。そしてそうなって来ると、問題になるのは、当時の手紙——恋文の書き方です。

当時の恋文なら、その最後には、必ず「恋の歌」が書き添えられてあります。柏木が女三の宮に文を贈って、どうしてそれをしないことがあるでしょう？

仕方がないので私は、こういう和歌を作ってしまいました——。

〝尋ねつつ入《い》るさの山に惑うかな

月なき空に月を恋いつつ〟

こういう歌は、本来ならば源氏物語の中には存在しないものですから、どうか、無用な詮索はなさらないで下さい。

4　北山の僧都は、なぜ「いやなやつ」なのか？

後になってある国文学の先生に聞いたことなんですが、実は、今まで源氏物語の和歌の研究というのは、あまり突き詰めて考えられてはいなかったのだそうです。源氏物語の中にちりばめられている多くの和歌の原典がなんであるのかということに関する研究はかなり行き届いてはいても、紫式部の作った和歌が、物語の中でどういう意味を持つのかということに関しては、あまり手がつけられていなかったのだそうです。かえって、「紫式部は歌が下手だ」ということになっていたんだそうです。それを聞いて、私は「へー……」と、少し驚きました。

紫式部には『紫式部集』という、彼女自身の和歌集があります。源氏物語の歌とは別に、彼女が彼女自身の生活の中で詠んだ歌ばかりです。この『紫式部集』の歌と源氏物語の中で紫式部の作った歌とを比べると、とても大きな違いがあります。『紫式部集』の中にある歌は、どれも素直に分かりやすくて、源氏物語の中の歌は、時に凝り過ぎであったりもするからです。

私は実のところ、『紫式部集』の中にある歌が、結構好きです。ただ、彼女の実際の歌とフィクションの歌とでは、あまりにも距離がある――だからこそ「紫式部は歌が下手だ」というような不名誉をかぶせられていたのではないでしょうか。

実は、源氏物語の中の和歌を読んでいて、私は「紫式部は天才だ」と思いました。その理由は、彼女が詠む人間によって、歌を書き分けているからです。

当時の物語の中で「和歌を書く」ということになったら、これはほとんど、「登場人物達の会話を書く」というのと同じです。人によって会話の仕方も違う――それでいったらつまり、紫式部は、登場人物によって会話を書き分けるように、登場人物によって、その詠む和歌の質も書き分けていたということです。

若い頃の紫の上の和歌なら、「少年のように大胆に」。

「もう少しあの方の訪れが早かったなら……」と、受領の後妻になってしまっている現在の自分を残念に思う教養ある人妻・空蟬なら、その「分不相応になってしまった教養をうるさいばかりに」。

自分のことばかりを述べ立てる、しつこい六条の御息所の歌なら、「ただもうひたすらに、我が心ばかりを」。

その六条の御息所と感じが似ていると言われる明石の女なら、「あくまでも、美しく上品に」。

そして、源氏の激しい恋の相手であると同時に、女性としては御代最大の教養を有するはずの藤壺の中宮の歌は、「中宮としては、複雑巧緻に、女としては、率直に大胆に」。

紫式部は、そのように、登場人物達の歌を書き分けていたのだと、私は思いました。シチュエーションに合わせて、「ここでこの人物ならこういうことを言う」と、小説家なら必ずするような、「会話による人物描写」を、今から一千年前の女流作家である紫式部も、やっていたのだということです。

瘧病《わらわやみ》を病んだ源氏は、その治療のために、北山へ行きます。『若紫』の巻です。

北山には、徳の高い僧侶が沢山いる。その僧侶の祈禱《きとう》を受けに、源氏は春の終わりの北山へと行きます。

源氏のお目当ては、普段は山を下りるということをまずしない、年老いた「北山の聖《ひじり》」です。「北山の聖」に会いに行った源氏は、その山で、もう一人、「北山の僧都《そうず》」という人物にも会います。「北山の僧都」は、幼い紫の上の祖母の兄に当たる人です。「北山の聖」と「北山の僧都」と、二人の僧侶が並べられるところが、紫式部の対句的表現です。

「北山の聖」は、富とか名誉とかいうものとは、一切無縁に暮らしている僧です。つまり、「徳は高いが貧しい人」と言ってしまってもいいでしょう。

一方「北山の僧都」は、山の中であるにもかかわらず、自分自身の庵を、いたって風雅に構えているような人です。豊かで、教養があって、出家したとはいえ、決して「薄汚い」と言われるような存在ではない。「北山の僧都」のような人物が描かれるということは、当時の人達が、「この世と無縁になって出家してしまえば、きっと贅沢《ぜいたく》も出来ないから、薄汚い生活をしなければならないのだろうな」と思っていたからではないかと、私は勝手に想像します。

幼い紫の上の姿を見て、「あの少女がほしい！」と思う源氏は、その保護者である祖母と、その兄の僧都の住む庵を訪ねます。源氏はそれとなく、「あの少女を引き取りたい」ということを言って、僧都はそれを拒みます。僧都の言い方は、そっけなく（すくよかに）、そして険があります（ものごはきさま）。

僧都は、「そういう件に関しては、聞きたくございません」とばかりに、そっけなく席をはずして、自分一人だけ夜の勤行に立って行きます。源氏は一人で取り残され、奥にいる紫の上の祖母付きの女房達と会話をして、時間をつぶす。すると暁が近くなって、勤行を終えた僧都が、源氏のいるところへ帰って来る。

北山の暁には、あちらこちらで勤行に励む僧侶達の声がして、「心が洗われるような思いがする」と、それを聞く源氏は思います。

源氏は、向かい合う僧都に対して、こう和歌を詠みます——。

〝吹き迷ふ深山おろしに夢さめて
　涙もよほす滝の音かな〟

それに僧都は、こう答えます——。

〝さしぐみに袖濡らしける山水に
　すめる心は騒ぎやはする〟

そして、その心を、このように付け加えます――「耳馴れはべりにけりや」と。源氏は、「北山」という宗教世界の荘厳《そうごん》に撃たれて、感動をしているんですね。でも、それに対する「北山の僧都」の言うことは、〝すめる心は騒ぎやはする〟（私はなんにも感じません）なんですね。

〝すめる心は〟は、「私の心は澄んでいる」だし、「ここに住んでいる者の心は」です。「ここに住んで、もう既に心の澄んでいる私が、どうして心を騒がせなくちゃいけないんですか？」と言って、「もう馴れておりますからね」と付け加える。

この「北山の僧都」は、別に源氏を嫌っているわけじゃないんですね。「都で評判の、みかどの御寵愛篤い貴公子が、わざわざ、なんの面識もない自分の庵を訪ねてくれた」ということに、感激しているんですね。「その〝ご用〟というのが、まだ幼い娘を〝引き取りたい〟というのは感心しないが――」とは思いながらも。

一体、なんだってこの「北山の僧都」は、山の荘厳に撃たれて感動して、「少女をほしいなんていう、つまらないことは考えない方がいいな」とさえ思っている源氏に対して、どうしてこうもそっけないのでしょうか？

その理由は、この人が気取り屋で「ややつ」だからですね。「耳馴れた」と言う、「澄んだ心の持主」が、どうしてそんな山の中に、「都の暮らしと変わらないような風雅な庵」というものを建てて住んでいなければならないのか？　この「北山の僧都」の「富と優雅」に対するものとして、紫式部は「北山の聖」の「貧しさ」というものを出しています。

源氏が山を下りて都に帰ろうとすると、この「北山の僧都」と「北山の聖」は、それぞれ、源氏に贈り物をします。

「北山の聖」は、自分の持っている独鈷《どっこ》を、源氏に贈る。

「北山の僧都」の贈り物は、「聖徳太子が百済《くだら》から贈られたという由緒ある数珠」を、「玉で飾って、百済渡来の中国風の箱に入れたものを、更に透かし編みの美しい袋に入れて――」というような凝ったことをしたものです。「北山の僧都」は、その他に様々の品を源氏に贈る。

「北山の聖」は、足腰も立たないような老人で、決して「美しい」と言われるような人ではない。がしかし、凝った庵に住んで、凝った贈り物を沢山贈る「北山の僧都」は、かつての貴族生活を忘れられず、そのままそれを出家生活の中に持ち込んでいる、ただの「俗物」なんですね。そのことが、「北山の聖・北山の僧都」と対置されてしまうと、よく分かる。

「北山の僧都」は俗物で、だからこそ、山の荘厳に〝すめる心は騒ぎやはする〟（なにも感じない）と、平気で言う。

紫式部は、この「北山の僧都」を源氏がどう思ったかということは、なんにも書いてはいません。ただ、この僧都の人となりを表すような和歌を創って、「これだけで、この人がどんな人かは、十分にお分かりでしょう？」と言っているんです。

和歌というのは、「その人」の口から出るものである以上、「その人」というものを濃厚に表している――それが和歌なるものの基本ですね。

和歌というものは、だから決して、「美しいだけの飾り」ではない。その「描写」を前提として、源氏物語の人物像というものは造形されているんです。

そのことをはっきりさせるために、私は様々な改変を和歌に加えてしまいましたが、その理由だけはお分かりいただきたいと思って、長々と書きました。

『窯変源氏物語』という作品を執筆するに当たって、私は、「源氏物語を映画にしたい」と思ったんです。たった一人で、フィルムではなく、同じ文字というものを使って、これを「映画化してみたい」と思いました。だから、私の『窯変源氏物語』という作品は、「文字による源氏物語の映画化」なんです。

紫式部という人は、とっても心理描写の好きな人です。同じ時代の清少納言が、「どの人がどんなものを着ていて、それがどんなに素敵だったか」を、熱をこめて書くのに対して、紫式部はほとんどそういうことをしません。

「一体、このお姫様は、どんな豪華なものを着ていたんだろう?」というのは、華麗なる王朝物語を読みたいと思う人間にとっては、当然の欲求でしょう。だから私は、「映画の衣装係」になって、登場人物達のために、「新しい衣装」を誂《あつら》えました。

小道具も、大道具も、新しい「ロケ地の設定」もしました。

源氏が都を離れて須磨の地へと落ちて行く――その都を離れるシーンが、あまりにも原文ではあっさりとしすぎているので、私は「須磨の道行」と勝手に名づけた文章を書き足しました。

そうしてしまうと、須磨の浦で嵐に遭った源氏が、明石の入道の指揮する船に乗って明石の浜辺へと移るシーンが、原文にまったく欠けていることが不満になりましたので、それも作り足しました。

『絵合』の巻では、その肝腎の「絵合」のシーンがあまりにもあっさりとしているので、それが手に汗握る「試合」となるように、「選手」たるべき絵巻物を、ほとんど全部作り足してしまいました。

こういうことをしてはいけないのかもしれません。しかし、「それをしたっていいじゃないか」とも思います。「紫式部だって、もしかしたら、書き忘れたこともあるかもしれないのだから」と――。

『東屋』の巻です。

薫は、三条の小家に隠れ住んでいた浮舟を見つけ出し、牛車《くるま》で宇治へと移します。宇治へ近づくに従って、霧が深くなって来る。薫の着ているブルーの直衣《のうし》の袖が、牛車の簾から外に出ていて、それが霧に濡れています。霧に濡れた直衣の袖は少し透けて、その下に着ている袿《うちぎ》の赤と重なって、紫に見えるのです。

薫は、たかが受領の娘でしかない浮舟を、死んでしまった八の宮の娘である大君《おおいきみ》の身代わりとして宇治の地へ連れて行くのですが、その大君との思いでの深い土地に近づくにつれて、自分の着ているものの袖が、「大君を思い出す色」に変わって行くのを見て、はっとなるのです。

はっとなって涙を流すという情緒溢れるシーンなのですが、しかし「困ったことに」というのは、実は紫式部が、「大君は紫の衣をお召しになっていた方だった」ということを、どこにも書いていないということなんですね。

「紫」と言えば、すぐに「ゆかしい」という言葉が連想されるのは、王朝時代の和歌の常識ですが、しかしここはどうあっても、「紫＝ゆかしい」ではなくて、「大君は紫の似合うお方だった……」です。

宇治の大君という人は、その父たる八の宮の死後は、ずーっと喪服ばかり着ている人です。だから、彼女の着ているものは、「黒」か「灰色」だけなんです。そんな色で、「恋しい人」を思い出したくはないでしょう。

その喪服以前に大君がどんなものを着ていたのかということになると、紫式部の常として、「彼女が何を着ていた」という記述はないのです。

この『東屋』の牛車のシーンになって、私は実際、頭を抱えました。「ここで唐突に〝紫〟を出されて、それで涙を流されたって、読者は狐につまれたみたいな感じしかしないよ……」と。

そして私は、慌てて、その前の部分の原稿を繰ってみたのです。「大君が何を着ていたか」という記述がないその通りに、私の原稿にも、「大君の着ていた紫の――」という記述は、ありませんでした。

が、ただしかし、こういうシーンはあったのです。

〝琵琶の撥《ばち》をお弄《もてあそ》びになる姫君のその向こうには、箏《そう》の琴が置かれてございました。その傍らに御身を横たえられました姫君が、箏の上に御顔をお寄せになるようにしてお答えでございました。

それは、しっとりと露を置かれた龍胆《りんどう》の艶《あで》やかさと申し上げればよろしいのでしょうか〟

『橋姫』の巻で、宇治に住む八の宮を慕う薫は、その邸まで出掛けます。そして、秋の夜の霧の中で、二人の姫君「大君」と「中の君」の姿を覗き見ます。

薫が覗く竹垣の向こうには、「大君」と「中の君」と、その他に「女童」と「若い女房」と、合わせて四人の女がいるのですが、もちろん原文には、誰が誰とも書いてはありません。

「このままでは読者に分かりにくいだろう」と思う私は、その四人にそれぞれ、「女郎花《おみなえし》」「吾亦紅《われもこう》」「撫子《なでしこ》」と、そして「龍胆」という、四つの秋草のイメージを与えていたのです。大君は「龍胆」――即ち「紫の花」です。

別に「その先」をどう考えていたわけでもないのですが、「やはり、ここはこれ」というような、作家ならではの感覚というものはあるのだと思います。

「馬も四つ足、鹿も四つ足」とは、鵯越《ひよどりご》えの源義経の言葉ですが、「一千年前も、今も、作家は作家」という、たった一つの「共通項」だけが、この膨大な仕事を推し進めるための頼りでした。

『窯変源氏物語』を完成させるまで、足掛け四年。多くの方のお世話になり、ご厄介をかけました。

こんな膨大な仕事を出版させていただくことが出来たのは、中央公論社の嶋中行雄さんのおかげです。締め切りの度にCKインターナショナルの戎井さんと井本さんにはご迷惑をかけました。挿絵写真のおおくぼひさこさん、『源氏供養』の挿絵をお願いした小市美智子さん、『婦人公論』の横手さん。その他、大勢の方にお世話になりました。でもその中で特に、丸三年間籠りきりになってしまった、軽井沢の中央公論社山荘の管理人松浦よし江さんには、感謝の言葉もありません。この「軽井沢の乳母《めのと》」がなかったら、『窯変源氏物語』は完成しなかっただろうなと思います。

どうもありがとう。

座談会

物語の論理・〈性〉の論理（後篇）

三田村雅子
河添房江
松井健児
橋本治

衣裳と花

河添　『窯変源氏物語』を読みますと、主役から端役まで本当に衣装に凝ってらして、衣装のもつ記号性や社会性を大事にしていますね。ご自身でも『源氏供養』の最後で映画の衣裳係になった気分でって。反面、人物の個性を描きわける『源氏物語』の花の喩えに冷淡ですね。例えば野分の巻で紫の上が樺桜になぞらえられるのは、やまと絵的な見事な構成力で、『源氏』が苦心して編み出したものですが。でも、あまり『窯変』では重視されてないというか……。

橋本 それは、樺桜というのが、今では弱いんです。言葉の力というのがあって、平安時代の人にとって、樺桜というのは多分最も濃厚に華麗なものだったと思うんですけど、今の人って、樺桜といわれてもピンと来ないんですよ。桜の園芸品種が華麗に花開いちゃうのは、江戸時代だし。果たして平安京に八重桜があったのかなかったのか。奈良の都から持って来たぐらいで、品がないとかなんとかっていうのもあるし、今思う人の桜の感覚と平安時代の桜の感覚と違うんですよね。だから、何か違うもので樺桜的なものを見せてかないと。それともう一つは、何を着ているかっていうよりも、全員に名前がないんですよ。登場人物に名前がなくって、ある意味で呼び方さえもころころ変わる。昇進につれて呼び方が変わるのはしょうがないけど、その人はその人として確固としているんですね。だから読者に、「この人はこういう人なんだ」って、イメージを持って欲しい訳ですよ。それを具体的に指すものとしてまず衣装というのがあって、しかも、平安時代の女の人は華麗なものを着ていたという思い込みが読者の中にもあるから、じゃそのイメージをこういう形でっていう与え方をしたんですよ。それでいってね、宇治十帖で、薫が浮舟を宇治に車に乗せて連れていって、赤い一重の上に水色の衣が重なって紫になるというところなんですけど、大君が紫を着てたという描写は原文に一つもないんですよ。つまり、物語作者でいえば、それをいうんだったらどこかで大君に紫の衣を着せるということをやっておかないと、アンフェアなんだけれども、でも、大君というのは八の宮の死んだ後ずーっと喪服を着ている訳だから、紫を着ている暇はない訳でしょ。

三田村　そうですね、白か黒しか着ていない。

橋本　そうすると、紫を着るんだったら、八の宮が生きている間しかない。宇治十帖で大君が紫を着る機会があるのは、橋姫の、一番はじめの覗き見のシーンだけなんですよ。

松井　『源氏供養』のいちばん最後に書いてみえますよね。原文にはないんだけれど、無意識のうちに、中の君はなでしこで、大君にはりんどうのイメージを与えていたっていう。

橋本　僕は、「大君と中の君が二人いて」ってだけいわれると、人の名前にしては一般的であり過ぎるから、普通の読者にとってどっちがどっちかわかんないだろうと思った訳ですよ。「大君は琴を、中の君は琵琶を」ったって、後になってそれがクロスしちゃうっていうのもあるけれど、そういう二人がね、「美しい月明かりの中にいました」っていわれても、誰が誰だかわかんなくなっちゃう訳ですよ。それをはっきりさせたかったんですよ。

三田村　わからないことに意味があるっていうこともある。

橋本　あるんです。あるけど、こっちもジュリアン・ソレルの『赤と黒』のつもりでやってるから……。

三田村　二人の姉妹のイメージがね、『伊勢物語』の初段の「女はらから」みたいに交錯するみたいなところの効果をねらってたかもしれないですね（笑）。

橋本　かもしれないですね。でも、こっちからすると、やっぱり、「この人はこれ、この人はこれ」と割り振らなきゃいけない。だからやっぱり、「大君はりんどうのような」にするしかない。書き手の中には、書くかどうかは別にして、造型してく段階での登場人物に関するイメージってのはあると思うんですよね。この大君の紫もそうだろうし、読者もそういうイメージを共有して入っていくだろう。そして、理屈を多くしないと今の人にはわからないというところもあるから。

三田村　ただあれですね、宇治十帖と正篇とちょっと違うなぁと思うのは、衣装と人物が正篇では一対一で対応してるんですね。で、ふさわしい衣装を着ていて、その衣装がそれを着ている女君の人格とか教養を、象徴する。花の比喩でもそうですね。花であったらそれがずっと象徴するんだけど、宇治十帖になるとこれが微妙にずれてきて、衣装なども、例えば大君にあげようと思って、大君がもらった衣装なんだけど、大君が自分の妹の上にふわっと懸けて、自分は隠れて、薫に愛される女君としての役割を妹に譲ってしまうとかいうかたちで、何か一人の人間がいつもこういうイメージっていう形で、一対一対応させられなくなって、微妙にずれ始めて来るところから、宇治十帖は始まっているんじゃないか。例えば紅梅の巻なんかだと、匂宮に紅梅大納言が紅梅の花を贈るんだけれど、でもその紅梅の花は宮の御方という連れ子の姫君、そのレズビアンの宮の御方の前に咲いてる花だから、受け取った匂宮は、宮の御方の匂いだと思っているし、贈った大納言の方は、うちの屋敷の中の花だからみんなうちのもんだと思って、うちのかわいい中の君だぞと思って贈っている。そういう一対一対応がどんどん崩れていくみたいな所がある。

橋本　二対二対応になるんですよね。源氏が死んでからはじめて姉妹というカテゴリーが出てくるでしょ。

三田村　そうですね。

橋本　そこに、男も二人になっていって、二対二で、しかも他に登場人物があまりいないから、この二対二に焦点がしぼられてきて、ディテールをぼやかしても話は進んでいくんですよね。

三田村　だけど、対比されるというより誤解とともに、重ね合わされることもあるんじゃないですか。例えば匂宮と薫がおんなじような匂いしてますよね、だからいつも誤解されて、薫だと思って導き入れたら匂宮だったとか、「ずれ」構造の中で話がどんどん進行していくから自己同一性みたいなものを保証するような、装置としての「匂い」だとか、装置としての「着物」なんてのがちょっとないかなっていう気がする。だから橋本さんの「りんどう」を無理矢理求めるというのは、やっぱりちょっと正篇的な読みなのかなって思いますね。

橋本 それは、やっぱり近代にあって、作家的な技巧といっていただけるかなと……(笑)。あのね、正篇は源氏の語りでしょ、だから英文直訳体の文章にしたんだけど、あれでやると情景描写が、設計図を引いたみたいなきちんとしたものにしかならないんですよ。

三田村 そうですね。すごく律儀ですよね。

橋本 だから「三人に対して衣装書いたんなら、四人目も書くしかない」とかね。「見事な織」って書いてあったら、その見事な織というのはどういう織の模様なんだろうかということをはっきりさせるとか。それの一番の極点は、絵合で絵巻物全部作っちゃったことで。

三田村 すごい労作で。ま、楽しんでやったんでしょうけど。

河添 研究者でもよく摑んでいない当時の絵巻物の実態がどういうものか、あれだけ書きこまれて……。五番勝負みたいにされましたよね。

松井 「桐壺院年中行事絵巻」とか「紅葉賀絵巻」とか、すごくリアルに書かれてましたね。

絵・薫香・書

橋本　宮中で戦わされる最も華やかな試合って、ある意味で『源氏』の中での一つの山場になるようなとこだから、それはもうここぞとばかりたっぷりと見ていただきたいってのもあるし。それとやっぱり朱雀院が、斎宮の女御の出発の時に絵を描いて贈ったんだけど、それがどうなったか書いてないってところがあって、その両方なんです。

河添　最後に白描の須磨の絵日記が出て来るのがまた素晴らしいですね。白描っていう発想は専門の研究者にはなくて、普通は採色して……

三田村　あれ作り絵ですね。「仕うまつらせばや」とかいって、作り絵したって言われてて。

河添　白描がすべての華麗な絵よりも勝つのが感動的で……。『窯変』では葵の上の出産のシーンでも、髪の黒と白の衣装のコントラストをものすごく綺麗に描いてますね。最後の所はそこに最高の美を求めていらっしゃるのかと……。

橋本　やっぱり、光源氏的な感性でいけば、採色の綺麗さよりも骨格の正しい筆法がよく見えてくる白描の方が美しいと思う人なんじゃないかなって気は、僕の中ではありますよ。

河添　それは男性的な感性ですか、それとも女性的な感性ですか。

橋本　文人的な感性だと思いますよ。

河添　文人的。じゃあ男性……。

橋本　採色っていうのは職人仕事だから、女を楽しませるために職人の手をわずらわせるっていうのはあるけれども、光源氏はある意味で文人の人だから、絵描いても色は塗ってないと思うんです。

河添　上流貴族はそういう彩色はしないっていう建前……。

橋本　だから「承和の方」を知っている。男のくせに「承和の方」を知っている人は、でもやっぱり男だから、絵を描く時は白描だろうなって。

河添　絵合のところは源氏研究の側でも、最初は物語絵を合わせる訳で、いわゆる女絵を合わせていて、冷泉帝の御前では男絵の世界で、最後に光源氏の須磨の絵日記が出てきた時に勝利するのは、そこに女絵的なものを持ち出してきたからみたいに言われていたんです。『窯変』ではそう解釈されている訳ですね。

橋本　やっぱり、須磨に行った時に「唐めいた作りの」って紫式部が言っちゃったから、あそこで絵描くんだとしたら、男ばっかの世界で絵描く訳だから、もう白で墨一色で描いていくしかないだろうなぁっていうのが僕の……。

河添　須磨の絵って結局やまと絵的なものと唐絵的なものが、止揚されてしまったというか、両方を超越したような形で出てたのが、白描の須磨の絵日記なんでしょうね。

橋本　やっぱりその元の枠である、天徳内裏女房歌合というのがあったということを、読者の中でも知ってる人は知っているだろうから、そういう女房達の歌合という華やかなイベントがあったということが厳然と記録で残っていて、それをここで「絵合という形でもう一遍もじってみんなで共有しましょうね」という楽しみ方があったと思うんです。今の人にとってはその共有すべき知識がないんだけど。だとしたら、それを元から全部作り直すしかないんで、俺はその作り直しに関して、もうめったやたらやりましたね。それが多分一番楽しかったのかもしれないんだけど。

松井　あの貝刺《かずさし》の州浜に立ててある金銀のつくり物が、篝火の光で光るっていうあたり、印象的で原文よりずっと映像的でしたよね。

三田村　あのままじゃあ、つまらないですものね、絵合ってでも、あの天徳内裏の歌合記録みたいなものを熟読玩味している紫式部みたいなものの中に、その光景がものすごく生き生きと甦ってきて、様々なドラマがその中に読めて来るっていうその効果がやっぱりああいう形で復元してくださることによってすごくあの中に読めてきたっていうか、『源氏物語』のテキストの中に組み込めてきたっていうか、それがおもしろかった。

橋本　その前に藤壺の御前でやってる時って、女房たちが物語の絵に関してじゃなくて、物語に関して論を戦わせているというのあるから、言葉によって争われるのはもう終わりなんですよ。御前で絵合ってことになったら、今度は言葉で語るんじゃなくて、絵によって見せていってほしいんですね。

三田村　『源氏物語』って若菜ぐらいになるとそれこそ物によって語らせていくっていった物の陳列というか物の記録によって書かれていくって言われますけど、実は『うつほ物語』なんかもまさにそういう方法で、そういう儀式描写だとかなんかをものすごく次から次へと書いていきながら、実はその中にドラマが読み込めるみたいに物が配置されているんですね。そういうすごくストイックな方法で、こう読みなさいとかこんなふうに感情移入せよとかっていう符号がまるっきりないんだけれど、その素材が語っている。

橋本　いや、ストイックっていうよりもね、物ってすごく豊穣だと思いますよ。

三田村　だから素材が提示されることによってそこの背後に読めて来る力が、今の人たちよりもっともっとその時代の人はあったんだと思いますよ、普通に読んでて。

橋本　だって、そういうのがなかったら――現物の人間に会えなくて手紙だけで恋をするという世界だから、フェティッシュの方がずーっと重要な訳じゃないですか。梅枝のところで、薫物合の後にみんなに書のお手本を書かせるじゃないですか、俺あそこ全部省いちゃったんですよ。今の人にとって、物による心理描写っていうのは、一遍は見たいんだけど、二回やられるとわかんない。でもあの時代の人たちにとってみれば、物を並べるということこそが心理描写であるから……。

三田村　そうなんですよね。記録文体っていうのはまさにそうなんです。

橋本　それでやっぱり、物の怪が政治的な恨みで出て来たのが、女の個人的な恨みで出て来るようになった時代――イベントによって心理が語られるというのは、その移行のちょうど中間点というか、まっ盛りというか、それが『源氏』に於ける物の描写ですね。乙女の巻の後で、各里の御方々に衣装を贈るっていうのも、衣装で語るでしょ。

松井　玉鬘の巻の衣配《きぬくば》りですよね。あれによってそれぞれの女性が、贈られた衣でどういうイメージかっていうのがわかりますよね。それと同時に、その女性たちの間にあった身分差がそれぞれに皆、個性的っていう形で、うまく隠されていく。このあたり、光源氏はすごく巧みな六条院運営をしていますよね。男たちの方も、玉鬘への求婚者という意味では五分五分というか、そういう緊張関係を強いられる。

河添　衣配りの時にはまだ光源氏が管理統括できるような形でうまくいっているんだけれども、梅枝の巻は、玉鬘を中心にして男たちも全部統括していくような方法が崩れちゃった後で、じゃあどうやって光源氏が秩序の中心に立てるかというと、文化しかないわけです。薫物っていうのはその第一段階で、これだけでとりこめるのはせいぜい螢兵部卿の宮と朝顔くらいですよね。第二段階として書のお手本を集める。書を依頼すると男性貴族たちも取り込めるという、だからあれだけ過剰な描写が必要になる。

橋本 ある意味で、藤裏葉から若菜に変える前の、今までの第一部のフィナーレみたいな形で、出て来た人たち全員「こういう人たちです、こういう人たちです」っていう、パレード的な紹介をしたかったんだろうなって。それと、三田村さんが、「大君にりんどう着せちゃって果たしていいんだろうかどうなんだろうか、ぼやかすっていうのもあるんじゃないか」っておっしゃったけど、でもぼやかすかどうかというよりも、ずらすっていうことが作者にとっては根本のテクニックとしてあるんですね。

三田村 それはそうでしょうね。

橋本 「この物によってこの人のことを語っている。がしかし、この物によって語られないその人の部分もあるんだよ」っていう、猫騙しみたいに、「この人はこうです」というものを出してしまって、でも、「そういう人が――」って、全然別のことを書き出すっていうのあるから、ある意味で、陽動作戦っていうの明らかにあるんですよ。だって、紫式部という人は、はじめて出て来た人を書く時に、一行目ではほめる、二行目では明らかにけなすという矛盾を平気でやる人じゃないですか。

三田村 『源氏』はだいたいその人にふさわしい、衣装を着せますね。女三宮のところだったらちょっとセンス悪くて贅沢とかね、端役に着せる時もそういうのを考えて、その人にふさわしい女房衣装着せるんですけど、『源氏物語』以降の物語になるとむしろ本人が着ている衣装が本人にそぐわないっていうことで本人がすごく浮き立って来るとか、たくさん着物着せて、何枚も何枚も着物を着せて、着物の重さで本人がつぶれてしまうようになってるみたいな、まぁ『源氏』でも女三宮がそうなんですけど、そういうようなことを書いて、実は「衣装」と「身体」っていうものが一種のずれをもって出て来るという書き方をしますね。本人はすごく沈みこんでいるのに、『寝覚物語』の中の君なんて密通によって孕まされて、すごく苦しんでいるのに着物だけが豪華に重なっているとか、女房は華やかであるっていう、そういう、ものすごくアンバランスなずれの構造で女房衣装を対比構造に作り上げていっちゃうようなそういう方法をかなり多用しているようなんですね。

橋本　やっぱり、女君は苦しんでいるけど女房達は無関係で華やかにしているというのは、『源氏』の中ですでにあるでしょ。平安時代っていうのは、主従っていうのはやっぱし絵空事で、「主人は主人、私は私。お仕えしているというシチュエーションになったらちゃんとお仕えしているけど、でも一歩離れて後ろ向いたら関係ないわ」っていう、あのドライさはすごいなと思いましたけどね。目の前に女房が待っていて、三人侍っているんだったら、その三人は悪口をいわないだろうけれども、四人目がいて、それが後を向いてたら、それはもう好き勝手なことをいってもいいっていう、そういう世界でしょ。だからやっぱり、裳唐衣の正装をつけてしまえば派手になるし、女房は裳唐衣の正装を日常としているんだから、女房の方が派手で女君の方が質素に見えてっていう、矛盾した法則はあるんだと思いますけどね。

振る舞い・移動

松井　『ひらがな日本美術史』の中で、唐風の装束は立つのにふさわしいもので、和風のものはまさに寝そべっているのにふさわしい衣裳で、どこで転換したのかよくわからないけれども、それは平安前期だろうっておっしゃってますよね。

橋本　嵯峨天皇の時にごろっと変わったんだっていうふうにいう人もいるんですけどね。十二単衣が寝そべっているものだっていうことを初めて知ったのは『枕草子』をやってて なんですよ。「いつも這い臥しになってるみたいに」って書いてあったから、それでやっとわかったんですよ。

松井　なにかそれが、立つことを抑圧していった社会の動きと連動しているような感じが……。

橋本　だって重いじゃないですか。

三田村　動けないしね。袖口見せたり裾見せるくらいしかできない。

松井　でありながら女三宮は蹴鞠のところではすっと立ってっていう、一種のタケが出てきますよね。そのあたりが逆に個性的というか、印象的で……。『源氏供養』〔単行本版〕の表紙でも上巻では男が立って描かれて、下巻の方では女性が居姿で描かれるというのは、そういう平均的なイメージが頭の中にインプットされていて……（笑）。

橋本　それは私が描いたんじゃない……。小市美智子さんです（笑）。でも、絵を描く側としてはやっぱり平安朝の女性は寝そべってないと、衣裳の波みたいなのが描けないですね。立っちゃうと、ローブデコルテみたいな感じになっちゃって。後ろ向きに座って寝そべってちょっとこっちを振り返ってもらうと、裳裾が広がっていて顔も見えてっていう、ある意味で全部見えるんですよね。ところが男の人が座っちゃうと、なんかねぇ、胡坐かいているみたいになっちゃうから、どうしてもすっきりとした立ち姿にはなりますねぇ。

松井　『源氏』の中で立っているのは男ばかりで、あの朝明《あさけ》の姿っていうのがありますよね。

三田村　一番色っぽく見えるすてきな姿なのね。

松井　だから男は立たせ、なおかつ女は座らせるというか。

三田村　ここら辺の鬢がちょっとほころびてて……。

橋本　謡曲の「葵の上」だと、六条の御息所の生霊がすっと立つじゃないですか。だけど、『源氏』の生霊ってのはすっくとは立たないんですよ。

松井　先程の夕顔のところで出て来る物の怪も、座って出て来る。柏木の霊もやっぱり枕上で座ってましたね。あと立って出て来る場合は、桐壺院の霊が階段の下に立ってますよね。

三田村　須磨に出てきた時も立っていたかな。

橋本　プライベートな感覚でいけば女の人は全部〝座る〟でしょうね。立ってどっかへ行くっていうのは、儀式の席に臨むぐらいのことしかできないから。女房で働いているんだったら立ち姿で、それはまぁ労働しているキャリアウーマンのセカセカみたいなもんだけど。高貴な人が立つとなったら、特殊な席にご臨席という、そういう特殊な感覚はあるんじゃないかなぁ……。

河添　女が座るものっていう図式だと、紫の上が初めて登場する場面は、立って走り回っているっていう感じで、『窯変』ではとても少年ぽく描いてますよね。光源氏はそれを見て自分の小さい頃の分身だと感じてしまう。紫の上に魅かれたのは藤壺の姪ということだけじゃなくて、そういう問題があるんですね。紫の上の少年ぽさを立って走り回っている姿でうまく表現してらっしゃいましたね。

橋本　紫の上を走り回らせちゃった紫式部が、走ることができた少女時代を持っていた人間がその後どうなるんだろう、そのことに関してどう思っていたかってことが一番知りたいんですよ。私は、紫式部自身が外を走り回りたいとは思わないだろうけれども、でも、ふっと「走っていた少女の頃の自分があった」と思い出した時にどういう切なさを感じるんだろうかということを、知りたかったですね。

松井　もう社会が走ることをゆるしてくれないというところに今自分があって……。

橋本　だから、夕顔もさすらうし、玉鬘もさすらうし、浮舟もさすらう。ある意味で、自分の足で動く女っていうことに関する何かはあるんじゃないかな。

松井　女性はもうその後は座っているか、あと寄り伏すっていうか、そういうものですよね。

三田村　じゃなかったら浮舟みたいに髪の毛切ってしまって、尼になれば立てる訳ですよね。そういう意味では、若紫の少女の扇みたいなゆらゆらとしている髪と、尼になった浮舟の姿とはそっくりだけど。

橋本　だって、浮舟なんか雪の中を匂宮に抱き抱えられて階段を降りていって舟に乗せられて……。しかも、自分の足で地に降りて、身を投げて――天狗にさらわれたのかもしれないけれども。手習のところで、はじめは「浮舟が自分で身を投げた」って書いていたのに、いつの間にか「天狗にさらわれて」になっちゃう。僕はやっぱりあそこで紫式部が浮舟になっちゃって、浮舟の立場としてウソをついて、今までをなかったことにして、「説話の世界の中に生きている自分」という形で自分を置き直さないかぎり、人生やってけないっていうことなんじゃないかなとは思うんですけどね。それがソフィストケーションじゃないのかと。

三田村　その部分については『源氏物語』で物の怪を見るのは見た者の意識を反映していることが普通なので、天狗にさらわれたっていう話は、そういう物の怪を見た横川の僧都の妄想なんだっていうふうに考えるんですね。あそこでは様々な浮舟失踪事件についての解釈がいろんな人によってなされて、いろんなふうな説話的なレベルで語られたりしているけれど、そういう様々なざわめきの中で……。

橋本　作者は何もいわないという。

三田村　浮舟は浮舟の意味を抱えて一人たたずんでいるみたいに書いている。

橋本　その辺がずるいんだよな（笑）。

松井　浮舟は大変な距離を移動しているっていうことがあって本当におもしろいですよね。それと女三宮は大変な衣裳を一杯着せられて、周囲の期待で押しつぶされそうになってしまって、その肉体性そのものが全然感じられないっていうこと三田村さんおっしゃってますよね。女三宮は自分で動くことはしないで、必ず男に、こう「降ろし奉る」って、全部移動させられるんです。六条院に輿入れするときには光源氏に手を引かれて車から降りて、密通の時に柏木に御帳台から抱え降ろされて、いよいよ出家の時には朱雀院があらわれて再び御帳台から降ろされて……。なにか絶えず他者というか男によって抱き抱えられるようにして動いていく。そのあたり女三宮の社会的な位置としての重さと、内実としての軽さとが両方ともに、とてもよくあらわれていますよね。

橋本　いみじくも小侍従が言っちゃうみたいに、「神様にお願いするのはいいけれども、神様に会おうなんて思わないでしょ」という。「宮は神である」っていう形で、小侍従が柏木の言うことを拒めるっていう、パラドックスの交点みたいなところに女三宮はいるんですよね、多分ね。二品の宮という位も与えられて、というところも含めてね。神様だから抱き奉っておろすのかもしれないし、虚弱な女だからやっているのかもしれないし、神様のように大切な女だからおろさなきゃいけないのかもしれないしっていう、その中間じゃないですか。

三田村　女三宮の御帳台というと劇的な柏木密通のドラマの舞台になっていて、そこから体を降ろしたりするんだけど、最終的には念持仏供養なんかでは、御帳台そのものが光源氏によって飾り立てられて、仏の座みたいにされて、出家した女三宮を荘厳するものとなっていますね。本人はもうその中にいないのに。

橋本　女三宮って、ある意味で末摘花に似ているでしょ。常陸の宮家の大切な姫君で、しかし彼女は何にもできなくてという末摘花は、明らかにパロディにされている。でも、同じ女三宮は〝荘厳なもの〟なんですよね。だから柏木も、女三宮を帳台から出さないとやりずらいんじゃないんですか（笑）。帳台の中に入り込んじゃうことになると、畏れ多いから出して来るし、女三宮としては帳台から出されるってこと自体がすごく苦痛なんじゃないか。

三田村　帳台ってもの自身が象徴している何かが、彼女を包んでいる。包み紙があるんですね。包み紙から降ろして来ると、包みを剝がれると、いろんな衣っていうもので彼女を装飾していたものがなくなると、本人はほとんどなにもないみたいな、玉ねぎの皮を剝いだみたいな感じになってしまうのかなぁ（笑）。

末摘花と衣

橋本　でもほら、末摘花って皮を剝ぎ取られた後が異様に胴長で、「痩せ痩せとしていて」って。しかも僧都の君に着物全部あげちゃって、寒いまんまでいたっていう。その剝き出し感覚っていうのが出ているけれども、あれはパロディにし過ぎて。パロディにし過ぎちゃったからもう一遍本物を出してこようというのが女三宮なんじゃないのかなぁ。あの人繰り返しをけっこうやりますからねぇ。

松井　繰り返し多いですね。

橋本　あのパターンを別の形でもう一遍やってみようという――。

三田村　松井さんも私も、書いているんですけど、末摘花の衣もね、女三宮と同じように皇族の誇りをあらわす衣ですね。匂いが染みてて、すごくもろくなってて表面は古びてしまってるんだけど、匂いだけは常陸の宮家の大層な匂いがしてて、だから皮衣なんかでもひどいものなんですけど、実は香りはすごくいい香りがして、そのアンバランスさが、今没落しているのだけど、かつては高貴だったたってことを証明している。二重の意味性をいつも衣が想起させてしまうみたいな所がある。

橋本　だから、歌でも唐衣を使うんですか？

三田村　末摘花はいろんな人に物惜しみなく衣を贈ってますね。自分が持っている衣が少なくても、光源氏みたいにたっぷりあって、たっぷりあるものを女たちにそれぞれお前はこれが似合うって無理矢理押しつけてあげるんではなくて、自分の持っている主観的な一番値打ちのあるお父さまの衣、故常陸の宮の衣なんてのは、もらったら古くてどうしようもない訳だけど、でも匂いがよく染みてていうのを光源氏に贈る。その末摘花の愚直な誠意の問題と光源氏が作り上げようとしている美意識の問題が、奇妙にねじ曲がったところに「唐衣」の歌がものすごくたくさん出てくる。そんなふうになっているんですけども。

橋本　俺ちょっとわかんないんですよね。末摘花の巻の末摘花は明らかに笑い者じゃないですか。でも、蓬生の巻の末摘花はそうじゃないでしょ。『窯変』の蓬生は、大島弓子の『草冠の姫』のつもりでやったんですけどね。蓬生であれだけ美しく書いてあった末摘花をなんで弊履《へいり》の如く捨てるかなって、自分でも書いてて抵抗があるんですけどね（笑）。見てくれじゃなくて内側の一番いい所——紫式部って、一番いい所をじっと見てる人でもあるんだけど、じっと見た後で、平気で飽きちゃうんですよね。捨てるというか。

河添　その捨てたっていうのは、六条院の世界でということですか。

橋本　平気で、改めてもっと極端な笑い者にするために出すじゃないですか。

河添　ええ、そうですね。

橋本　六条院の美しい女たちの中で、「いつも唐衣の歌を贈って来る見当はずれな女」という形で出しちゃって。

松井　『源氏』で、でも一番自分の女性を主張している女性でもあるという感じがしますね。

橋本　女性を主張しているっていうか、自分を主張している……。

河添　末摘花が皮衣を着るっていうのはむしろ男性的ですよね。なぜ末摘花が笑い者にされるかというと、一つには親王家の格式にこだわる古風さがあって、もう一つはその時代、女としては絶対しちゃいけない男の衣裳を着るみたいな。そういう逸脱を古式にのっとって正しいことだと思ったり。草仮名《そうがな》がちの歌を、この時代、女はあまりしないような書き方をして、贈ってしまうとか。末摘花は男文化に逸脱してる場面が多いです。

橋本　しかも経典は真名だから読まないというしね。ある意味で宮家とか皇女とかっていう人たちは、ほっとかれると何も着ない末摘花なのかもしれない。だからこそ女三宮はいつも周りがこう着せてなけゃいけないっていうことじゃないんですか。だって普通の女だったら、兄貴が来たけど着るものがない、だから自分が着ているもの身ぐるみ脱いであげちゃうってことはない。

三田村　ないですね（笑）。あれはすごいですよね（笑）。

橋本　女主人は何も着てなくて、当然の家に仕えている女房たちはちゃんとしたものを着ているはずだから、そこら辺の無頓着さっていうのが、ある意味で、「神様だから宮なんです」っていわれちゃう人たちの不思議なところかもしれないなと思いますよ。

男の衣裳

河添　今、女の衣装のことがずっと問題になっていましたが、『窯変』でも、男の衣装の問題があると思うんですよね。光源氏だけが、桜襲《さくらがさね》の直衣《のうし》を着て、右大臣家のところに行ったりとか、かつての頭中将で内大臣になった彼と大宮の所で会う場面とか、男の衣装の問題についてはいかがでしょう。

橋本　花の宴のところだけは、直衣布袴《ほうこ》っていうことを読者に説明するのにどうしようって考えたんですよ。散文的に説明しようとしたんだけど、どうもうまくいきそうもないしつまんないから、「これは歌舞伎の花道の引っ込みにしよう」と思って。ここでは、もう光源氏が衣装を着替えながら踊るみたいにして、直衣布袴を着ていく光源氏の華麗な舞い姿のようにしてしまえというのあるんで、あそこは恐ろしく凝った文章にしちゃったんですよね（笑）。だから、たまたまそういうシチュエーションにあったからその時の光源氏の衣装の描写はできたけれども、他は、主観の側だから――客体じゃないから、描写されないんですよね。

河添　ああなるほどね。

橋本　しかも光源氏は女しか見ないし、男は見ない訳でしょ。たまたま夕霧が恋に焦った時に、「見る」をやっちゃうけれども。そういう意味で、衣装ではない――儀式の描写はあっても衣装はないんだと思うんですよね。絵合で絵巻物を全部作りはしても、居並ぶ男たちの衣装は、五位の朱の衣とか、大雑把なものでいいっていうふうに思っちゃうんですよね。

三田村　平安時代の男の人の衣装が、四位以上全部黒に統一されることがありますよね。あれはちょうど寛弘年間（西暦一〇〇四〜一〇一二）といって『源氏物語』が書かれた時と重なりますよね。私はいつ、どのように変わっているのかわからないけど、『源氏物語』の住吉詣でが二回書かれて、一回は澪標の巻で書かれて、一回は若菜下の巻で描かれるんですけれど、澪標の時には確か色とりどりの着物が浜辺に散っているって書いてあったと思ったのに、若菜の巻で見た時は黒い着物が散っていたって書いてある。あっじゃあその間に服制改革があったのかしらと思った（笑）。ちょうど、『源氏物語』が進行していく時間帯と、そういうふうに男の人たちの着物が位ごとにいろいろな色であったのが、みんな等し並みに黒の袍を着る形になってしまった時代と重なっているとすると、男の「身体」っていうものが、見られる対象であった時代から、時代そのものがもう男は宮仕えに出たらみんな黒だみたいな形で抑圧された今のドブねずみ色の背広じゃないけど、見られない「身体」という時代に移行しつつある状況の中で実は『源氏物語』の光源氏の衣裳はそういう時代に逆行して輝いているんじゃないか。

橋本　それはいいとこ突いているけどちょっと違うと思う。というのは、男は自分のポジションを確保したら、後はもうどうでもいいんですよ。つまり、女を美しくさせるっていう女道楽が男のステータスみたいになっていくんだと思うんです。つまり、西洋の夜会っていうのは、男の人は全部黒の燕尾服か黒のタキシードで、女の人だけが派手なものを着る。男がそれをしちゃえば、女は自然と綺麗に見えるんですよ。

三田村　それはあれでしょ、見られる「身体」性がすべて女性に集約されて、その美しい女をどう所有するかってことで男のステータスが代理的にあらわされるので、男自身が美しい「身体」である必要がなくなってくる時代っていうのが来る訳ですよね。そのことが平安時代のその時に起っている。

橋本　ただ彼らはドブねずみっていうんじゃなくて、黒であることに十分誇り持ってたんだと思う。

松井　社会的な位置を示す色という意味ではやはり最も重々しいですね。それももともと位色《いしき》でいちばん高い色は紫だったのに深い色の方が重々しいっていうんで、蘇芳《すおう》とか混ぜてどんどんその紫を濃くしていって、ついにはフシカネで染めて黒にしちゃったっていいますよね。

三田村　大物であるというね。あの黒の袍の下に下着として色々な色着て……。

橋本　下襲ねの裾の長さとか、意匠の凝り方とかいう。

三田村　そういうもので逆にね。

橋本　それで、やっぱりカジュアルばっかり着てる人間て、燕尾服とかなんとかの大礼装が着れなくなっちゃうんですよ（笑）。私、燕尾服を二着持ってる男なんですが、その時は人格変わりますもん。完全に直立してないと似合わないものなんですよ（笑）。だから、直衣と束帯は絶対に違うと思う。

三田村　光源氏はいつもカジュアルなんですか。

橋本　カジュアルです。直衣だったら「首の脇の紐をはずして、襟をくつろげる」はできるけど、束帯でそれやったら変だと思いますよ。

松井　行幸の巻で内大臣と源氏が対面するときに語り分けされてますね。内大臣は「あなきらきらし」で四角四面の格式張った姿で。

三田村　ものものしいね。

松井　大物同士が出会う場面で。

三田村　片方はやっぱり若い頃の大君姿で。

河添　帝が平安時代はいちばん平服で、もっとも身分が高い人物がいちばん普段着で過ごせて……。

橋本　徳川の将軍家だって、将軍は羽織袴でしょ。謁見する将軍が羽織袴で、残りの家老や家来たちは長上下だったけど。だから、やっぱりしどけないものにひれ伏しちゃうっていう感覚は、多分にあるんだろうなぁと。

三田村　それはあるかもしれない。

松井　『源氏』で「しどけなし」っていわれるのはほとんど光源氏なんですね。

三田村　「だらしない」っていう現代語とは違うんですね。

松井　違いますね。そういうふうに書いてある場合もちょっとあるんですけれど、一概に「しどけなし」は光源氏の優美さを描き、さらにその光源氏が女性的な場面に「しどけなし」が、こう「しどけなき鬢の乱れ」といった感じで語られる。

橋本　雨夜の品定めっていうのは、たまたま男だからそこにいるけど、男達の話を聞く源氏の聞き方は、完全に女でしょ。「女の話なんか私には関係ないわ」みたいな感じで、しどけなくして、「へェそんなこともあるの」って聞いている女みたいなもんですからね、あれは。だいたい雨夜の品定めで源氏は一言も口きかないようなものだし、ずーっと眠っているし、やわやわしたもので「しどけなし」の極みですからねぇ。

河添　「しどけなき」直衣姿で女のように衣装を着崩して。須磨の巻のホモソーシャリティもそうですが、そこでの光源氏は男性としての身体が限りなくゼロ化されていますね。女役の最高のエロスをまき散しているというか。見る側の男たちの視線のエロスのなかに、光源氏の女性的な、受動的な身体性が浮上していますよね。

女三宮・宮家の人びと

松井　先程宮家の宮様の自己表現が自分じゃなくて他のものから与えられたものによって語られるということが話題になりましたよね。それで女三宮という人は、結局言葉を持たない女性のような気がするんですけれど、その中でありながらちょっとした動作で内面をあらわにすることがありますね。先程言った立つっていうことも本人が意識したんじゃないでしょうし。それと源氏から出家を思い止まれってくどくど言われた時に「頭《かしら》振りて」って首を振る。あれ一箇所だけなんですけれど、とても印象的で。

橋本　やっぱり、父上皇から源氏の所に、「後見を頼む」——結婚、お嫁入りっていうことをしてもらえた女三宮と、放っとかれたままの末摘花の差っていうのは大きくて、俺、言葉がないことに関しては末摘花も女三宮もおんなじだと思うんですけど、女三宮は感情を持ってるんですよね。女三宮は、言葉は持っていないが感情だけはある女の悲劇の典型のような気がしますね。だいたいほら、式部卿の宮の北の方の書き方にしてもそうだけど、紫式部って、宮家の人をよく書くことってないじゃないですか。宮家に対する冷たい目っていうのがあって、その冷たい目で常陸の宮家の姫である末摘花も見られちゃってるけど、女三宮はパロディ化されるんじゃなくて、もう一つなんか、「現実の悲劇として書きたい」

っていう踏み込んだところがあったんじゃないですかね。だから書いてて女三宮はかわいそうになるんですよ。

三田村　かわいそうですねぇ、本当に。原作は冷たいですね（笑）。

橋本　一つずつ詰めて書いていくとね、こんな状況でよく生きていられるよなっていう、そういう女性像が見えてきちゃうんですね。

河添　かわいそうだっていうのは宇治の八の宮の娘たちの持つ問題とも連動して来るんですか。

橋本　宇治の八の宮の娘は、勝手に、けっこう奔放に生きてると思うんですけど、女三宮っていうのは、どうされても、「二品の宮なんだから感情はお示しにならないものである」という建前で書かれているところがあるんですよね。だから瞬間、頭《つむり》を振るみたいな形で、「彼女の中にだって感情があるかもしれない」みたいな書き方をするんじゃないのかな。琴《きん》の琴を教えていくうちに、ちょっとずつうまくなってきたからその気になってっていう、源氏がそこに手を出しちゃうところがまたすごい残酷だっていうふうに私は思いますけどね。

河添　出家した後も女三宮に執着を……。

三田村　というか出家してはじめて女三宮は藤壺に近づいたんですよね。出家したら藤壺で、永遠の憧れの人で、手に届かないっていう幻想を手に入れた時に、女三宮はいつも囲っておきたいっていう感じの人になる。

橋本　しかも、女三宮は出家した後の方が感情をわりとあらわに……。

三田村　その後の方が光源氏のそういう幻想をいつもいつも裏切っていくところがすごくおもしろいと思いますね。

松井　源氏がいかにわがままかっていう……。

橋本　あそこら辺になってくると、わがままというより愚かじゃないですか（笑）。なんとなくもう、若菜から後になってくると、すべてのものが源氏とは関係ない、自分たちの思惑の中だけで動いてるんですね。紫の上は年中病気になってて、しかも明石の姫とかお話しなくて、源氏は仲間はずれにされてうろうろしているような。

三田村　そうそう。

河添　すべてが光源氏から自立して、一人で歩き始めちゃうようなところがありますよね。

三田村　今の定年後のおじさんみたいに……（笑）。妻は子供の方しか見なくて僕には話しかけてくれないみたいな感じ方じゃないですか（笑）。

橋本　だから、最後光源氏の側にいたのは夕霧だけっていうのが、すごくわかるんですね。

河添　ああなるほど（笑）。

橋本　親孝行したいんだけど退けられていた者が……。

三田村　両方がねぇ……。

橋本　途中で「女として見てもいいか」になってるわけだし（笑）。だから、夏の夜に源氏と夕霧が幻のところでね、二人でいるところは、すごくなまめかしいですね。

幻の巻

三田村　あそこは今までのと違いますよね。

橋本　俺は、『窯変』で幻の巻をやる時に、ノンストップでやりたかったんですよ。つまりその前までは一二三って章の区別があったんだけど、一二三を全部取っ払っちゃって、幻の巻は一篇がノンストップなんですよ。改ページが二回あるだけなんです。一周忌のところで一つ改ページ、手紙燃やすところで一つ改ページ、一周忌に至るまでは一年間ノンストップなんです。ずうーっと歌物語で、もう脈絡なく流れるようにしたいっていうのがあって。思い起こすことをここに全部ぶち込むっていうのがあるんだけど、夏になってくると夕霧と二人っきりになっちゃう。だからそこに、常夏の花を見た、篝火を見た玉鬘の思い出だってあったっていいだろうし、更にはその奥に五条の宿でほのぼの見た夕顔の花の思い出が出て来てもいいだろうしって思うんだけど、それが原文ではきれいさっぱりないんですよ。でも、俺はやっぱり、入れたいから入れちゃいましたけどね。そういう意味で光源氏は、晩年完全に心を閉じたエゴイストみたいになったと思ってもいいんじゃないかと。

三田村　ユルスナールの「源氏の君の最後の恋」だと全部の女が回想されてますね。しかし、確かにあの五月のところはちょっとそれまでと違いますね。それまでは光源氏は外へ出ないんですよね。全部部屋の中、簾の中に降ろし込めて、それこそ女たちの空間の中に完全に閉じ込められているのが、あそこで夕霧と話すことによって、なんか回想の方向が今までと違ってきている。

河添　外に目がいく。

橋本　あとほら、お祭りで外に女を出させるでしょ。つまり自分は中にこもっているけども、お前たち外に行きたかったら行ってもいいよっていう。

河添　その夏の場面も夕霧と光源氏が幻想で紫の上を共有しているという形でなんとなく同性愛的な匂いを込めるとか……。

橋本　あれは、紫の上の共有じゃなくって、めずらしく男同士の仲がいいっていうことなんじゃないかなと思うんですよ。それでいけば、『源氏物語』の中で男二人がいてしみじみと語り合って仲よくして、後はしんみり黙っているだけのシーンはほとんどないに等しくて、遂に晩年になって、あそこで父と子が二人の男として並び合うという、そんな美しさはあるんですよね。

三田村　本当に息子を疎外し続けてきましたからね。はじめて息子と対話するっていう雰囲気になったなぁと思いますね。それまで息子に嫉妬してるから、俺の方が美しいとかね、いつも鏡見て言ってますからね。

橋本　うんそうだなぁと思うよ（笑）。だってさ、あの当時の美しさって若さじゃないんだもの。だって、「年取ってますます立派にお美しくおなりになって」でしょう。年取ってやつれちゃう人もいるけど、年取って豊かさとかふくよかさを獲得してしまえば、中年太りだって「顔の色艶のいい美しさ」だし、若さってのは、肌はきれいかもしれないけどまだなんか貧相でっていうものだから。

松井　光源氏の四十の賀に招かれたときの大政大臣は「いときようにものものしく太りて」とありますよね。あれなどはまさに、太っているのが、魅力的……。

作家と紫式部

河添　今日は本当に話題が豊かに開けました……。

橋本　だって長いんですもん。

松井　申し訳ない（笑）。

橋本　いやいや違うんです、『源氏物語』自体が長いんです。その、長い『源氏物語』の最大の謎は、紫式部がなんでこういうことをこの時代状況の中でそんなに動きもしないのに感じ、わかり、書くことができたかっというとこなんですよね。あの人の知識って、やっぱり本から来たものがすごく大きいでしょう。どんな山の奥に行っても、朝鳴くものはにわとりだったりする訳で、山鳥がチュンチュンと鳴いて目が覚めるっていうシーンがほとんど出てこないっていう……。俺はやっぱり、宇治の山荘でにわとり鳴かしてほしくないよなって思うんだけれども、にわとり鳴いちゃうから（笑）、「夜鳥がギャーギャー騒ぐのがいい」って言ってる清少納言の方が実体験豊富な女っていうのは明らかにするんだけれども、やっぱり、朝↓鳥↓にわとりっていうのはブッキッシュな女の発想っていう気がしちゃうんですよねぇ。

三田村　それはあのーわざとしたんじゃないですか。

橋本　そうですか？

三田村　ぶちこわしにするために鳥を入れてるんだと思ってたけど。

橋本　俺は紫式部に騙されてのめりこんでしまったのかな。

三田村　ロマンチックな恋愛だと一方的に思い込んでいるけれど、すごく世俗的な音がその中に……。

橋本　いや、あの人にわとりしか鳴かさないですよ。鳥出て来ないですよ。

河添　中国的な、漢文的な。

橋本　鳥ったらにわとりだけですよ。夜明けで鳥が鳴くっていったらにわとりしか鳴かないです。雀のようなさえずりが聞こえてとかっていう、朝の訪れっていうのはないです。

三田村　嵐の音、虫の音、水の音、馬の鳴く声、人々のざわめきなどたくさんの音の中でね、群鳥が立ちさまよう音とか鐘の音とか、音風景がすごくいっぱいある中の一つに鳥が入っていて、「とりあつめてあはれ」なんだっていう薫の感想を導き出すために最後に鳥が出てくるんだけど、でもそれは、とり集めて全部宇治の風物は、「なんか旅寝のようであわれですなぁ」なんて一人でいい気になっている薫の俗物性を暴き出すために書かれているんでしょう。

橋本　ああなるほどね、そういう嫌味なんですか。

三田村　そういうことを際立たせるためにあれが鳥になってて、そんなことは全部「鳥の音もきこえぬ山と思ひしを世のうきことは尋ね来にけり」っていうので、「すべてがつらいことだと私は聞いてますよ」と、一方の大君はそんなのにしらけていってというのがあるんじゃないか。

橋本　なるほど。私は、『源氏』に鳥が出て来なくて、ずっと軽井沢でやってるでしょ、朝になれば小鳥のさえずりってあるから、そこら辺平安時代とおんなじと思ってたのに、「なんでこの人は一晩中起きているにもかかわらず、その手の鳥の声を出さないでにわとりばっかりだろう」って、不思議でね。鶯か時鳥、にわとり、この三つしか出て来ないって、それがものすごく気になったんですよ。だから、須磨から明石に行った時に、明石はまだ人が住んでいる所でもあるし、明石の入道の屋敷がある所だから、魚も採っているだろうし、そうすれば漁《すなど》られる魚もいてカモメだってくるだろうしってのがあるんだけど、カモメが出て来ない訳ですよ。『源氏物語』の中に都鳥もカモメも出て来ないから、「名前はなんだか知らないけれど、白い鳥がギャーギャー鳴いてた」って書くしかなかったんですけども、紫式部ってそういう意味で、出してくれない人なんですよ。だから俺は、やっぱりこの人は本で学んだ人なんじゃないかっていうふうに思っちゃうんですね。そういう人が——ある意味で男関係だって拒んでたことの方が多いだろうに、何ゆえにこんなに今でも「すげェなァ」と言えちゃうようなものを書けたのか、それが謎として残りますけど。

河添　書物で得た知識の一方でこういう豊かな性の問題をどうして取り込めたかっていう……。

橋本　後の院政時代の先取りしちゃうようなもの、その時代認識っていうのはどこから生まれたんだろうかみたいな。

河添　それは本当に謎ですね。だから瀬戸内寂聴さんは少ない体験を増幅させたと、説明をしてましたけれど。若い頃は相当選り好みして、けっこうもてたんじゃないかと（笑）。

橋本　紫式部が『源氏物語』をいつ書いたかっていう時期とも関わってくるんですけど。宮仕えに上がった後でも書き続けたんでしょ。宮仕えに上がる前に全部できてはないですよね。だから、土御門殿とかああいう所に行って上流生活の状況を見ながら全部反映していった。だから『紫式部日記』に書かれている女たちの衣裳のあり方が六条の院の女たちの衣裳のあり方と重なるのも現物を見たからだと思うんですよね。宮仕えして世界が広がって、現物を見たがゆえに鋭い直感力で増幅させていったという、それじゃないかな。

河添　そこを突き抜けちゃうと、宇治のようなモノクロームの世界……。

橋本　書きたかったのはそっちなのかもしれないし……。なんか非常にね、色のない世界にいっちゃうし、花の喩えも衣裳も何もない世界にいっちゃうんですよね。

松井　現実見て逆に書けなくなったっていうんじゃなくて、さらに書いていっちゃうっていうところがすごいですよね（笑）。

橋本　だって、作家ってそうですよ。だいたい悪い人ですから（笑）。人に会うと、「このタイプ見たことないから、なんかで使おう」と思って、自分の引出しに入れるんです。それこそもうスタイリストの靴下とおんなじです（笑）。スタイリストは、まずいい靴下を見かけたら買っとくんですって。一番最後に着せる重要なツメでしょう。だから、宮仕えに上がった紫式部は、スタイリストのようにソックス集めてたんだと思う。

河添　それを着回しよく……。

今日は王朝文化と性というテーマで、これ以上ふさわしい方はいないというゲストをお迎えして（笑）、『源氏物語』の世界を縦横無尽に語っていただきました。どうも刺激的なお話を本当にありがとうございました。

（「源氏研究」第一号　特集「王朝文化と性」　一九九六年四月）

三田村雅子（みたむら・まさこ）フェリス女学院大学名誉教授。著書に『記憶の中の源氏物語』（蓮如賞受賞）『源氏物語 天皇になれなかった皇子の物語』他。

河添房江（かわぞえ・ふさえ）東京学芸大学名誉教授。『源氏物語と東アジア世界』『唐物の文化史』『源氏物語越境論』『紫式部と王朝文化のモノを読み解く』他。

松井健児（まつい・けんじ）駒澤大学教授。著書に『源氏物語の生活世界』（紫式部学術賞受賞）、『源氏物語に語られた風景』他。

初出　婦人公論　一九九一年三月号〜九四年二月号

源氏供養　上巻
単行本　一九九三年一〇月
文庫　一九九六年一一月
源氏供養　下巻
単行本　一九九四年四月
文庫　一九九六年一二月
すべて中央公論社刊

編集付記
本書は中公文庫『源氏供養』（その二十三〜附記）を底本とし、巻末に新たに座談会「物語の論理・〈性〉の論理」（後篇）を収録した新版である。

中公文庫

源氏《げんじ》供養《くよう》（下《げ》）
――新版《しんぱん》

1996年12月18日　初版発行
2024年1月25日　改版発行

著　者　橋《はし》　本《もと》　治《おさむ》

発行者　安　部　順　一

発行所　中央公論新社
〒100-8152　東京都千代田区大手町1-7-1
電話　販売　03-5299-1730　編集　03-5299-1890
URL https://www.chuko.co.jp/

ＤＴＰ　嵐下英治
印　刷　三晃印刷
製　本　小泉製本

Published by CHUOKORON-SHINSHA, INC.
Printed in Japan　ISBN978-4-12-207474-3 C1195

中公文庫既刊より

各書目の下段の数字はISBNコードです。978－4－12が省略してあります。

は-31-4
窯変 源氏物語1　橋本 治
千年の時の窯で色を変え、光源氏が一人称で語り始めた――原作の行間に秘められた心理的葛藤を読み込み壮大な人間ドラマを構築した画期的現代語訳の誕生。
202474-8

は-31-5
窯変 源氏物語2　橋本 治
平和な時代に人はどれだけ残酷な涙を流すことが出来るのか。最も古い近代恋愛小説の古典をこの時代に再現してみたい。〈著者・以下同〉（若紫／末摘花／紅葉賀）
202475-5

は-31-6
窯変 源氏物語3　橋本 治
光源氏という危険な男の美しくも残酷な、孤独な遍歴ドラマを今の時代に流行らないようなものばかり集めて華麗にやってみようと思った。（花宴／葵／賢木）
202498-4

は-31-7
窯変 源氏物語4　橋本 治
源氏はJ・フィリップ、葵の上はR・シュナイダー……フランスの心理小説と似通った部分があるから、配役はフランス人で構想。（花散里／須磨／明石／澪標）
202499-1

は-31-8
窯変 源氏物語5　橋本 治
横文字由来の片仮名言葉を使わず心理ドラマを書くのは辛い作業だ。でもこれが今一番新鮮な日本語ではないかと自負している。（蓬生／関屋／絵合／松風／薄雲）
202521-9

は-31-9
窯変 源氏物語6　橋本 治
源氏物語の心理描写は全部和歌にあり、それを外すと何もわからなくなる。だから和歌も訳したし当時の歌謡も別な形で訳している。（朝顔／乙女／玉鬘／初音）
202522-6

は-31-10
窯変 源氏物語7　橋本 治
源氏物語をただの王朝美学の話ではなく、人間の物語にしたかった。『赤と黒』のスタンダールでやろうと思った。（胡蝶／螢／常夏／篝火／野分／行幸／藤袴）
202566-0

は-31-11
窯変 源氏物語8
橋本治
口絵はモノクロ写真。50年代ヴォーグの雰囲気でいきたかった。エロチックで、透明度がありイメージ通りの出来上がりだ。（真木柱／梅枝／藤裏葉／若菜上）
202588-2

は-31-12
窯変 源氏物語9
橋本治
執筆中は光源氏が僕の右手の所にいて、それをコントロールする僕がいるという感じ。だから源氏物語を書いている万年筆で他のものは書けない。（若菜下／柏木）
202609-4

は-31-13
窯変 源氏物語10
橋本治
日本語の美文はどうしても七五調になるが、平安朝のものはどこか破調が必要。七五調になる前の際どい美しさ。（横笛／鈴虫／夕霧／御法／幻）
202630-8

は-31-14
窯変 源氏物語11
橋本治
女の作った物語に閉じ込められた男と、男の作った時代に閉じ込められた女――光源氏と紫式部。虚は実となり実は虚を紡ぐ。（雲隠／匂宮／紅梅／竹河／橋姫）
202652-0

は-31-15
窯変 源氏物語12
橋本治
平安朝の美人の条件は、身分が高いこと。後ろ楯がしっかりしていること。教養が高いこと。だから顔の造形は美人の第一要素にはならない。（椎本／総角／早蕨）
202674-2

は-31-16
窯変 源氏物語13
橋本治
僕には古典をわかり易くという発想はない。原典が要求するものしか書かない。古典に対する変な扱いを取り除きたい、それだけのこと。（寄生／東屋／浮舟一）
202700-8

は-31-17
窯変 源氏物語14
橋本治
美しく豊かなことばで紡ぎ出される、源氏のひとり語り。現代語訳だけで終わらない奥行きと深さをもって構築された「橋本源氏」遂に完結。（浮舟二／蜻蛉／手習／夢浮橋）
202721-3

は-31-38
お春
橋本治
夢のような愚かさを書いてみたい――橋本治が谷崎潤一郎『刺青』をオマージュして紡いだ、愚かしく妖しい少女の物語。〈巻末付録〉橋本治「愚かと悪魔の間」
206768-4

各書目の下段の数字はISBNコードです。978－4－12が省略してあります。

は-31-39
黄金夜界
橋本　治

許婚者に裏切られ、一夜にして全てを失った東大生・貫一。孤独な心を満たすものは、愛か、金か、それとも――。橋本治、衝撃の遺作。〈解説〉橋爪大三郎

207249-7

た-30-19
潤一郎訳 源氏物語 巻一
谷崎潤一郎

文豪谷崎の流麗完璧な現代語訳による日本の誇る古典。日本画壇の巨匠14人による挿画入り絵巻。本巻は「桐壺」より「花散里」までを収録。〈解説〉池田彌三郎

201825-9

た-30-20
潤一郎訳 源氏物語 巻二
谷崎潤一郎

文豪谷崎の流麗完璧な現代語訳による日本の誇る古典。日本画壇の巨匠14人による挿画入り。本巻は「須磨」より「胡蝶」までを収録。〈解説〉池田彌三郎

201826-6

た-30-21
潤一郎訳 源氏物語 巻三
谷崎潤一郎

文豪谷崎の流麗完璧な現代語訳による日本の誇る古典。日本画壇の巨匠14人による挿画入り絵巻。本巻は「螢」より「若菜」までを収録。〈解説〉池田彌三郎

201834-1

た-30-22
潤一郎訳 源氏物語 巻四
谷崎潤一郎

文豪谷崎の流麗完璧な現代語訳による日本の誇る古典。日本画壇の巨匠14人による挿画入り絵巻。本巻は「柏木」より「総角」までを収録。〈解説〉池田彌三郎

201841-9

た-30-23
潤一郎訳 源氏物語 巻五
谷崎潤一郎

文豪谷崎の流麗完璧な現代語訳による日本の誇る古典。日本画壇の巨匠14人による挿画入り絵巻。本巻は「早蕨」から「夢浮橋」までを収録。〈解説〉池田彌三郎

201848-8

お-10-3
光る源氏の物語（上）
大野　晋
丸谷才一

当代随一の国語学者と小説家が、全巻を縦横無尽に読み解き丁々発止と意見を闘わせた、斬新で画期的な『源氏論』。読者を難解な大古典から恋愛小説の世界へ。

202123-5

お-10-4
光る源氏の物語（下）
大野　晋
丸谷才一

『源氏』は何故に世界に誇りうる傑作たり得たのか。詳細な文体分析により紫式部の深い能力を論証する。『源氏』解釈の最高の指南書。〈解説〉瀬戸内寂聴

202133-4

た-28-14
道頓堀の雨に別れて以来なり　川柳作家・岸本水府とその時代（下）
田辺聖子
川柳を通して描く、明治・大正・昭和のひとびとの足跡。川柳への深い造詣と敬愛でその豊醇、肥沃な文学的魅力を描く、著者渾身のライフワーク完結。
203741-0

た-28-15
ひよこのひとりごと　残るたのしみ
田辺聖子
他人はエライが自分もエライ。人生はその日その日の出来心――七十を迎えた「人生の達人」おせいさんが、年を重ねる愉しさ、味わい深さを綴るエッセイ集。
205174-4

た-28-19
大阪弁ちゃらんぽらん〈新装版〉
田辺聖子
「あかん」「わやや」……。大阪弁に潜む大阪人の気質と、商都ならではの心くばり。大阪弁を通して、大阪人の精神を考察するエッセイ。〈解説〉長川千佳子
206906-0

た-28-20
大阪弁おもしろ草子
田辺聖子
「そこそこ」「ぼつぼつやな」。短い言葉の中にも多様な意味やニュアンスが込められている大阪弁を通して、大阪の魅力を語るエッセイ。〈解説〉國村　隼
206907-7

た-28-21
ゆめはるか吉屋信子　秋灯机の上の幾山河（上）
田辺聖子
大正、昭和と絶大な人気をほこった小説家・吉屋信子。少女時代から敬愛してやまない著者がその真の姿を描き尽くす本格評伝。上巻は『花物語』執筆と青春時代。
207378-4

た-28-22
ゆめはるか吉屋信子　秋灯机の上の幾山河（中）
田辺聖子
大正九年、長篇小説が認められた信子は流行作家の道を歩み始める。林芙美子や宇野千代、パートナー門馬千代らとの交流を描く本格評伝にして近代女性文壇史。
207395-1

た-28-23
ゆめはるか吉屋信子　秋灯机の上の幾山河（下）
田辺聖子
少女小説から出発した信子は歴史小説へ辿り着く。晩年ますます佳作を送り出し筆を擱くことのなかった作家の本格評伝、全三巻完結。〈解説〉上野千鶴子
207404-0

た-28-24
田辺聖子の万葉散歩
田辺聖子
清らかな自然の美しさや人を恋うる心、夫婦の情愛、別れゆくこと。千年変わらぬ人の心を歌う万葉集の魅力を伝えるエッセイ集。〈解説〉中周子・酒井順子
207440-8

各書目の下段の数字はISBNコードです。978-4-12が省略してあります。

な-12-15
雲と風と　伝教大師最澄の生涯
永井路子
苦悩する帝王桓武との魂の交わり、唐への求法の旅、空海との疎隔——。最澄の思想と人間像に迫った歴史長篇。吉川英治文学賞受賞作。〈解説〉末木文美士
207114-8

な-12-16
悪霊列伝
永井路子
古来、覇権争いに敗れ無惨に死んでいった者は、死後〝悪霊〟となり祟りを及ぼすと信じられた。心と歴史の闇を描く歴史評伝。〈解説〉宮部みゆき・山田雄司
207233-6

な-12-3
氷輪（上）
永井路子
波濤を越えて渡来した鑑真と権謀術策に生きた藤原仲麻呂、孝謙女帝、道鏡たち——奈良の都の政争渦巻く狂瀾の日々を綴る歴史大作。女流文学賞受賞作。
201159-5

な-12-4
氷輪（下）
永井路子
藤原仲麻呂と孝謙女帝の抗争が続くうち女帝は病に。その平癒に心魂かたむける道鏡の愛に溺れる女帝。奈良の都の狂瀾の日々を綴る。〈解説〉佐伯彰一
201160-1

な-12-5
波のかたみ　清盛の妻
永井路子
政争と陰謀の渦中に栄華をきわめ、西海に消えた平家一門を、頭領の妻を軸に綴る。公家・乳母制度の側面から捉え直す新平家物語。〈解説〉清原康正
201585-2

S-14-3
マンガ日本の古典 3 源氏物語（上）
長谷川法世
さまざまな女性との恋愛を通して、類い稀なる美しさと才能を発揮してゆく光源氏の青春時代——。正確な考証を礎に大胆な解釈を試みる平成版源氏絵巻。
203469-3

S-14-4
マンガ日本の古典 4 源氏物語（中）
長谷川法世
流離の地、須磨・明石からの帰京にはじまり、政界の中枢にのぼりつめる三十九歳の春まで——。絵巻の伝統技法を取り入れて描く光源氏の栄耀栄華。
203470-9

S-14-5
マンガ日本の古典 5 源氏物語（下）
長谷川法世
年もわが世も尽きぬ——。柏木と女三の宮の密通、薫の誕生、はかなく息絶える紫の上。消え行くものと生れ出づるものが激しく交差する光源氏の最晩年。
203489-1